にほんご

穩紮穩打日本語

教師手冊與解答 初級篇

目白JFL教育研究会

穩紮穩打日本語　初級篇　　解　答

穩紮穩打日本語 初級篇

解說

第 1 課

私は　佐藤です。

學習重點

◆ 日文的句子，分成 1. 以名詞結尾的「名詞句」、2. 以イ、ナ形容詞結尾的「形容詞句」、以及 3. 以動詞結尾的「動詞句」。

　本系列教材「初級 1」的六課當中，僅挑選出較簡單的「名詞句」以及「形容詞句」。第 1～3 課學習「名詞句」，第 4～6 課則是學習「形容詞句」。至於「動詞句」，則規劃於「初級 2」第 8 課才開始進入。

◆ 本課第 1 課先學習「名詞句」的肯定「～は　～です」以及否定「～は　～ではありません」，並同時介紹三種疑問句。

單　字

◆ 本課除了學習基本的人稱代名詞「私、あなた、彼、彼女、あの人」外，亦學習基礎的職業詞彙、國籍。也會於對話本文中導入最基本的定型表現，如：「初めまして」、「どうぞよろしく」、「こちらこそ」等。這些定型表現請老師先不需要解釋詞彙的來源（如：はじめる的て型 ... 等），僅需請同學先熟練記誦即可。

◆ 表示時間日期的詞彙，僅學習明日以及土曜日與日曜日。「昨日」等牽扯到時制的詞彙，會於第 4 課介紹。其餘星期的講法，則是會於「初級 2」第 7 課時，再做更系統性地學習，以免過度造成初學者的負擔。

句型１：〜は　です／では　ありません。

◆ 本項文法僅會使用到「わたし」與第三人稱「山田さん／鈴木さん ... 等」，並不會出現第二人稱「あなた」。這是由於第二人稱多伴隨於疑問句一起出現。而本項文法僅介紹肯定以及否定句，因此「あなた」會於「句型２」才導入。

◆ 本系列叢書以日本語能力試驗為準，否定句時，使用「〜では　ありません」的形式。教學老師可視自己的需求或學生的程度，教導其縮約形（口語）的「〜じゃありません」。

◆ 助詞「は」的功能為「提示主題」。至於何謂「主題」？以下先使用中文的句子來介紹「主題」的概念。授課老師僅須將此觀念留在心中即可，此階段還不需向同學解釋，以免造成混亂。

① ┃我┃ 喜歡聽音樂。
　　主題　　敍述內容

② ┃音樂┃ 我天天都聽。
　　主題　　敍述內容

框框部分為句子的主題，而底線部分就是針對此主題進行描述的部分。「主題」不等於我們所說的「主語（主詞）」或「動作主體」。例如第①句話，講述「我喜歡聽音樂」，談論的主題是我，聽音樂的主語、動作主體也是我。因此在這個例句中，主語與主題是同一人。

至於第②句「音樂我天天都聽」，談論的主題是「音樂」，但主語或動作主體並非音樂，而是「我」。因此在這一句話當中，主題為「音樂」，主語與動作主體是「我」。

11

日文的「は」就是屬於提示「主題」的概念，而非表示「主語」的概念。

若將名詞擺在「は」的前方，即表示此名詞為「主題」。

・ 私 は 佐藤です。
  主題　　敘述內容

・ 私 は 日本人です。
  主題　　敘述內容

・ 鈴木さん は 学生です。
  主題　　　敘述內容

◆ 「～さん」，用於放在他人的姓氏後面，表示對此人的敬稱。相當於中文的「先生、小姐」之意。自我介紹時，不可加在自己的姓氏後面。初學的學生很容易造出下列的例子，請授課老師留意。

・（×）私は　陳さんです。

句型 2：～は　～ですか。

◆　日文的疑問句又分成「封閉式問句（Yes/No 問句）」、「開放式問句（WH 問句）」與「選擇式問句」三種。分別於本課的「句型 2」、「句型 3」與「句型 4」學習。

　　授課時，不需刻意將「封閉式問句、開放式問句、選擇式問句」等文法上的專有名詞教導給學生。

◆　「句型 2」學習的是「封閉式問句」。所謂的「封閉式問句」，即是以「はい」或「いいえ」來回答的問句，相當於中文裡，以「…嗎？」為結尾的問句。

◆　封閉式問句，只需要在肯定句的後方，加上終助詞「か」即為疑問句（句尾語調上揚）。回答時，使用「はい」來表達肯定、「いいえ」來表達否定。答覆時，除了以重複問句的方式回答以外，亦可使用「はい、そうです」或者「いいえ、違います／そうでは　ありません」來替代。

◆　詢問第二人稱（對方）時，在日語的語境當中，較少將「あなたは」直接講出來，回覆時，亦不常將「わたしは」說出。因此課本上將其括弧圈起來。建議老師在給學生練習時，也將其省略，會比較偏向自然的口語對話。

◆　例句第 4 句的回答：「私は　中村さんでは　ありません」，再對比「句型 1」練習 B 的第 2 題第 3 小題：「私は　中村では　ありません」。兩者皆用來表達「我不是中村這個人」。

　　回答時，到底需不需要將不是自己的那個人加上「～さん」，取決於你們之間或者你的組織機構當中有沒有這位人士。

　　舉例來說：「A：（あなたは）　中村さんですか。　B：いいえ、　（私は）中村さんでは　ありません。　田村です。」這時，會在回答時將中村加上「～さん」，代表中村這個人存在於你們組織裡面，或者他是你們共同知曉的人物。

而若回答「私は　中村では　ありません」（沒加上さん）的語境，則是偏向你們公司或者班上，並沒有中村先生這一號人物，純粹就是回答「我不姓中村」而已。

　　上述的說明，若學習者沒有提出，建議就不需要在課堂上特別提出。此類語感的培養，可寄望於隨著學習者往後的學習以及接觸，自然而然地獲得。

句型 3：〜は　誰ですか。

◆ 「句型 3」學習的是「開放式問句（WH 問句）」。所謂的開放式問句，並不像「封閉式問句（Yes/No 問句）」這樣在敘述的部分提出具體的名詞讓說話者判斷是非，而是於敘述部分使用「疑問詞」來詢問聽話者，請聽話者講出正確的答案。相當於中文裡，以「…呢？」為結尾的問句。

◆ 欲詢問某人為誰，使用疑問詞「だれ（誰）」。

◆ 表達所屬機構以及兩者之間關係時，可使用「〜の」來做連接。

◆ 表達相同事物的類比，「也 ...」，則是將助詞「は」改為助詞「も」。這也是本書首次導入助詞「の」與「も」。

◆ 若換一種問話方式，將疑問詞「だれ（誰）」置於句首，則必須要將助詞「は」改為助詞「が」。回答句亦得使用「が」來回答。這是因為不確定的事物「だれ」無法當作句子主題的緣故。因此無法使用表示主題的副助詞「〜は」，而是需要使用格助詞「〜が」來表達。

　　上述的說明建議不要向學習者解釋，此階段的學習者還搞不清楚主題與主語這些語法上的概念。授課老師僅需給予：「疑問詞後面一定不會是は，要改為が」這樣的規則即可。

　　日語中，「は」與「が」的規則繁複，與其將來一次性地將規則全部倒給學生，倒不如一點一滴，從最無法撼動的規則（例如：疑問詞後方不能使用は，或者形容詞子句中的動作主體一定使用が ... 等）就先教起。因此本系列教材不會在初級階段就避開「は」與「が」的問題。

　　且本句型既然已經導入疑問詞「だれ（誰）」，就建議連同將疑問詞放置於句首的表達方式一起學習。

◆　「句型 4」學習的是「選擇式問句」。所謂的選擇式問句，則是在句子的敘述部分，提出兩個以上的選項，並各加上終助詞「か」，來讓聽話者選擇其一的問話方式。相當於中文裡以「是 … 呢？還是 … 呢？」來詢問的問句。回答時，不可使用「はい」或「いいえ」，直接提出正確選項即可。

◆　本項句型例句當中，提到關於未來：「明日」一詞。

　　　日文的時制分為「過去」以及「非過去」，各種品詞的活用也因此分為「ル形」與「タ形」。由於本課尚未導入「過去」的用法，因此若老師要作延伸練習，請注意別使用到「昨日」等過去的字眼。「過去」會於第 4 課時，與形容詞一起導入。

第 2 課

これは　本です。

學習重點

◆ 本課主要學習指示物品的指示詞「これ／それ／あれ」與「この～／その～／あの」。後者由於必須配合一個名詞一起使用，因此在詞法上屬於「連體詞」。授課老師不需特別向學生介紹何謂「連體詞」，僅教導其用法即可。

單　字

◆ 本課「句型 1」，會學習到「～の」用於表達「某品牌生產物」的用法，因此單字中特別介紹國際知名品牌「エルメス（愛馬仕）」。授課老師可以補充其他更多精品品牌，如：「ルイ・ヴィトン（路易威登 LV）」、「グッチ（古馳）」、「ティファニー（第凡尼）」、「シャネル（香奈兒）」、「ブルガリ（寶格麗）」、「カルティエ（卡地雅）」等，應該會引起學生學習的興趣。

句型 1：これ／それ／あれ

◆ 「こ、そ、あ」系列的指示詞，在使用上分成「對立型」以及「融合型」：
所謂的「對立型」，指的就是說話者與聽話者站在不同的位置。
　　・靠近說話者的，使用「こ～」；
　　・靠近聽話者的，使用「そ～」；
　　・兩人之外的，使用「あ～」。

　　所謂的「融合型」，指的就是說話者與聽話者站在相同的位置。
　　・靠近兩者的，使用「こ～」；
　　・遠離兩者的，使用「あ～」；
　　・既非近、亦非遠的，使用「あ～」。

◆ 為減輕初學者的負擔，並考慮到一般社交時，會保持一定的距離（位置對立），因此本課第二課所提出的「これ／それ／あれ」與「この～／その～／あの」，皆只限定於「對立型」的用法。教授本課時，僅需先提出「對立型」的概念即可。直到第 3 課「ここ／そこ／あそこ」時，才會導入「融合型」的概念。屆時授課老師可斟酌班上的學習情況，再考慮看是否要一併練習第 2 課的「これ／それ／あれ」與「この～／その～／あの」的「融合型」用法。

◆ 若所指示的物品很大，如「汽車」、「建築物」…等，且兩人就在其前方對話時，此時與其說是「對立型」，倒不如說比較接近「融合型」的語境。因此以「これ」詢問時，也會以「これ」回答。教師教學時，可以避免導入類似下列這樣巨大物品的指示。

　　・A：**これ**は　あなたの　車ですか。
　　　B：いいえ、**これ**は　山田さんの　車です。

◆ 「これ／それ／あれ」為指示詞，「どれ」為疑問詞。

「句型1」這裡暫時先不練習疑問詞「どれ」，會於「句型2」的部分同時介紹疑問詞「どれ」與「なん」。也就是說，本句型僅會學習到使用「はい」或「いいえ」應答的封閉式問句，「句型2」才會學習其開放式問句的用法。

◆ 「～の」，除了可以用來表達第1課「句型3」所學習到的「所屬機構」以及「兩者之間關係」以外，這裡再多學習「～の」用來表達「所有物」、「某品牌生產物」以及「某國家生產物」的用法。但由於這五種用法，翻譯成中文都是「... 的」，因此授課時，不需要特別強調這些用法之間的異同，華語系母語的學習者自然就可理解。

◆ 本句型的最後一個例句：

・A：それは　あなたの　本ですか。
　B：いいえ、　これは　私の　本では　ありません。
　　（これは）　鈴木さんの　本です。

此處授課老師亦可導入回答時省略名詞「本」的講法。課本會於練習A的第3小題練習題當中，練習這種回答時省略名詞的講法。

◆ 「句型 1」學習了使用「これ／それ／あれ」等指示詞的「封閉式問句」以及「選擇式問句」，「句型 2」則是主要學習使用疑問詞「なん」與「どれ」的「開放式問句」的表達方式。

◆ 詢問物品時，使用「何（なに）」或「何（なん）」詢問。會唸成「なん」，是受到疑問詞後接子音「d（だ／です）」的影響。因此無論是敬體「なんですか」或者是常體「なんだ？」都會唸成「なん」。不過若「何」後接助詞「が」（第 6 課）或「を」，則會依照原本的唸法「なにが」、「なにを」。後接助詞「で」（第 9 課）時，則是「なにで」、「なんで」皆可。

　　・なん＋です／だ／で
　　　なに＋が／を／で

　　此外，口語常體疑問時，省略助動詞「だ」時，亦會回復成原本的讀音：「これは　なに？」。關於口語常體的表達方式，將會於「初級 4」的第 24 課才會導入。

　　關於這一點，授課老師不需先跟學習者解釋，一律使用「なん」練習即可。「なに」的讀音，會到本書第 6 課才會正式出現，屆時再來解釋這個問題即可。

◆ 「どれ」就跟第 1 課「句型 3」所學習到的疑問詞「だれ」一樣，若置於句首，則必須要將助詞「は」改為助詞「が」。回答句亦得使用「が」來回答。這裡可順便提醒學習者，再度複習一下「は」與「が」的不同。

◆ 少數對日文極有興趣的學習者，會在這個階段就詢問老師「これは　本です」與「本は　これです」的異同。

　　本文法項目學習所學習的，當你詢問物品名稱時，會問「これは　何ですか」。這時，回答句就會是「これは　本です」。

　　而當你正在找尋某物品時，會問「（あなたの）本は　どれですか」，這時，回答句就會是「（私の）本は　これです」。上述兩句不同處，就在於問句的差異。

　　・A：これは　何ですか。
　　　B：これは　本です。

　　・A：あなたの　本は　どれですか。
　　　B：私の本は　これです。

　　也就是說，後者多半不會只是使用「本は　これです」出現在對話當中，而是會使用於找尋特定物品的語境，回答「私の本は　これです」時，才會出現的話語。用文法的用語來說，就是「不特定（a book）」與「特定（My Book/The Book）」的概念。

　　關於這一點，若學習者沒自己提出來詢問，可以不需要講解給學習者知道，以免造成過度的負擔以及混亂。

◆ 「この～」「その～」「あの～」屬於連體詞。它的後面一定要加名詞，不可以直接加上「は」。也就是，它一定是以「この　名詞は」「その　名詞は」「あの　名詞は」的形式出現在句中。不會有「このは、そのは、あのは」的形式。而當使用連體詞「この～／その～／あの～」時，由於已經將名詞講了出來，因此述語部分可以省略掉重複的名詞。

・ この本 は　　　私の　本です。
　　主題　　　　　　　　敘述內容

◆ 這個文法在口頭練習時，學生常常會將「この　本は　私のです」口誤講成「この　本は　私です」，請授課老師稍微留意。

◆ 某些使用直接法教學的教材，會傾向於這個階段先不提出疑問詞「どの」。這很有可能是為了避免學生提出「どれが　あなたの　本ですか」與「どの本が　あなたの　ですか」有什麼不一樣 ... 之類的問題。

　　但由於本教材是設計給使用媒介語教學時（用中文教日語）使用，因此本書偏向以文法體系的完整性來編寫。若學習者提問上述有何不同，僅需用中文翻譯來對比，簡短說明即可。

句型 4：～では　なくて、～

◆　「句型 4」所學習的「～では　なくて、　～」，屬於複句。是將兩句名詞句合併再一起的一種表達方式。若以「私は　学生です／では　ありません＋第二句話」為例，則：

　前句為肯定時為：私は　学生で、　台湾人です。
　前句為否定時為：私は　学生では　なくて、　先生です。

　　本句型僅提出「前句為否定」時的表達方式。至於「前句為肯定」時的表達方式，則是留在第 5 課的「句型 2」，與形容詞一同學習。

◆　本句型於口頭練習時，亦可使用「～じゃ　なくて」來替代。

第 3 課

ここは　食堂です。

◆　本課學習「場所」的指示方法，且也會於「句型 1」就導入上一課沒提及的「對立型」以及「融合型」的概念。關於「對立型」與「融合型」，請參考本手冊第 2 課「句型 1」的說明。

◆　需要特別留意的是，句型 1 的「ここは　～です」與句型 2 的「～は　ここです」屬於不同的構造。前者屬於一般的名詞述語敘述句，而後者則是「所在句」（「初級 2」第 11 課）的簡易講法：「トイレは　あそこに　あります（所在句）」簡化為「トイレは　あそこです」的講法。因此練習時，必須分清楚使用的場合。

單　字

◆　本課的對話文當中，會出現樓層「～階」的講法。由於本系列教材在「初級 1」時，並不會有體系地學習數字（「初級 2 第 12 課學習」），因此可先不必介紹數字的唸法以及後接數量詞時會產生的聲音變化。本課僅需學習「1 階（いっかい）」、「2 階（にかい）」、「3 階さんがい」以及「10 階（じゅっかい）」的讀音即可。

◆　本課會同時出現「お手洗い（洗手間）」與「トイレ（廁所）」兩個單字。授課時，僅需用上述中文來講述，說兩者並無太大差別即可。

句型 1：ここ／そこ／あそこ／どこ

◆ 本句型除了導入指示場所的指示詞「ここ／そこ／あそこ」之「對立型」與「融合型」兩種用法以外，亦會學習詢問場所的疑問詞：「どこ」（哪裡）。

◆ 與前兩課的「だれ」、「どれ」一樣，若將疑問詞「どこ」置於句首，則一樣必須要將助詞「は」改為助詞「が」。回答句也是需要使用「が」來回答。

　　・A：どこが　会議室ですか。
　　　B：そこが　会議室です。

◆ 詢問「此處是何處」時，除了「ここは　どこですか」以外，亦有「ここはなんですか」的問法。就語境上，前者偏向「迷路時，或者被帶到莫名其妙的地方時」的問話方式。後者則是偏向「參觀城市、校園或公司時，詢問此處的機能、用途時」的問話方式。

　　對於初學者而言，第二種語境出現的可能性較高，因此本句型的練習 B，主要練習「ここは　なんですか」的問法。

◆ 「郵便局は　どこですか」與「どこが　郵便局ですか」的差異，在於前者為「句型 2」，找尋特定處所時「郵便局は　どこに　ありますか」的「所在句」簡略形式，而後者則是「面對一堆建築物時，詢問哪一個才是郵局」的語境。

　　授課老師可以試著使用前出的「誰が　社長ですか」（一堆人中，哪位是社長。）「どれが　あなたの　本ですか」（一堆書中，哪本是你的書）來對比「どこが郵便局ですか」（一堆建築物中，哪間才是郵局）的語境來說明。

◆　本句型「～は　ここ／そこ／あそこです」就有如前述，是屬於「所在句」（「初級 2」第 11 課）的簡略形式。因此「句型 1」的「ここは　食堂です」與「句型 2」的「食堂は　ここです」的異同，就在於：

　　當你為新來的同學介紹環境時，會使用「句型 1」所學習到的「ここは　食堂です」、「そこは　トイレです」來單純敘述每個地方為何。

　　但若新同學想要吃飯，欲找尋食堂時，他就會將「食堂」作為主題，以「句型 2」這裡學習到的方式詢問「食堂は　どこですか」。這時你的回答也會針對特定主題「食堂」來敘述，回答「食堂は　ここです」。

　也就是說，「ここは　食堂です」與「食堂は　ここです」兩者使用的語境是不同的。

◆　「句型 2」這種針對特定主題敘述時的「所在句」，除了可以找尋「特定場所」以外，亦可以找尋「特定人物」或「特定物品」。但句型 1「ここは　食堂です」，就僅僅只是在介紹此處的機能，僅是在講場所而已。

　　因此針對「鈴木さんは　どこですか」（找尋特定人物）這個詢問，可以回答「鈴木さんは　あそこです」。但因為「鈴木」並不是場所名詞，因此不會有「（×）あそこは　鈴木さんです」的講法。

◆　由於本書「初級 1」都還未出現日文的動詞，因此老師教導這個句型時，不需要先行提出其原始的所在句「～は　～に　あります」的講法。待「初級 2」第 11 課就會學習。

◆　日文中，講述關於存在、所有的句型，除了上述提到的「所在句」：「～は　～に　あります／います」以外，還有

「存在句」：「～には　が　あります／います」以及

「所有句」：「～は　～が　あります／います」、「～は　～を　持って　います」。

　　上述用法將會在「初級 2」第 11 課一起學習。而「～は　～を　持って　います」則是於第 19 課才會與「～て　います」一同提出。

句型 3：こちら／そちら／あちら／どちら

◆ 「こちら／そちら／あちら」原意是用來指示「方向」，它也可以用來取代指示場所的「ここ／そこ／あそこ」。當「こちら／そちら／あちら」用來指示場所時，由於語氣更為鄭重、有禮貌，因此多用於「客人與店員」、「老師與學生」、「上司與下屬」等的對話場景。

　　若說話者為客人，詢問時，可使用較禮貌的疑問詞「どちら」亦可使用較普通的「どこ」來詢問。若為學生，且詢問的對象為老師，則請使用較禮貌的「どちら」。若對話的兩者皆為學生，則使用「どこ」詢問即可。

◆ 「こちら」除了可用來指示「場所」以外，亦可用於有禮貌地來「介紹」某人物，意思等同於「この人」。

　　至於「この方／その方／あの方」的講法，之前並無學習。老師可以視學生的學習狀況，在此順便補充將第 1 課句型 3 的「あの人は　誰ですか」，改為更禮貌的講法「あの方は　どなたですか」。

◆ 本句型會於練習 A 的地方導入「お～」的用法。

　　「お～」，放置在關於聽話者或第三者的事物（名詞）前方，用表達說話者的敬意。例如：「お国（貴國）」、「お名前（您的名字）」、「お仕事（您的工作）」、「おうち（貴府）」、「お車（您的車子）」…等。

　　然而，能夠加上「お～」的詞彙有限，像是「（×）お会社」、「（×）お学校」皆為錯誤的用法。授課時，僅需學習上述幾個常見的單字加上「お」時的用法即可。授課老師可以請同學將他當作是固定用法記起來即可，不需過度說明。

・A：お国は　どちらですか。
　B：イギリスです。

・A：~~お~~会社は　どちらですか。
　B：ワタナベ商事です。／新宿です。

◆　「お」除了可以用來「對於聽話者或第三人的敬意」以外，亦有「美化語」的功能。

　　「美化語」主要是說話者為了展現自己的優雅氣質、美化用字遣詞而已，並非對於任何人的敬意。例如：「お茶」、「お寿司」、「お土産」、「お手洗い」…等。

　　此外，有些字詞一定得加上「お」來使用，不可省略。例如：「おにぎり」、「おしぼり」、「おやつ」、「おしゃれ」…等。這些一定得加上「お」使用的字彙。日後教學時倘若遇到這些詞彙，建議老師教學直接將其當作一個單字請同學記下即可。

句型 4：「どれ」＆「どちら」

◆ 本課「句型 3」所學習到的疑問詞「どちら」，是用來「詢問場所的禮貌講法」。然而，「どちら」亦可用來詢問物品。

「どちら」用來詢問物品時，與第 2 課學習到的「どれ／どの〜」，兩者的差異在於「どれ／どの〜」是詢問聽話者從「三個以上眾多物品」當中，挑選一個正確的。而「どちら」則是詢問聽話者「兩個物品」哪一個才是正確的。

◆ 若我們換一種問話方式，將疑問詞「どちら」置於句首，一樣必須要將助詞「は」改為助詞「が」。

◆ 請留意例句中的第 4 句對話。要稍微注意一點的，就是使用「どちらが〜」詢問時，語境為「擺在你面前的兩樣物品」，其回答時，不是使用「こちら」回覆，而是使用「これ」回覆即可。

・A：**どちらが** あなたの 本ですか。
　B：**これが** 私の 本です。

若是像第 5 句對話這種使用「句型 2」，找尋特定物品（將咖啡作為主題）時，則述語部分使用「こちら」回覆即可。

・A：コーヒーは **どちら**ですか。
　B：コーヒーは **こちら**です。

◆ 「句型 4」不設立練習 A 與練習 B，取而代之，整理目前所學習過的指示詞與疑問詞。

◆　本文中的「こちらへ」，為「こちらへ　来て　ください」的簡略講法。表方向的助詞「へ」將會於「初級2」第9課才會提出。「～て　ください」則是要等到「初級3」第18課才會提出。這裡僅需請同學當作慣用表現先記起來即可。

第 4 課

今日は　暑いです。

◆　本書第 1 課至第 3 課，學習日文的「名詞句」。從本課起，連續三課（第 4 課至第 6 課），學習「形容詞句」。

◆　形容詞句的句型較名詞句多元，除了「～は　～形容詞です」以外，還有「～は　～が　形容詞」、「～は　～より　形容詞」、「～は　～に　形容詞」、「～は　～から　形容詞」… 等等數種。第 4 課主要學習的，仍是以「～は　～形容詞です」為主的句型。

◆　順道一提，形容詞述語的前方，僅需要「主語」單一項補語即可完善語意的，就稱為「1 項形容詞」。例如：「～は　赤い／暑い／美味しい」等。

　　若需要「主語」以及「對象（或其他補語）」，至少兩個補語才可完善語意的，就稱為「2 項形容詞」。例如：「～は　～が　好き／嫌い」「～は　～に　強い／弱い」等。

　　上述會說「形容詞句的句型較名詞句多元」正是因為有「2 項形容詞」的存在。個別的 2 項形容詞的用法，也分別會於後述的單元逐一介紹。

　　至於動詞，則是從「0 項動詞」（連主語都不需要的，如：停電する、春めく … 等）至「4 項動詞」都有。

　　「項（必須補語）」的概念對於教學者而言非常重要，可有效率地運用至助詞的教學當中。但教學時，不需向學習者提及這個概念以及「項」這個專有名詞。

◆ 形容詞主要有兩種使用方式，分別為：1.「放在句尾當作是述語」的用法，如：「今日は　暑いです」，以及 2.「放在名詞前面修飾名詞（連體修飾）」的用法，如：「暑い日」。

本課提出的字彙量較多，為了不造成學習者過大的負擔，本課僅學習「イ形容詞」與「ナ形容詞」、「名詞」上述 1. 作為述語時的用法時，其品詞本身的肯定、否定、現在、過去。第 5 課才會學習 2. 修飾名詞（連體修飾）的用法。

單　字

◆ 由於接下來連續 3 課都是關於形容詞句，因此本課會導入較多基礎的形容詞用法。同時，也教導了兩個可以修飾形容詞，講述程度的副詞「とても」與「あまり」。

◆ 「形容詞用來修飾名詞」，「副詞則是用來修飾動詞、形容詞、以及少部分名詞」。這個觀念可以於這兩課有意無意地導入給學習者了解。本課（第 4 課）可以先講解「とても」與「あまり」修飾形容詞的情況，下一課（第 5 課）再講解形容詞修飾名詞的情況。

◆ イ形容詞「赤い」，其語幹部分為「赤」，語尾活用部分為「い」，因此單字表呈現完整的語幹＋語尾：「赤い」。

ナ形容詞「親切（だ）」，其語幹部分為「親切」，語尾活用部分為「だ」，因此單字表呈現，理當應為完整的語幹＋語尾：「親切だ」。但本書採用字典以及日本語教育常見的標示方式，僅列出其語幹「親切」的部分。

句型 1：イ形容詞

◆ 形容詞若以「語意」來分類，可分為：①描述人、事、物的狀態、性質，或說話者對某人、事、物所抱持的印象或價值判斷等，表「屬性」的「屬性形容詞」；以及②表達說話者的「感情・感覺」的「感情・感覺形容詞」。

表「感情・感覺」的形容詞原則上只能使用於第一人稱，少數如「好き／嫌い／苦手」可使用於第三人稱。授課老師僅需了解即可，避免授課時讓學生造出「田中さんは　嬉しいです」這樣的句子。但不需要向學習者特別強調這樣分類的存在。

◆ 形容詞若以其「活用」的方式來分類，則是可以分成「イ形容詞（又稱形容詞）」以及「ナ形容詞（又稱形容動詞）」兩種。

所謂的「イ形容詞」，指的就是其語幹＋語尾以「～い」結尾的形容詞。
所謂的「ナ形容詞」，指的就是不以「～い」結尾的形容詞。（也就是「イ形容詞」以外的形容詞都是「ナ形容詞」。語尾活用部分，原形時以「～だ」結尾。）

【イ形容詞】
　①表屬性：
　・大きい、小さい、新しい、古い、近い、遠い、多い、良い…等。
　②表感情・感覺：
　・楽しい、悲しい、嬉しい、痒い…等。

【ナ形容詞】
　①表屬性：
　・綺麗（だ）、有名（だ）、便利（だ）、素敵（だ）、同じ（だ）、
　　静か（だ）、賑やか（だ）、シンプル（だ）…等。
　②表感情・感覺：
　・不安（だ）、心配（だ）、好き（だ）、嫌い（だ）…等。

句型 2：ナ形容詞&名詞

◆ ナ形容詞用來做活用的語尾為「～だ／です」，名詞則是以加上斷定助動詞「～
だ／です」的方式來表達其肯定否定現在或過去。也由於兩者在形態上非常相似，
且名詞已經在前三課出現過，因此這裡將名詞跟ナ形容詞一併提出學習，較有效率。
但由於本書目前尚未出現常體，因此不需向學習者提及「～だ」的存在。

◆ 「きれい」漢字寫作「綺麗」，這裡的「い」，是「れ」的長音，而非「イ形容詞」
的語尾，因此它是「ナ形容詞」。建議教學時，老師可以寫出漢字，幫助學生理解。

「嫌い」則是源自於動詞「嫌う」的連用形，因此也非「イ形容詞」的語尾，
而是「ナ形容詞」。這點於指導詞彙時，可以請學生當作是例外背下來即可。

◆ 「ナ形容詞」與「名詞」的現在否定為「～では　ありません」。授課時，亦
可稍微提起，它們有更口語的講法（縮約形）「～じゃ　ありません」即可。

此外，「～では　ないです」或者「～じゃ　ないです」的形式也屬於口語且
非正式的講法。授課時可視情況，看要稍微帶過或者完全不提出。

◆ 由於本課的「句型 1」與「句型 2」尚未導入過去式，因此練習時，要留意只能
出現「今日」、「明日」等「非過去」的詞彙。

◆ 「句型 2」練習 B 的第 2 小題會學習接續詞「そして」（添加）的用法。至於
表逆接的「～が」會於第 5 課「句型 4」提出。

句型 3：イ形容詞（過去）

◆ 本項文法開始導入「イ形容詞」的過去肯定與過去否定。「イ形容詞」的過去否定，有「～く　なかったです」與「～く　ありませんでした」兩種。本書採用較常見的「～く　なかったです」，授課時，僅需補充一下還有「～く　ありませんでした」這種形式，稍微帶過即可。

◆ 「イ形容詞」的過去以及否定，並無「（×）白いでした」、「（×）白いではない」以及「（×）白いではありませんでした」的形態，請留意學生的誤用。

◆ イ形容詞「いいです」的現在肯定、現在否定、過去肯定、過去否定分別為：いいです、よくないです（よくありません）、よかったです、よくなかったです（よくありませんでした）。必須請學生稍微留意。

◆ イ形容詞「ないです」的現在、過去分別為：ないです、なかったです（ありませんでした），必須請學生稍微留意。

　　由於「ないです」本身為否定之意，因此現階段不需要導入其否定「なくない」這種雙重否定的講法。

◆ 「ナ形容詞」與「名詞」的過去否定為「～では　ありませんでした」。授課時，亦可稍微提起，它們有更口語的講法（縮約形）「～じゃ　ありませんでした」即可。

　　此外，「～では　なかったです」的形式也屬於口語且非正式的講法。授課時，稍微帶過即可。

◆ 第 3 句例句中的「東京は　どうでしたか」，用於表達的語境為「聽話者 B 之前去了東京，但現在已經不在東京」，因此問話者 A 詢問 B 對於東京的印象、感想（在東京的旅途如何），故使用過去式。授課時，可先提出這樣的語境與學習者分享。

　　若只是單純想要詢問東京是怎樣的地方，想要獲取更近一步的情報，可使用「東京は　どんな町／ところですか」，使用現在式即可。

◆ 「東京は　どうでしたか／どうですか」用於詢問聽話者的感想，而「東京は　どんな　町ですか」則是詢問聽話者更深層的情報（聽話者不知道的情報）。

　　不過「どんな　町」會在下一課才出現，授課老師可斟酌何時提出「東京はどうでしたか」與「東京は　どんな　町ですか」這兩句話的對比。

本　文

◆　對話練習中，第一次出現終助詞「～ね」的用法。意思是「說話者認為聽話者與自己持有相同的意見」，進而「尋求聽話者的同意」。

◆　對話中的句子：「昨日の　パーティー、　どうでしたか」。這裡的「昨日の　パーティー」不需要加上「は」來表示主題。這是因為在這樣的語境下，若強行加上「は」，會醞釀出「對比」的語感。因此這裡並非省略「は」，而是使用「無助詞」的形式來表示主題。

第 5 課

富士山は　高い　山です。

學習重點

◆ 本課「句型 1」學習形容詞與名詞的「連體修飾（修飾名詞）」用法，「句型 2」學習如何使用中止形「～くて／～で」，來串連兩句形容詞句以及串連兩個名詞（並列）的用法。

同時，也會於「句型 4」學習，當前後兩個形容詞或名詞，存在語意上因果關係不成立（逆接）時，如何使用「～が」來表示逆接。

◆ 第 1 課學習了「主題」的概念，且第 4 課的對話本文當中，學習到了以「無助詞」的形式來表示主題的方式。這一課的「句型 3」，則是會學習「部份主題化」的表達方式。

單　字

◆ 本課由於「句型 3」將會學習「部分主題化」的概念，因此在單字處介紹身體部分的講法。可用於練習描述某人身體上的特徵。

句型 1：～い名詞／～な名詞／～の名詞

◆ 形容詞除了可以放在句尾當作述語外（第 4 課），亦可放在名詞的前方來修飾名詞，說明此名詞的性質或狀態等。此修飾方式又稱為「連體修飾」。「句型 1」就是主要學習イ形容詞、ナ形容詞以及名詞的連體修飾用法。授課時，不需將「連體修飾」等專有名詞說明給學生聽。

◆ 「イ形容詞」的現在肯定，使用「～い」的結尾即可修飾名詞；
　「ナ形容詞」的現在肯定，則是需要將「～だ」改為「～な」，才可用來修飾名詞；
　至於名詞的連體修飾（名詞修飾名詞）時，則是使用「名詞の＋名詞」的方式。

◆ 本句型的最後一個例句，學習準體助詞「の」的用法。
　詢問「どれが　日本語の　辞書ですか」時，以「これ／それ／あれが　日本語の　辞書です」回覆即可。不過若欲使用形容詞，來更具體地描述所指的物品，可使用「あの　重い　本が　日本語の　辞書です」。此時，由於述語部分已經有「日本語の　辞書」了，因此可使用準體助詞「の」來替代「本（辞書）」，直接回覆「あの　重い　のが」即可。

　請注意，第 2 課「句型 3」當中的「この　本は　私の　奉です。」的「私のです」，只是省略名詞「本」而已。與這裡使用準體助詞「の」來代替「本」，是不一樣的構造：

　「あの重いのが」→「あの重い本が」：「の」取代「本」。
　「この本は　私のです」→「この本は　私の本です」：「の」一直都在，只是省略了「本」。

◆ 練習 A 第 2 句學習「どんな」的用法。用於詢問聽話者要求聽話者給予關於某名詞更細節的描述。因此多半會使用形容詞來回覆。

◆ 「イ形容詞」與「ナ形容詞」的現在否定、過去肯定與過去否定亦可直接使用其常體來修飾名詞，但不屬於初級範圍。關於這點，授課老師理解即可，盡量避免授課時出現以下這樣的例句，以免學習者混亂。

- ・大きくない　かばん。
- ・楽しかった　パーティー。
- ・面白くなかった　映画。

- ・親切じゃない　先生。
- ・暇だった　日曜日。
- ・便利じゃなかった　町。

◆ 練習 B 的兩題，回答時的「あの　黒い　かばん」、「あの　綺麗な　女性」，這兩處的連體詞「あの」，是直接越過形容詞，修飾在名詞「かばん」、「女性」上的。原本應為「あの　かばん」、「あの　女性」，因此「あの」並不是修飾形容詞「黒い」或「綺麗」，請留意。

　　這個練習，主要就是在學習如何於連體詞「あの」與名詞之間，放上修飾名詞的形容詞。

句型 2：〜くて、〜／〜で、〜

◆ 若想要使用兩個以上的形容詞，來描述主語的特徵時，可以使用上一課「句型 2」的練習 B 所學習到的「そして」（添加），將兩個形容詞句子串連，亦可將第一個形容詞改為中止形「〜くて／〜で」，以「並列」的型態來呈現。

　「イ形容詞」的中止形改法，為去掉現在肯定結尾的「〜い」改為「〜くて」。
　「ナ形容詞」的中止形改法，則是將現在肯定結尾的「〜だ」改為「〜で」。
　「名詞」亦可改為中止形，用來描述主語的身份、特徵等。改法與「ナ形容詞」一樣，翻譯可譯為「是…，（同時）也是…。」

◆ 請注意，由於中止形「〜くて／〜で」的部分無法表達時制（Tense），因此整個句子的時制，是擺在後句（主要子句）部分。

◆ 本句型的「〜くて／〜で」用於表達「並列」，「そして」則是表達「添加」。前後兩個形容詞必須都是正面，或都是負面的，不可使用於「逆接」（一好一壞，或一壞一好）的語境上。「逆接」語境必須使用接續助詞「〜が」。請參照本課「句型 4」

・（○）この部屋は、　広くて　明るいです。
　（×）この部屋は、　広くて　暗いです。

・（○）この部屋は、　広いですが　暗いです。

◆ 練習 A 與練習 B，則是會提出形容詞否定時，其中止形的改法。此部分授課老師可視學生反應，決定是否多加練習。

◆ 本課所學習的「Ａは　Ｂが　形容詞」，與下一課「句型 1」將會學習的「〜は 〜が　形容詞」構造不同。

　　本句型學習的，是將「ＡのＢは」的Ａ部分，「部分主題化」後而來的句子。Ｂ屬於Ａ的一部分。例如：把 象の　鼻 は　長い」的「象」的部分主題化，就會得到 象 は　鼻が　長い」。有些文法書則是會將Ａ的部分稱為「大主語」，Ｂ的部分稱為「小主語」。

　　除了可以將Ａ的部分部分主題化以外，亦可將Ｂ的部分，也就是「鼻」的部分主題化。這時就會得到「鼻は　象が　長い」（關於鼻子，大象的比較長）這樣的句子。但後者將Ｂ部分部分主題化的練習，本課不會學習。

　　相較於本課的句型，第 6 課的「〜は　〜が　形容詞（私は　あなたが　好き）」，在句型構造上，「〜が」的部分並非「〜は」的一部分，而是「對象」。因此教導時需要留意這兩者之間的不同，但不需將上述的「部分主題化」的概念教導給學生，僅需反覆練習句型結構，讓學生們習慣即可。

◆ 第 4 句例句當中，出現了詢問描述某人細節的「どんな　人」，練習Ｂ則是出現找尋某人，講出此人特徵的「どの　人」。授課時，老師可針對這兩點，特別點出兩者的不同。

　　此外，在練習「どの　人」時，必須留意，學生回答時很有可能忽略了相對應的指示詞「あの」，請指導時稍加留意。

◆ 「象は　鼻が　長い」與「象の　鼻は　長い」的異同：

　　如前述，①「象は　鼻が　長い」就是將②「象の　鼻は　長い」的「象の 鼻は」部分，「部分主題化」而來。

「～は」為句子的主題。因此第①句「象は～」，主要為針對大象這個話題，進行討論、敘述。而第②句則是針對「象の　鼻は～」的部分進行討論、敘述。

　　因此在講述大象各個特徵時，會使用①的描述；
　　而在針對大象鼻子部分特徵敘述時，會使用②的敘述。

①・ 象は　鼻が　　長いです。

　・ 象は　お尻が　　大きいです。

　・ 象は　皮膚が　　荒いです。

　　　　主題　　　　敘述內容

A： 象は　どんな　動物ですか。

B： 象は　鼻が　長い動物です。

②・ 象の　鼻は　　長いです。

　・ 象の　鼻は　　重いです。

　・ 象の　鼻は　　臭いです。

　　　　主題　　　　　　敘述內容

A： 象の　鼻は　長いですか。

B： はい。　象の　鼻は　長いです。

◆ 相對於「句型 2」所學習到的「並列」，這裡「句型 4」屬於「逆接」。所謂的「逆接」，指的就是「後句與前句之間，（預測上應成立的）因果關係不成立」的一種前後文關係。本句型教導「～が」時，直接使用中文翻譯「雖然 ...，但是 ...」來教學即可，不必過度說明何謂「逆接」。

◆ 前後兩句話，若為「逆接」的關係，就很容易產生「對比」的語境。

　　本句型的最後一個例句：「この　家は　部屋が　広いです」與「この　家は　浴室が　狭いです」，上述兩個句子是「句型 3」所學習到的部分主題化而來。分別是「この　家の　部屋」、「この　家の　浴室」的 A 部分，部分主題化而來。

　　上述兩句話的小主語「～が」（部屋が／浴室が）的部分，在這個逆接的語境下，就產生了「對比」的含義。相對於「房間」寬大，「浴室」卻很小。「房間」與「浴室」之間產生了對比。此時，就可將小主語的「～が」，改為表示對比的「～は」。

　　也就是說，「この　家は　部屋は　広いですが、　浴室は　狭いです。」這一句話當中，第一個「は：この　家は」為主題（大主語），第二個「は：部屋は」與第三個「は：浴室は」都是表達「對比」的意思。

　　關於將句子中的成分使用「は」來進行對比的方式，「初級 2」的第 10 課將會有更全盤性的練習。這裡授課時，可以提出這個「對比」的觀念給學習者了解，並在練習 B 多加練習對比的「は」。讓學習者了解，使用「が」時與使用「は」時，會醞釀出不同的語感。

本 文

◆ 對話文中的「～へ　行きました。」將會於「初級 2」的第 8 課導入。這裡先當作常用表現請學習者記憶起來即可。

◆ イ形容詞「近い、遠い」修飾名詞時，除了使用「近い＋名詞、遠い＋名詞」以外，亦有「近くの＋名詞、遠くの＋名詞」的用法，如：「近くの　レストラン、遠くの　店」…等。

「近くの～、遠くの～」翻譯為「（某處）附近、遠處」。
當欲表達「到附近的超市」這種「以某處為基準，在其附近」的語境時，不可使用「近い＋名詞」。

・家の　（○近くの／×近い）　スーパーまで　買い物に　行きます。

「遠くの～」則多半單獨使用，表達「遠處、遠方」之意，不會講出基準點。

・（×）家の　遠くの　スーパーまで　買い物に　行きます。
　（○）遠くの　スーパーまで　買い物に　行きます。

「近い＋名詞、遠い＋名詞」則翻譯為「離（某處）很近／很遠」，用於表達被修飾名詞的性質，多會與助詞「から／に」併用。因此當你要表達「離車站很遠的房子」這種敘述房子本身條件性質的語境時，不可使用「近くの＋名詞、遠くの＋名詞」。

・駅から　（×遠くの／○遠い）　家は　不便です。

◆ 距離某處「近」，可使用助詞「～に」或「～から」。但距離某處「遠」，只可使用助詞「から」。

・私の　家は　駅（○に／○から）　近いです。
・私の　家は　駅（×に／○から）　遠いです。

第 6 課

私は　あなたが　好きです。

學習重點

◆　本教師手冊在第 4 課剛進入形容詞時，曾經介紹何謂「2 項形容詞」。本課的「句型 1」就是練習五個同時需要「主語」與「對象」兩個「項」，語意才會完善的「2 項形容詞」。教學時，僅需要以固定句型的形式帶入即可。

◆　「句型 2」～「句型 4」則是學習比較構文。「A は　B より　形容詞」，以 A 為主題，拿 B 來作為比較的對象。「～で（は）　～が　一番／もっとも　形容詞」則是三者以上的比較，取其最甚者。

◆ 本句型學習的「〜は　〜が　形容詞」，主要用於下列三種情況：

1. 使用形容詞「好きだ、嫌いだ」來表達喜歡或討厭的對象時，主體（主語）使用助詞「〜は」，而對象則使用助詞「〜が」。

2. 使用形容詞「上手だ、下手だ」來表達他人對某事物擅長或不擅長，或自己對於某事物不擅長時，主體（主語）使用助詞「〜は」，而對象亦使用助詞「〜が」。

3. 使用形容詞「欲しい」來表達想要的物品時，主體（主語）使用助詞「〜は」，而想要的對象也是使用助詞「〜が」。授課時，請注意「欲しい」僅能用於說話者自身第一人稱想要的物品，或詢問聽話者第二人稱想要的物品，不可使用於第三人稱。

◆ 「上手だ」鮮少用於描述自己對某事很擅長，一般描述自己擅長於某事物時會使用「得意だ」一詞，但本課並不會導入這一詞彙。

句型 2：〜は　〜より　（〜が）　形容詞

◆　本句型導入時，可以先提出「今日は　寒いです」，再進而提出「今日は　昨日より　寒いです」。這樣做，一方面可以讓學習者知道「昨日より」是比較的對象，也可以讓學習者了解，時制為何要跟著主語跑：

　　・昨日は　寒かったです。
　　→昨日は　今日より　寒かったです。

　此外，這樣的導入方式，有助於導入細節比較「〜は　〜より　〜が」時，以及練習 B 第 2 題練習的兩個形容詞並列的用法。如下：

　　・東京は　人が　多いです。（此為上一課「句型 3」的大小主語句）
　　→東京は　大阪より　人が　多いです。（插入比較對象）

　　・奈良は　静かで、　緑が　多いです。
　　（此為上一課「句型 2」的形容詞並列句）
　　→奈良は　東京より　静かで、　緑が多いです。（插入比較對象）

句型3：Ａと　Ｂと　どちらが　（～が）　形容詞

◆ 第 3 課「句型 4」時，曾經教導疑問詞「どちら」為「二選一」。此處的句型也是要聽話者比較 A 與 B（二者取其一），可以趁機複習。

回答時，以「～のほうが」來擇其優，或以「どちらも」來講述兩者相當。

句型 4：〜で　〜が　一番　（〜が）　形容詞

◆ 「句型 3」為兩者擇一，本句型則是先以「〜で」來提示出一個範圍，進而詢問「此範圍內，何者為最 ...」。這也是本書第一次出現助詞「で」。

　　若是要特別標示出主題，也可以使用「〜では　〜が　一番　形容詞」的句型來練習，授課老師可自行決定是否導入。此外，本教材「初級 2」的第 10 課「句型 4」，會教導目的語「〜を」主題化的用法。授課老師亦可等到那時再一起導入其他的格成分（補語）主題化的操作方式即可。

◆ 若使用於問句，由於是開放式問句，因此除了我們先前學過的「だれ」「どこ」與「どれ」三個疑問詞以外，這裡再多學習「いつ」與「なに」兩個疑問詞。

◆ 此句型亦可在形容詞的前方，加上助詞「〜が」來敘述對象或更具體的細節部分。

◆ 「〜で」的前方若為表場所的名詞時，則一般不會使用「〜の中」（但加上也不算錯誤）。

・日本（○で／？の中で）　東京が　一番　賑やかです。

「〜で」的前方若為表人數時，則一般會加上「〜の中」（但不加也不算錯誤）。

・この　4人（？で／○の中で）　マイケルさんが　一番　ハンサムです。

其餘的情況有無「〜の中」皆可。

・果物（○で／○の中で）　バナナが　一番　美味しいです。

◆ 若要表示「每個都 ...」，隨著疑問詞的不同，會有不同的回答。請見練習 A 的回答部分。注意：「何も」用於全面否定，「何でも」才是用於全面肯定。

06

◆ 「よ」為「終助詞」，放在句子的最後。主要用於告知對方不知道的事情（帶有提醒的語氣）。

・A：それは　文法の　本ですか。
　B：いいえ、　これは　語彙の　本ですよ。

◆ 本文當中，管理員說「その　スーパー」、「そこの　コーヒーは　まずいです」，出現了「その」、「そこ」。

這裡的「その」、「そこ」，並非我們第 3 課，在現場進行的真實場所的指示，因此文中的咖啡店既非在聽話者那裡的「對立型」，也非離兩者中等距離的「融合型」。那間店壓根兒不在現場。

這種在對話中所提及的店面或物品，稱為「對話型文脈指示」。兩者對話時，若兩人腦袋內都知道那個地方或那個物品，就用「あの」、「あそこ」指示。若兩者之間只有一方知道，則使用「その」、「そこ」指示。

根據文章的前後文，我們可以知道管理員說這段話時，他認為聽話者不知道那間超市的場所，因此使用「そこ」來指示。

關於文脈指示，上課不需特別提出。若有學生問及為何不是使用「あの／あそこ」，再稍微提點即可。

◆ 對話文中的「あっ、　もう　12時ですね」，是本書第一次出現「もう」的用法。關於動貌「Aspect」，本書會於「初級 3」第 13 課才會導入。這裡的「もう」，先請學生當作單字記憶下來即可。

第 7 課

お誕生日は　いつですか。

學習重點

◆　本課學習日文數字的講法，並學習如何應用於講述時間、日期、價錢以及電話號碼。雖然本課的「句型 4」介紹的助詞「～から」、「～まで」可與動詞一起使用，但本課仍停留在「名詞句」的階段，待下一課才會正式導入日文的動詞。

單　字

◆　老師可以補充「海の日」跟「山の日」等更多日本節日的詞彙，讓學習者在課堂上練習講述日期。

　　「海の日」為每年七月的第三星期一，因此每年的日期都不一樣。練習問題當中的舉例：7 月 17 日，則為本教材編寫年 2023 年的「海の日」。至於「山の日」則是每年的 8 月 11 日，是 2016 年後才新設的節日。

句型 1：数字

◆ 日文的數字體系與中文接近，因此建議本課可以教導學生從 1 數到 1 億，並配合價錢「～円」的講法以及「電話號碼」的講法。

　這裡會使用助數詞「～円」來做練習，是由於「～円」可以講的金錢範圍夠大，從幾塊到幾百、幾千萬，可有足夠大額的數字練習。此外，「～円」不像其他助數詞，除了本身會產生濁音、半濁音的變化外，還會使得前面的數字產生變化。因此從「～円」開始導入，可集中於練習數字本身。待本書第 12 課，即會導入常見的助數詞。

◆ 電話號碼時，「-」可唸作「の」或者停頓不發音。此外，2 與 5 必須發成長音（也就是所有的字都是 2 拍音），如：「0120-123-567」讀作「ゼロいちにいゼロ　いちにいさんの　ごおろくなな」。

◆ 授課老師可看班上的情形，適時考慮是否導入小數以及分數的講法。
　「0.5」唸作「れいてんご」。
　「1/2」唸作「にぶんのいち」。
　此外，小數點兩位以下的數字與電話號碼一樣，都必須是 2 拍音，如「0.25」唸作「れいてん**にいごう**」。

◆ 本句型由於版面問題，不設立練習 A 與練習 B，請老師集中練習數字的講法，練習自己電話號碼的講法，或者講述自己物品的價錢，讓學生更熟悉數字的講法即可。

句型 2：今、　～時　～分です。

◆ 指導時間的講法，必須注意的就是「～分」字本身的讀音，以及其前方的數詞「1、6、8」會產生促音便的問題。

　若學生吸收較慢，關於「分鐘」的講法，可先集中練習「5 分」、「10 分」、「15 分」等，以 5 分為單位的時間即可。而且實際上，在使用時間上，也多以上述的 5 分為單位，因此若學生吸收較差，可以先不需要求講至太細的分鐘，如「2 分」、「3 分」等。

◆ 除了最基本的「今　何時ですか」，授課時，亦可舉出某個不同時區的城市，以此城市為主題，以「～は　今　何時ですか」的方式來詢問。

◆ 學習主題的用法後，必然會有學生造出「今は　何時ですか」的句子。現階段老師不必過度強調有無「～は」，語感上有何不同，除非有打破沙鍋問到底的學生詢問，不然其實不用特別提出。

　由於「～は」除了有表「主題」的用法外，亦有「對比」的含義在。若只是單純詢問當下的時間，「今」等時間詞不需要加上「は」來主題化或強調對比含義，因此一般來說，在沒有任何前提之下，單純詢問幾點時，只會問「今　何時ですか」。

　若有個前提語境存在，例如這個人不久前才剛問過時間，然後現在又再問一次時，才會特別將「今」這詞加上「は」。「今は　何時ですか」（那現在是幾點呢？／至於現在是幾點呢？）。

◆ 本項句型的練習 B，安排價錢以及電話號碼的問法，以彌補「句型 1」之不足。

句型 3：今日は、 ～月 ～日 ～曜日です。

◆ 學習日期的講法，要留意「～月」的唸法為「がつ」，星期一「月曜日」的唸法為「げつ」。

◆ 由於本句型需熟練日期（1 號到 10 號不同讀法）以及星期的講法，因此授課目標主要是熟練這些單字，就不再安排練習 A 與練習 B。學習時，可適當安排日本的假日講法，來和同學一起練習。

◆ 除了學習疑問詞「何月、何日、何曜日」以外，也必須導入「日子（節日）」的問法：「何の日」。

◆ 一般講述或者詢問今天日期時，會將「今日」主題化，因此多以「今日は ～月 ～日」的方式提出。詢問某日子的日期時，如「子供の 日は 何月何日ですか」時，亦會將欲詢問的日子主題化。因此練習時，直接以有「～は」的型態來練習即可。

　　若學生造出「今日、 3月3日です」這種省略「は」的講法，老師僅需指導說，這種省略助詞的用法比較口語，但並非錯誤即可。

句型 4：～は　～から　～までです。

◆　本句型除了導入「から」「まで」的用法以外，也導入「と」（and）的用法。本句型的「と」，為事物「並列」的用法，以「名詞と名詞」的方式來表達。

　　先前第 6 課「句型 3」所學習的「A と B と　どちらが」則是「選擇」的用法。「選擇」用法時，第二個名詞的「と」不可省略。

◆　此外，「と」若使用於動詞句，則還有「共同動作」（第 9 課「句型 2」）以及「相互動作」（第 13 課「句型 3」）的用法。由於本課尚未進入動詞，因此上課時不需向同學提出。

◆ 文中的「秋ですか」、「水曜日ですか」的「か」為下降語調，並非對於陳先生「疑問」之意，而是說話者自己從對方的發言、或前述的語境當中了解到了一個事實，進而在內心確認、並接受了「啊，是秋天啊」這一個事實的用法。

◆ 對話文中的「残念ですね」，或者是「大変ですね」的「ね」，屬於說話者對聽話者表達「同情」的用法。與第 4 課當中的對話文「附和」的用法不同。

　　至於「高いですね」的「ね」，則表達說話者的「感嘆」。授課時，不需特別向學生強調這個用法是「附和」「同情」還是「感嘆」。

第 8 課

朝　6時まで　寝ます。

學習重點

◆　本課正式進入日文的動詞。日文的動詞和形容詞、名詞一樣，都有肯定、否定、現在、過去、以及常體敬體之分。但由於其常體部分牽扯到複雜的動詞變化，因此本書「初級2」僅介紹動詞的敬體部分的肯定、否定、現在及過去。常體則是留待「初級4」第24課才提出。

◆　「句型1」學習「寝ます、働きます、休みます、勉強します」這四個語意上都是屬於持續性的詞彙，可與「から」、「まで」一起使用。

　　「句型2」則是學習「起きます、寝ます、始まります、終わります」這四個語意上都是屬於瞬間性的詞彙，因此與助詞「に」一起使用。

　　其中「寝ます」較為特殊，視語境它可為持續性的、也可為瞬間性的。若欲表達一段時間的睡眠，則為持續性的。若欲表達上床睡覺的那一刻，則為瞬間性的。

　　「句型3」則是學習「行きます、来ます、帰ります」三個移動語意的動詞，因此會與方向的助詞「へ」一起學習。

　　「句型4」雖然也是移動語意的動詞，但亦可分別與「から」、「まで」來表達移動的起點與移動的終點。

◆ 由於本課開始進入動詞，因此單字表中，若出現名詞亦可與「サ行變格動詞」します複合使用的詞，則會標示出（サ）。

句型 1：〜から　〜まで　動詞ます。

◆ 為了不造成學習者的負擔，「句型 1」僅導入「ます」（現在肯定）「ました」（過去肯定）。至於現在否定與過去否定的部分，將於「句型 2」再導入。這同時也是因為「〜から」「〜まで」在使用上，較少與否定句一起出現的緣故。

◆ 例句中的「昨日」、「毎週」等時間詞，之所以沒有加上「は」，是因為句子中的主題為「私は」，這裡僅是省略了主題「私」而已。

　　若將「（私は）　昨日　夜　10 時から　朝　8 時まで　寝ました」講成「（私は）　昨日は　夜　10 時から　朝　8 時まで　寝ました」，這句子當中出現的第二個「は」，也就是「昨日は」的「は」，就代表「對比」。意思是「（前天或者平日並不是這樣的，但）昨天，我從 10 點睡到 8 點」。

　　這種用來表達對比意涵的「は」，授課老師可以視情況解釋給學生理解。

◆ 練習 B 的第 2 題即是練習對比「は」的用法。將時間部分以「〜は」來帶出「平時不是這樣的，但這天是 ...」的語感。

句型 2：〜に（時間點）　動詞ます。

◆ 本句型開始導入「ません」（現在否定）以及「ませんでした」（過去否定）。並帶入詞彙「いつも」，來表達恆常性的事物以及習慣，必須使用非過去。

◆ 請留意「始まります」與「終わります」兩個動詞所使用助詞的非對稱性。「始まります」可以使用時間點的「に」與時間起點的「から」，然而「終わります」卻只能使用時間點的「に」，而不能使用時間終點的「まで」。

◆ 原則上，「今、昔／昨日、今日、明日／先週、今週、来週／先月、今月、来月／去年、今年、来年…」等詞彙，由於它是屬於相對時間（隨著發話時間的不同，所指示的時間也不同），因此不可加上「〜に」來表達時間點。

・（×）明日に　働きます

但用於表達季節（春、夏、秋、冬），星期（月曜日、火曜日…），以及一天當中的時間（午前、午後、朝、昼、晩、夜…）等詞彙，則亦有可以加上「〜に」的情況。（「∅」表「無助詞」。）

・月曜日（○に／○∅）　働きます。
・夜（○に／○∅）　寝ます。

◆ 這裡介紹「行きます、来ます、帰ります」三個動詞，練習時，與表方向的「へ」一起使用。而本句型中的「へ」，亦可替換為表目的地的助詞「に」。原則上，本教材以「へ」為主，但授課老師可斟酌情況看是否導入。

・東京に　行きます

・明日も　ここに　来ますか。

・毎日　5 時に　家に　帰ります。

08

◆ 助詞「へ」表移動的方向，因此後方所使用的動詞一定要為含有移動語意的動詞，如本課學習的「行きます、来ます、帰ります」。若動詞的語意為動作，但不含移動的語意，則不可使用「へ」。

・（×）部屋へ　寝ます。

上例必須改為第 10 課「句型 2」即將學習的，表動作場所的「で」。

・（○）部屋で　寝ます。

◆ 若要表達「去了 A 處，也去了 B 處」，可在第二個地點「へ」的後方，加上副助詞「も」，或直接使用「も」來取代「へ」即可。

・昨日　新宿へ　行きました。　渋谷（○へも／○も）　行きました。

若要回答「哪兒也沒去／不去」，則僅需在「へ」的後方加上「も」，或直接使用「も」來取代「へ」即可。

・A：明日　どこへ　行きますか。
　B：どこ（○へも／○も）　行きません。

・A：昨日　どこへ　行きましたか。
　B：どこ（○へも／○も）　行きませんでした。

◆　「この電車は　新宿まで　行きます」與「この電車は　新宿へ　行きます」
的差異，在於「まで」表終點，因此前句的意思是「新宿為終點站」；而「へ」表
方向，因此後句的意思是「這班電車是朝新宿方向運行，但新宿可能不是終點站」，
而會繼續往下開（往中野）之類的。

本　文

◆　教導本文時，必須提醒學生，不要對不熟的人講「うるさい」。無論是日文還
是中文，都顯失禮。

◆　對話中，佐藤詢問「今日は　とこへ　行きますか」，當中的「今日は」也是
帶有對比的含義。原句應為「（あなたは）　今日は　どこへ　行きますか」。「あ
なたは」為句子主題（主語），因此第二個出現的「は」，「今日は」為對比的「は」。

　　回答時，小陳回答「今日は」、「明日は」，這兩者也是對比，相對於今天哪
裡都不去，明天則是要回台灣。

◆　這是本教材首次出現「いって　らっしゃ」與「いって　きます」的講法。可
以告訴學生，並非一定要對方先說「いって　きます」，才能回答「いって　らっ
しゃい」。像是本文中這樣相反的語境也是可以的。

　　另外，「いって　らっしゃい」的正式講法為「いって　いらっしゃい」。教
師可決定是否補充。

第 9 課

バスで　東京へ　行きます。

◆　本課前三個句型，仍然延續上一課的移動動詞。只是上一課的移動動詞只學習到與必須補語「へ」的用法，本課則是介紹可搭配移動動詞的副次補語「で」（交通工具）與「と」（共同動作對象）一起使用。

　　所謂的「必須補語」，指的就是相對於句尾的動詞（如：行きます），就一定得講出來的「項」（如：「東京へ」），語意才會完善的補語。而「副次補語」，則只是用來補足語意的（如：「バスで」、「妹と」），就算不講出來，句子也成立。

　　・A：私は　行きます。
　　　B：？？？（どこへ）

　　因為 A 沒有講出必須補語「東京へ」，因此句子語意不完善，聽的人會冒問號。但如果 A 講的是「私は　東京へ　行きます」，這句子就完善了，不需特別講出「バスで」或「妹と」。B 就會直接回你「いって　らっしゃい！」。這就是「必須補語」與「副次補語」的不同。

　　這也正是為什麼我們本課「句型 1」以及「句型 2」練習時，會是以「～で　～へ　行きます」、「～と　～へ　行きます」的形式帶入。會連同上一課的「へ」一起放在例句裡，而不是只是單純練習「～で」。因為如果只講「バスで　行きます」，缺少了必須補語，句子的語意將會不完善。

　　這個觀念對於教學者了解日文句子構造上非常重要，這代表著每個動詞它必須配合哪些助詞一同出現，更可幫助教導類似用法的助詞時，以另一種角度思考。詳

細可參閱敝社出版的『你以為你懂，但其實你不懂的日語文法Ｑ＆Ａ』以及『你以為簡單，但其實不簡單的日語文法Ｑ＆Ａ』。當然，授課時，這些觀念不需要解釋給學生知道。

句型 1：〜で（交通工具）　移動動詞

◆ 學習本句型時，可大量利用上一課「句型 3」所學習過的例句，然後再加上「で」，來更進一步地描述交通工具。造句時，必須留意必須補語「へ」要一起使用。

◆ 疑問詞「何で」，可發音為「なにで」或「なんで」，建議老師教學時，使用前者「なにで」，才不會與詢問原因理由「どうして」的口語講法「なんで」搞混。

◆ 本書尚未導入動詞て型，但權宜之計，若為步行前往，可先請學生死記「歩いて」。此時需留意，學生可能會在「歩いて」後方加上「で」，出現「歩いてで」的誤用。

◆ 語序上，以課本的「〜主題は　〜時間（に）　〜交通工具で　〜方向へ　動詞」為主。但也可以適時讓學生知道，日文由於使用格助詞來表達每個補語的意思，如「に」、「で」、「へ」，因此若調動上述的語序，也並非錯誤的講法。

◆ 本句型導入另一個副次補語：共同動作者「と」的用法。共同動作的「と」亦可替換為「と　一緒に」。

　　・妹と　東京へ　行きます。
　　⇒妹と　一緒に　東京へ　行きます。

◆ 「と」除了有「共同動作」的用法以外，還有「相互動作」的用法。例如：「〜と　結婚します」、「〜と　喧嘩します」。「相互動作」的「と」將會於「初級 3」第 13 課提出。

　　「相互動作」，顧名思義就是一定要跟對方一起做，動作才有辦法完成。因此一個動詞究竟使用的「と」是共同動作還是相互動作，全看動詞語意而定。

　　就上述的邏輯看來，相互動作動詞的「と」，屬於必須補語，因為「結婚します」、「喧嘩します」等動詞，如果沒有相互動作的對象，則語意不完善。

　　至於相互動作的「〜と」，就不可替換為「〜と　一緒に」。這點老師了解即可，不需要特別解釋給學生聽。

◆ 現階段關於「〜と」，需要解釋給學生聽的，就是「除了本文法用來表達共同動作的對象（With）以外，亦可用來並列兩個名詞（And）。」請參考第 7 課「句型 4」。

　　・私は　リンゴと　バナナ が　大好きです。
　　・休みは　土曜日と　日曜日 です。

◆ 關於句子的順序，如同「句型 1」提及，原則上按照「主題／主語は　時間（に）

09

71

共同動作者と　交通工具で　方向へ　移動動詞」的順序排列。但若因語境需求，各個補語（名詞＋格助詞）的位置調動並不會影響句子的語意。以下三句意思皆相同，為「我明天和妹妹搭電車去東京」。

　　・私は　明日　妹と　電車で　東京へ　行きます。
　　・私は　明日　電車で　妹と　東京へ　行きます。
　　・私は　妹と　明日　電車で　東京へ　行きます。

◆　本書尚未導入表「共同動作參與人數」的「で」，但權宜之計，若為獨自前往，可先請學生死記「一人で」。

　　關於這一點，老師也可以視情況補充說明，若兩人一起來，可使用「二人で」。大家一起來，則使用「みんなで」。此時需留意，請學生必須使用助詞「で」而非「と」。

　　・一人で　日本へ　来ました。
　　・みんなで　行きましょう。

句型 3：「どこかへ」&「誰かと」

◆ 若於疑問詞「どこ」、「誰」的後方加上「か」，則並非「開放式問句」，而是會變成「封閉式問句」，用於詢問「是不是」、「有沒有」。因此回答句會以「はい」或「いいえ」回覆。

此外，「どこかへ」的「へ」可以省略，但「誰かと」的「と」不可省略。

疑問詞「どこ」、「誰」後方加上「も」，則用於表達否定。

「どこへも」的「へ」可以省略，但「誰とも」的「と」不可省略。

雖然可以省略，但本教材採取不省略「へ」的方式教學。建議老師教學時也不要省略「へ」。讓學習者一開始就很清楚，這裡原本是使用的助詞為「へ」。若有學生提及關於省略的問題，再略為提點即可。

◆ 「へ」可以省略的原因，是因為「へ」是移動動詞「行きます、来ます、帰ります」的必須補語，即便省略，聽話者還是可以藉由句中的移動動詞得知此名詞表示方向。「と」不可省略的原因，則是因為「と」只是副次補語，若沒將共同動作的對象明顯標示出，則聽話者不知道此名詞的格位為何。

◆ 本處的練習 B，為目前所學到的疑問詞的總複習。複習如何應對各個疑問詞的回覆。

句型４：～動詞ませんか／ましょう

◆ 「～ませんか」，主要有兩種用法：一為「建議對方做某事（對方的動作）」、一為「邀約對方一起做某事（兩人一起做動作）」。本句型僅學習第二種用法「邀約」。下面將其兩種用法以及例句舉出。第二種用法經常會與副詞「一緒に」一起使用。

【建議】
・A：この　漫画を　読みませんか。　面白いですよ。
　B：ありがとうございます。　読みます。

【邀約】
・A：今晩、　一緒に　ご飯を　食べませんか。
　B：すみません、　今日は　ちょっと…。

◆ 「～ましょう」，主要有兩種用法：一為「正面積極回應ませんか的邀約」、一為「邀約對方一起做某事（兩人一起做動作）」。本句型僅學習第一種用法「正面積極回應邀約」。

【正面積極回應「～ませんか」的邀約】
・A：今晩、　一緒に　ご飯を　食べませんか。
　B：はい、　一緒に　食べましょう。

　　　第二種用法的邀約，含有「單方面告知對方，來做一件早已預訂好的事情或反覆性排定的行程」的語氣在，但本課暫不導入。

【邀約：單方面告知對方，來做一件早已預訂好的事情或反覆性排定的行程】

　　・Ａ：じゃ、　また　後で　ロビーで　会いましょう。

　　　Ｂ：じゃ、　また　後で。

　　・時間ですね。　行きましょう。

◆　「～ましょう」的第二種用法「邀約」與「～ませんか」的第二種用法「邀約」，看起來意思相似，但使用的狀況不同。兩者不同處在於：

　　「～ませんか」語感上有注重到聽話者的意願，強制性較弱。也因為強制性較弱，使用「～ませんか」詢問時，說話者若有做此動作的意願，則會使用明確的肯定「はい」或「ええ」來回應。若說話者沒有做此動作的意願，則亦可使用「ちょっと…。」等婉轉的方式拒絕。

　　而「～ましょう」則是多用於早已預訂好的計畫或者是長期定下來的習慣，因此語感上較無尊重到聽話者想不想做的意願，聽話者較無選擇說不的權利，因此回應時，多會以重複「～ましょう」的方式來附和說話者，或者就不再回覆。

　　因此，若是上課時間到了，老師對學生說「來上課吧」，由於上課本是預定好的事情（已排定的行程／課程），不容學生說不，因此這樣的語境，就不可使用「～ませんか」。

　　・では、　授業を　（○始めましょう／×始めませんか）。

　　關於這點，老師不需額外向學生說明，授課老師自己了解即可。

◆ 「この　遊園地は　水道橋です」。這是第3課「句型2」，所在句的簡化講法。原句為「この遊園地は　水道橋に　あります」。在此順便幫學生複習一下，正確翻譯為「這個遊樂園在水道橋」，不要翻譯為「這個遊樂園是水道橋」。

◆ 對話文中的「電車で行きますか、　車で行きますか」，則是學習使用動詞的「選擇式問句」。關於選擇式問句，請參考第1課「句型4」。

第 10 課

家で　テレビを　見ます。

學習重點

◆　本課學習較多的動詞，這些動詞都有「動作作用所及的對象（目的語／受詞）」存在，也就是「他動詞（及物動詞）」。

◆　所謂的他動詞，指的就是則是動作時，會有「對象」、也就是會有「目的語（受詞）」這個必須補語的動詞，如：「食べます、飲みます、見ます、聞きます、読みます、書きます、買います、します」…等。

這些動作，若不將動作的對象明講出來，整體語意會不完善，聽話者會聽不懂你想表達的事情。例如「食べます」一詞，如果你只是講「さっき　食べました」，那麼聽話的日本人一定會頭腦冒出三個問號，會反問你「何を？（吃什麼）」。也就是說，當你使用「食べます」這個動詞時，如果沒有搭配此動詞的動作對象，例如：「ケーキを」這個必須補語一起講出來，則等於話只講一半。這樣的動詞就稱作「他動詞（及物動詞）」。

◆　他動詞「動作作用所及的對象」，原則上使用「～を」來表達，極少數使用「～に」，如「～に　噛み付く」。授課老師可以建議學習者記憶他動詞時，連同「～を」的部分一起記憶下來。

◆　「会います」雖然一樣得將對象「に」表達出來，語意才會完善。但「会います」並不能改為直接被動，因此在認定上，屬於「自動詞」。是一個需要「～が　～に」兩個補語的 2 項動詞。

句型 1：〜を（動作對象）

◆ 練習 A 第 2 題的「ください」為特殊活用五段動詞「くださる」的命令形。因本身特殊活用，且因經常會使用到，因此本教材採取便宜之計，先將「ください」直接當作是一個特殊的動詞導入課本。教學時，請直接告訴學生，它的意思是「請給我」即可，並告知它屬於較特殊的動詞。若要表達「請給我某物品」，亦是使用助詞「〜を」。

・コーヒーを　ください。

◆ 動詞「する」可與某些名詞複合成為另一個動詞。因此「宿題を　する」亦可直接複合為「宿題する」。其他類似的還有：「スポーツを　する」→「スポーツする」、「散歩を　する」→「散歩する」。

◆ 「Nを　する」為「對象（受詞／目的語）＋動詞」的結構，算是一個完整句子；「N する」則為複合動詞，屬於一個單字。

此外，若「N する」前方又有個對象時，一樣是以「〜を　N する」的結構表達，若要將其還原為「N を　する」的結構，則必須將「〜を」的部分改為「〜の」，不可同時使用兩個「〜を」，如：

・（○）日本語を　勉強する。
　（○）日本語の　勉強を　する。
　（×）日本語を　勉強を　する。

其他舉例如：「車を　運転する」→「車の　運転を　する」；
　　　　　　「部屋を　掃除する」→「部屋の　掃除を　する」；
　　　　　　「ホテルを　予約する」→「ホテルの　予約を　する」；
　　　　　　「ギターを　練習する」→「ギターの　練習を　する」…等。

78

上述的觀念，授課老師了解即可，此階段不需特別在課堂上提出。

◆ 例句中「小さい　のを　買いました」為準體助詞「の」的用法。請參考第 5 課「句型 1」的說明。

◆ 「何かを」同上一課的「句型 3」「どこかへ」「誰かと」，表封閉式問句。「何かを」的「を」可以省略，但本書採取不省略的方式教學。

◆ 疑問詞「なに」後方加上「も」，用於表達否定。否定時「なにも」，「も」前方不可以有助詞「を」。

- （×）何をも　買いませんでした。
  （○）何も　買いませんでした。

◆ 學習本句型時，可大量利用「句型 1」所學習過的例句，再加上本句型欲學習的副次補語「で」，來更進一步地描述動作場所。以「～動作場所で（副次補語）目的語を（必須補語）　動詞」的句型來練習。但請注意，勿使用「ください」來造句。

◆ 「～で」究竟是用來表達「交通工具」（第 9 課「句型 1」）或是「動作場所」（本句型），首要取決於後方的動詞。

　　也就是說，即便「～で」的前方為「飛行機、バス、車、電車…」等交通工具，但只要後方的動詞並非移動動詞「行く、来る、帰る」，而是本課學習的動態動作動詞，如「飛行機、バス、車、電車…」等，則「～で」就不可解釋為交通工具，必須解釋為動作場所。

- 飛行機で　ワインを　飲みました。
- バスで　動画を　見ます。
- 電車で　小説を　読みます。

　　上述的情況，亦可於交通工具後方加上「～の中」，來使語意更清楚。

- 飛行機　の中で　ワインを　飲みました。
- バス　の中で　動画を　見ます。
- 電車　の中で　小説を　読みます。

◆ 無論是交通工具的「～で」，還是動作場所的「～で」，都屬於「副次補語」，也就是句子當中的非必要成份。

◆ 語序上，以課本的「～主題は　～共同動作者と　～動作場所で　～動作對象受詞を　動詞」為主。但也可以適時讓學生知道，「～と」與「～で」順序調換並非錯誤的講法。

◆ 例句最後一句「いつも」與「昨日は」，為對比的用法。對比平時「いつも」在超市買便當，昨天「昨日は」則是在餐廳吃飯。

10

句型 3：～で（道具）

◆ 上個句型提及，「～で」究竟是用於表達「交通工具」或是「動作場所」，首要取決於後方的動詞。但若後方的動作皆為「動態動作」，那麼「～で」除了有可能是「動作場所」以外，也有可能是本句型欲學習的「道具」用法。

此時，決定「～で」究竟是用於表達「動作場所」還是「道具」，就取決於「で」前方的名詞究竟是「場所名詞」還是「道具名詞」。

・レストラン（場所名詞）で　ご飯を　食べます。
・お箸（道具名詞）で　ご飯を　食べます。

◆ 「スマホで　ドラマを　見ます。　テレビでは　見ません。」這當中的「は」，仍然是對比的「は」。表示相對於會「使用手機看」，但「不會使用電視機看」。肯定與否定的對比。

這句話若把主題（主語）講出來，則為：

・私 は　　スマホで　ドラマを　見ます。　テレビで は 　見ません。
　　第一個「は」表主題　　　　　　　　　　　　　　　　　　第二個「は」表對比

不同於前三課都是以「時間」或「日期」在做對比。這裡的對比，是拿「道具」的部分來做對比。

除了道具能夠做對比以外，其他的補語成分也都可以拿來做對比，例如練習 B 的第 2 題，拿「對象（目的語）」部分來做對比，練習 B 的第 3 題，則是分別拿「共同動作者と」、「方向へ」、「動作場所で」以及本項文法的「道具で」來做對比。

對比的「は」，要特別留意的是，若「は」前方的助詞為「が」或「を」，則「が」

或「を」必須刪除。而其他助詞則不必。

◆ 關於對比的說明如下：

所謂的「對比」，指的就是用來暗示「與別的狀況不同，這個情況則是…」的意思。

・明日　働きます。　明後日は　働きません。

如上例。當我們單純敘述「明天要工作」時，「明日」不需加上助詞。但若接著繼續描述「後天不工作」，則由於說話時已經講了「明天工作」，因此接著提出的「後天」，明顯是用於對照（對比）「明天工作」，而「後天不工作」的。這樣的語境，就稱為「對比」。

表達「對比」時，「被拿來對比」的部分會於後方加上助詞「は」。

除了「時間」可拿來對比以外，「交通工具」、「共同動作的對象」、「動作對象」、「動作場所」、「工具」…等，皆可拿來對比。對比時，僅須將「は」加在「被拿來對比」的部分的後方即可。若「は」前方的助詞為「が」或「を」，則「が」、「を」必須刪除。

・ 土曜日 、　池袋へ　行きます。　 日曜日 は　新宿へ　行きます。
・ 電車で 　東京へ　行きます。　 バスで は　行きません。
・ 妹と 　東京へ　行きましたが、　 弟と は　行きませんでした。
・私は 魚を は　食べますが、　 肉を は　食べません。
・ 電車で 　は　タブレットで　小説を　読みます。
・電車では　タブレットで　小説を　読みます。　 スマホで は　読みません。
・Ａ：いつも　自転車で　近くの　スーパーへ　行きます。
　Ｂ：そうですか。　じゃあ 会社へ は　何で　行きますか。

◆ 否定句時，亦可使用助詞「は」來代替「が」、「を」或者放置於「に」、「で」、「と」、「へ」…等助詞後方。這是因為否定的語境，多半會有與肯定語境的做「對比」的含義，因此否定句中的「は」，亦可解釋為本項文法所學習到的表對比的「は」。

- （肯）私は　お酒を　飲みます。
　（否）私は　お酒（○を／○は）　飲みません。

- （肯）私は　日本が　好きです。
　（否）私は　中国（○が／○は）　好きでは（じゃ）ありません。

- （肯）妹と　行きます。
　（否）弟（○と／○とは）　行きません。

　　上述觀念，授課時不需全盤教導給學生。僅需在做練習Ｂ時，告訴學生：「將助詞置換為「は」，是因為含有對比的含義」即可。

◆ 「聞きます（用於「詢問」的語境下）」與「話します」，兩個動詞需要完善語意，至少必須要有主語「～は」，對方「～に」以及目的語「～を」三個必須補語。也就是說，「聞く」與「話す」為「3 項動詞」。

　　・私は　彼に　答えを　聞きました／話しました。

　　「会います」則是只需要主語「～は」以及對方「～に」兩個必須補語即可完善語意，因此屬於「2 項動詞」。

　　・私は　彼女に　会いました。

　　「書く」若是使用於「傳遞訊息」的語意，則是需要主語「～は」、傳遞的對方「～に」以及目的語「～を」三個必須補語。這時，它就屬於「3 項動詞」。

　　・私は　彼女に　手紙を　書きました。

　　但「書く」若是使用於「生產文章」的語意，則只需要主語「～は」以及目的語「～を」兩個必須補語。這時，它就屬於「2 項動詞」。

　　・私は　本を　書きまた。

　　教導時，必須留意這四個動詞分別需要的必須補語來做練習。視學習情況，亦可加上副次補語「で」來作補充。

◆ 「～と／に　会います」「～と／に　話します」

上一課的「句型2」曾經學習到表共同動作的助詞「と」。而本課所學習到的「会います」與「話します」兩個動詞，若要表達和誰見面，和誰說話，除了可以使用這裡學習的表「對方」的助詞「に」以外，亦可使用「と」。

但兩者語意稍有差異。若講「友達と　会います」，意思則是「兩人互相約碰面」，並無誰主動去見誰的問題。

但若講「友達に　会います」，意思則是「說話者單方向去找朋友」，語感上偏向主語主動去找對方。

「友達と　話します」亦然，表示「兩人談話」，並無誰單方面向誰搭話的問題。
但若是「友達に　話します」，則語感偏向主語主動去找對方攀談，主語講話，可能朋友就只有聽，並無開口。因此若是要表達「主語單方面去告知朋友某事情」，則會使用「に」。

※ 註：上一課學習到的「と」為「共同動作」（這是不一定要出現的副次補語）；「会います」前方的「と」為「相互動作」（這是一定得使用的必須補語），也就是說，「会います」這個動詞一定得要有「と」或者「に」的存在，語意才會完善。

・友達（○と／○に）　会います。

◆ 目的語主題化：
本文法的最後一個例句「その　ことをは　誰かに　話しましたか」當中的「そのことは」，原本是受詞（目的語）。若還原成原本的句子，就是：

「（あなたは）　誰かに　そのことを　話しましたか」。

這個例句將其改成「そのことは」並移至句首，是將「目的語主題化」。其功能就是讓聽話者知道現在正針對「そのこと」這件事在進行討論以及議論，因此把它移至句首當主題。

練習 A 的第 2 題，就是練習「目的語主題化」。教學時，老師可引導學生如何將其還原。如「その手紙は　誰に　書きましたか」→「誰に　その手紙を　書きましたか。」

◆　雖本課沒教，但順帶一提。

　　能夠主題化的成分，除了「目的語を」以外，例如：「日曜日に　彼が
東京へ　行った」當中的每個補語「日曜日に」「彼が」「東京へ」皆可主題化：

・日曜日に は　彼が　東京へ　行った

・彼 は　日曜日に　東京へ　行った

・東京へ は　日曜日に　彼が　行った。

　　關於這點，授課老師僅需了解即可，不需在現階段教導給學生。

◆ 「そして」與「それから」皆可表示動詞的連續動作。原則上可以替換。

・晩ご飯を　食べました。　（○そして／○それから）、　勉強しました。

　　唯「それから」另有表達「累加、追加」的功能。若在語境上，Ｂ句是屬於突然想到的，或是追加補充的，則不可使用「そして」。

・リンゴを　３つ　ください。
　あっ、（×そして／○それから）、　バナナも　２本　ください。

◆ 此外，「そして」用於形容詞句時，還有「列舉並列」的用法，此情況下不可使用「それから」。

・ルイさんは　かっこいいです。　（○そして／×それから）、　頭が　良いです。

　　若是名詞的「列舉並列」，則由於是舉一、舉二再舉三地列出不同物品，因此可使用「そして」亦可使用「それから」。

・すみません、バナナと　リンゴと、
　（○そして／○それから）、　スイカを　ください。

　　上述規則上課不需要特別強調，有學生問起差異再說明即可。

第 11 課

教室には　学生が　います。

◆　本課單元學習「あります（有／在，無情物）」與「います（有／在，有情物）」兩個動詞。這兩個動詞可用來表「存在」，亦可用來表「所有」。

　　本課「句型 1：〜には　〜が」為存在句，「句型 2：〜は　〜が」為所有句，「句型 3：〜は　〜に」為所在句。要請教學者注意的是，授課時，別用中文的「在」以及「有」去作句型區分。

11

◆ 動詞若以「動貌（aspect）」的觀點來分類，可分為「動作性動詞」與「狀態性動詞」。有別於上一課第 10 課所學習到的動詞皆為「動作性動詞」，本課學習的「あります」與「います」為「狀態性動詞」。

「動作性動詞」的非過去，用來表達未發生、「未來」的事情。如「ご飯を食べます」（尚未吃）。而「狀態性動詞」的非過去，則是表達「現在」的狀態。如「教室には　人が　います」（現在教室有人的狀態）。其他屬於「狀態性動詞」的，有：「できます、わかります … 等」為數不多。

◆ 若要表達「靜態存在的場所」，必須使用助詞「に」。而「存在的主體」則使用助詞「が」。

由於「句型 1」所介紹的存在句，主題為場所，所以會於「場所に」的後方，加上表示主題的「は」，因此本書所有關於存在句的練習以及舉例，會使用「場所には　主體が　あります／います」的形式，來表達「某處存在著某物品或某人」。

◆ 存在主體若為植物或者是物品等無情物，則使用動詞「あります」，存在主體若為人類或動物等有情物，則使用動詞「います」。

・教室には　机が　あります。
・教室には　学生が　います。

◆ 若「〜には」前方的名詞並非「表場所」（如：教室、房間…等）的名詞，而是物品時，則必須加上「上、下、左、右、前、後ろ、中、横、隣、側」等表位置的詞彙來表達其位置。

・箱の　中には　おもちゃが　あります。

・車の　後ろには　男の子が　います。

◆　上述用來表達「存在」的句子，亦可使用無主題（無題文）的表達方式：「～に　～が　ある／いる」，來表達當下看到的景象。也就是場所部分不使用「には」而是使用「に」（但不可省略「に」獨留「は」）。教學時，若有學提及，老師只要說明「～に　～が　ある／いる」也合乎文法即可。

・教室に　机が　あります。

・教室に　学生が　います。

・箱の　中に　おもちゃが　あります。

・車の　後ろに　男の子が　います。

・（×）教室は　机が　あります。（不可省略「に」）

◆　本課的存在句「～には・　～が」，其實就是上一課「句型 4」當中所提到的「主題化」而來。只不過這裡並非將「目的語を主題化」，而是將「存在場所に主題化」而來。

・机の上に　本が　あります。

→將「机の上に」主題化：机の上に　は　本が　あります。

市面上許多教材是以無題文「～に　～が　あります／います」的模式導入，教學時學生若有詢問兩者之間的不同，老師在現階段僅需說明兩者都正確即可。

◆　上述用來表達「存在」的句子，其「疑問句」或「否定句」時，主體亦可使用助詞「は」。使用「は」時，語感上會多一層「強調找尋特定物品／人物」、「強調否定」的感覺。

・教室には　机（○が／○は）　ありますか。

・教室には　学生（○が／○は）　いません。

◆ 但若主體部分為「誰、何」等疑問詞時，則「疑問句」時僅可使用助詞「～が」，「否定句」時僅可使用助詞「～も」。

　　・教室には　何（○が／×は）　ありますか。
　　・教室には　何（×が／×は／○も）　ありません。

句型 2：～は　～が　（所有句）

◆ 句型「～には　～が　あります／います」，除了可用於表達上一個文法所介紹的「存在」以外，亦可表達「所有（某人擁有某物品或某人）」。此時「～には」的部分就不是「表場所的名詞」，而是「擁有者」。以「擁有者には　物品或人が　あります／います」的句型，來表達此人擁有著某物品或某人。

　・私には　車が　あります。
　・私には　息子が　います。

◆ 上述用來表達「所有（擁有）」的句子，亦可將助詞「～に」省略。也就是主體部分不使用「には」而是使用「は」（但不可省略「は」獨留「に」）。

　・私は　車が　あります。
　・私は　息子が　います。
　・（×）私に　車が　あります。

　本教材為了與「句型1」的「存在」區別，關於「所有」，一律只導入「～は　～が　あります／います」的講法。也就是以下列為準：

　存在句：場所には　物品或人が　あります／います
　所有句：擁有者は　物品或人が　あります／います

◆ 在講述擁有者擁有物品，表達「所有」時，比起本課的「～は　～が　あります」句型，使用「～は　～を　持って　います」的句型會更為貼切。只不過「持っています」當中的補助動詞「～て　います」要一直到「初級4」才會出現，且「持って　います」不可用於擁有「人」。因此便宜之計，本教材仍是以「～は　～が　あります／います」來表達「所有」。

11

・（○）私は　車を　持って　います。
　（×）私は　妻を　持って　います。

◆　上述用來表達「所有（擁有）」的句子，其「疑問句」或「否定句」時，主體亦可使用助詞「〜は」。使用「〜は」時，語感上會多一層「強調詢問特定物品／人物」、「強調否定」的感覺。

・あなたは　　車（○が／○は）　　ありますか。
・私は　　　息子（○が／○は）　　いません。

◆　表達「所有」的「〜には　〜が　あります」，若使用「疑問詞」時，則不可省略助詞，只能使用「には」。

・（○）あなたには　何が　ありますか。
　（×）あなたは　何が　ありますか。

・（○）私には　何も　ありません。
　（×）私は　　何も　ありません。

　　正因為所有句「〜は　〜が　あります／います」使用「疑問詞」時較為麻煩，因此本教材於「句型 2」，不提出使用「疑問詞」的例句，請老師教學時留意。

◆　本句型除了教導擁有實體物品以外，也教導擁有「時間、用事、約束、仕事」等抽象事物。

◆　本句型最後兩個例句導入表理由的接續助詞「〜から」，並接續於「あります、います」等動詞後方。本課暫時先不導入接續其他品詞的用法，這裡僅需簡單介紹即可。完整的「〜から」用法，將會於「初級 3」第 15 課導入。

句型 3：〜は　〜に　（所在句）

◆ 所謂的「所在句」，指的就是將「句型 1」存在句「場所には　主體が　あります／います」中，「主體が」的部分移至句首作為談論主題的一種敘述方式。

・無題文：机の上に　本が　あります。

「句型 1」：將「机の上に」主題化：机の上には　本が　あります。
「句型 3」：將「本が」主題化：本は　机の上に　あります。

　　因此，這個句型多半會使用於一問一答當中，兩人針對某主題（找尋特定物品或人物）時使用。

・A：私の　本は　どこに　ありますか。
　B：あなたの　本は　机の上に　あります。

◆「所在句」，其「否定」時，場所「に」的後方亦可加上助詞「は」，來增強其「否定」的語感。

・A：リサちゃんは　部屋に　いますか。
　B：はい、　リサちゃんは　部屋に　います。
　　　いいえ、　リサちゃんは　部屋（○に／○には）　いません。

◆ 本項文法學習到的「所在」句「〜は　〜に　あります／います」，在「肯定句」與「疑問句」時，亦可直接使用「〜は　〜です」句型來取代（⇒「初級 1」第 3 課「句型 2」），但「否定句」時鮮少使用「〜は　〜ではありません」的表達方式。

・A：私の　本は　どこですか。
　B：あなたの　本は　机の上です。

・Ａ：リサちゃんは　部屋ですか。

　Ｂ：はい、　リサちゃんは　部屋です。

　　　いいえ、　リサちゃんは

　　（？部屋ではありません／○部屋にはいません）。

◆　當要找尋的物品或人，不存在於任何場所時，則使用「どこにも　ありません／いません」。例句中雖沒有舉例，但練習Ｂ中會練習到。

◆　「句型1」表存在的「～に（は）　～が　あります／います」用於表達說話者「單純敘述當下所看到事物」或「詢問此處有什麼物品」時使用；而「句型2」表所在的「～は　～に　あります／います」，則是「針對尋找特定人、事物（特定主題）時所給予的回答」。因此兩者使用的狀況會不一樣。

【存在句】

・あっ、机の上に（は）　本が　あります。

・あっ、あそこに（は）　鈴木さんが　います。

・Ａ：机の上に（は）　何が　ありますか。

　Ｂ：机の上に（は）　本が　あります。

【所在句】

・Ａ：私の　本は　どこに　ありますか。

　Ｂ：あなた　の本は　机の上に　あります。

◆ 相較於第７課「句型４」所學到的「と（並列）」是將所有的東西全部列出，「や」則是「部分列舉」。「や」就只是舉出代表性的幾項物品（兩個以上），並非全部。亦經常在最後一個名詞後接上「など」，語感中帶有除了列舉出的物品以外，還暗示著其他的物品存在。（※ 註：「など」可以省略）

・机の上には 　本と鉛筆　　　　が　あります。
・机の上には 　本や鉛筆（など）が　あります。

　　如上例：第一個例句，意思就只是表達「桌上有書與鉛筆」，但若使用「〜や（〜など）」，則意思是「桌上有書與鉛筆之類的物品」，暗示除了書與鉛筆以外，還存在著其他的物品，只是沒有講出來。

◆ 本句型同時介紹「などの N」的講法。
　　「A や B などの N」，N 會是 A 與 B 這類物品的「上位語（統稱）」。如「本（書本）」為上位語，而「雑誌」「漫画」則為「本（書本）」的下位語。

◆ 當「などの」後接名詞時，「など」不可省略。

11

◆ 對話中的「切手？　あっ、　ルイさん（が）　ありますよ」。這句話是由所有句「ルイさんは　切手が　あります」演變而來的。

　　・ルイさんは　切手が　ありますよ。

　　1. 主題化：　　　　　　→　切手なら　ルイさんは　ありますよ。

　　2.「は」降格為「が」：　→　切手なら　ルイさんが　ありますよ。

　　3. 主題先當疑問：　　　→　切手？　　ルイさんが　ありますよ。

　　4. 省略「が」　　　　　→　切手？　　ルイさん　ありますよ。

　　1. 先是將「切手が」主題化，這裡使用「なら」來主題化。2. 這時，「切手」就會變成主題，因此原本的主題「ルイさんは」就會「降格」為表主體的「が」。

　　3. 本課為了不造成教學上的困擾，在現階段先把主題「切手」放在句首，當作疑問。4. 並省略表主體的格助詞「が」的講法。

　　上述的操作，不需解釋給學生了解。

第 12 課

薬は　１日に　３回　飲みます。

◆　本課為本書的最後一課，除了學習「副詞」以外，還會學習「數量詞」，並利用之前已學習的句型，來學著如何套入「副詞」與「數量詞」。

12

句型 1：副詞

◆　本句型學習副詞。基本上，副詞擺放於動詞的前方。但本課出現的副詞「たくさん」與「大勢」兩字，亦可擺放在名詞的前方，以「たくさんの／大勢の＋名詞が」的形式表達。但這樣的表達方式本課暫時不導入。

・本棚には　たくさんの　本が　あります。

・ホテルの　ロビーには　たくさんの　外国人が　います。

・ホテルの　ロビーには　大勢の　外国人が　います。

◆　某些情況，數量詞亦可擺放在名詞的前方，以「數量詞の＋名詞」的形式表達。

・ホテルの　ロビーには　外国人が　**2人**　います。
＝ホテルの　ロビーには　**2人の**　外国人が　います。

依照使用的語境，本句型學習的「名詞＋數量詞」與「數量詞の＋名詞」語意上會有不一樣的狀況。例如：

・その　ボールペンを　2本　ください。
（請給我那款原子筆兩隻。）
・その　2本の　ボールペンを　ください。
（請給我那兩隻 < 我指的 > 原子筆。）

前者指的是「那個型號的」原子筆，請給我兩隻。並不特定是要哪兩隻。但後者的意思是，話者想要的，就是說話者手指著的，特定的那兩隻原子筆。

・昨日、　リンゴを　1000円　買いました。
（昨天買蘋果買了 1000 日圓。）
・昨日、　1000円の　リンゴを　買いました。
（昨天買了 1000 日圓的蘋果。）

同理，前者在語感上偏向「買了許多蘋果，總價 1000 日圓」。後者在語感上則偏向「買了一顆 1000 日圓的蘋果」。

此外，若此名詞後面的助詞不是「が」或「を」，則不可替換。

・私は　アメリカへ　6回　行きました。（我去過六次美國。）

（×）私は　6回の　アメリカへ　行きました。

這裡補充的表達方式，本課不教，老師僅需了解即可。

◆　「數量詞＋で」，用來表「總共」。本課不教，老師可視情況補充。

・1つ　1000円です。　5つで　5000円です。

◆　「ぐらい」放在數量詞的後方，用來表示大約的數量，中文翻譯為「左右、大概…」。經常與副詞「だいたい（大約）」一起使用。亦可寫作「くらい」。

◆　「だけ」放在數量詞或名詞後方，用來表示僅有此物或僅有此量等表稀少的意思。中文翻譯為「只有、僅有…」。

　　若使用的句型為「～には　～が　だけ　あります／います」，則亦可替換為「～には　～が　だけです」。「だけです」的用法，「句型 3」當中不學習，但會於本文的對話中提及：「風邪薬だけですか」。

◆　「しか」放在數量詞或名詞後方，且句尾的動詞需要改為否定。與「だけ」意思相近，用來表示僅有此物或僅有此量等表稀少的意思。中文翻譯為「只有、僅有…」。口氣較為強烈，有時還帶有因為稀缺而感到困擾的含義。

◆　「だけ」、「しか」亦可取代格助詞。但取代格助詞的用法本課暫時先不導入，教學者了解即可。

・りんごをだけ　食べました。
・りんごをしか　食べませんでした
・図書館へだけ　行きました。

句型 4：～に ○回（比例基準）

◆ 本句型除了學習比例基準以外，亦可順道學習帶入附表的各種期間講法。

本　文

◆ 本文中的「ごろ」用來表達「大致上的時間」，而「句型 3」的「ぐらい」則是用來表達「大約的數量」。因此若是要表達「一段期間（量）」，也是使用「ぐらい」。

　・3 時「ごろ」

　・3 個「ぐらい」

　・3 時間「ぐらい」

◆ 對話文中的「それから」屬於「追加」的用法，請參考第 10 課的「本文」說明。

第 13 課

日本語が　わかりますか。

學習重點

◆　本課除了學習動詞「わかる」的用法以外，亦學習動詞「できる」的兩種用法：分別為「能力」以及「狀況可能」。（本教師手冊從本課「初級 3」起，說明時使用動詞原形。）

　　此外，亦學習表移動目的的助詞「に」，以及導入「もう」與「まだ」來表示完成與未完成。

13

◆　本書於第 6 課時，學習了「～は　～が　形容詞」這種 2 項形容詞的句型，並說明了若要表達「喜好、厭惡、擅不擅長」、或者「想要的對象」時，必須使用助詞「が」。第 10 課則是學習了，若要表達他動詞的「動作作用所及的對象」，則是要使用助詞「を」。

　　本句型則是要學習，若動詞為「能力」或「知覺」語意的動詞，則對象必須使用助詞「が」。例如：「わかる、できる、見える、聞こえる」…等。唯「見える」與「聞こえる」將會在往後的課程（進階篇）才會提出。本句型就僅針對「わかる」與「できる」的表能力用法練習。

　　此外，這裡一併學習「よく／だいたい／少し／あまり／ぜんぜん」五個可以與「わかる」、「できる」共同使用的副詞，來進一步做程度的描述。「あまり」與「ぜんぜん」必須與動詞的否定形一起使用。

◆　日文的副詞，依照不同的學者，有各家各派不同的分類。最常見的分類，就是將副詞分為「狀態副詞（情態副詞／樣態副詞）」、「程度副詞」、以及「陳述副詞（誘導副詞）」三種：

　　1.「狀態副詞」又稱作「情態副詞」或「樣態副詞」，主要用來修飾動詞，進而說明動作的樣態。如：「ゆっくり、のんびり、こっそり」等。

　　2.「程度副詞」除了可用來修飾動詞以外，亦可用來修飾形容詞、名詞或其它的副詞，用來表示其動作或狀態的程度。程度副詞多半都是用來修飾具有程度性的詞語，例如本課介紹到的「よく、だいたい、少し、あまり」等，就是用來描述「わかる」「できる」的程度。其他還有：「大変、ちょっと、なかなか」等。

　　3.「陳述副詞」又稱作「誘導副詞」。這一類的副詞，往往會與句尾述語部分的表現，有互相呼應的現象產生。如：「たぶん～だろう」「まるで～ようだ」「全

然～ない」（※註：「全然」由於與「ない」相互呼應，因此又被認為是陳述副詞。但近年來「全然」在口語上亦可與肯定一起使用，如：「全然いいですよ」，因此它作為程度副詞跟陳述副詞的兩面性，受到學者的注目）。

　　副詞的分類，對於教學者而言非常重要，但不需要求學習者學習如何分類，教學時，遇到每個副詞，多加練習正確的使用方法，並遇到陳述副詞時，留意學生是否有與句尾相互呼應即可。

◆　練習A的第二小題，「Aは　できますが、　Bは　できません」。原本「できる」的前方應使用助詞「が」，但這裡由於用於表達A與B之間的「對比」，因此使用助詞「は」。關於對比的說明，請參考教師手冊第10課。

◆　本課所學習到的「わかる」「できる」兩個動詞，都是屬於需要兩個必須補語的2項動詞，其前方所使用的格，與第11課「句型1」「句型2」學習到的「存在句」「所有句」一樣，都是「～に　～が　できる／わかる」：

　　・あなたに　何が　わかるの？
　　・私に　出来る　ことが　あれば　教えて

　　本書則是比照第11課「句型2」所有句省略「に」的操作方式，僅導入「～は～が　できる／わかる」的講法。因此授課時，請留意不要使用到「疑問詞」。

　　・（×）あなたは　何が　わかりますか。

　　詳細請參考教師手冊第11課。

句型 2：～で ～が できます（狀況可能）

◆ 「できる」除了可以使用於表達動作者本身的「能力」以外，亦可用於表達「在某狀況下，是否有辦法達成某事」的「狀況可能」。

　　當然，除了「できる」一詞以外，動詞可能形與其他可能動詞也都有「能力」以及「狀況可能」兩種用法，但本句型僅使用「できる」一詞，且練習和表場所的「で」一起使用。關於動詞可能形與可能動詞，將會於「進階篇」導入。

◆ 第 10 課的「句型 4」，學習了將目的語「～を」主題化的表達方式，練習 A 則是將「で」主題化，以「～では ～が できる」的型態，來練習。

　　・この　山で　ハイクングが　できます。
　　→この　山で は 　ハイキングが　できます。

◆ 第 10 課的「句型 1」，曾經學習了「日本語を　勉強する」的結構可以改為「日本語の　勉強を　する」。

　本課用來表移動目的的「に」前方，若遇到サ行變格動詞「する」，由於格助詞「に」的前方必須為名詞（或名詞相當語句），因此可以使用「名詞の名詞」的形式「日本語の　勉強 に」，或使用「日本語を　勉強し に」的形式。

　此處，學習者經常會誤用為「日本語を　勉強 に」或「日本語の　勉強し に」，授課老師可以多加留意此種誤用。

◆ 日文的句子，原則上不能同時出現兩個相同的「格」。但由於日文的格助詞，例如這裡學習的「に」，同時擁有許多不同的用法，因此若兩個「に」屬於不同的語意（不同格），則可以同時出現於一個句子當中。例如下例表移動目的的「に」，可以與表歸著點的「に」同時使用。

　　・母は　デパートに　買い物に　行った。

◆ 第 10 課的「句型 4」，學習了將目的語「～を」主題化的表達方式，本句型練習 B 的第 2 題，則是練習將移動方向「～へ」的部分移至前方當主題「～へは」的表達方式。

　　・ハワイへ　何しに　行きますか。
　　→ハワイへ は　何しに　行きますか。

◆ 最後一句例句中的「会社へは　もう　戻りません」的「もう」為副詞，這裡僅需以翻譯帶過即可。稍後的「句型 4」則是學習其表達完成「もう～ました」的用法。

13

◆ 練習Ｂ的第１題第４小題「彼女と　結婚します」的「と」為「相互動作」。
這是本書第一次出現「と」表達「相互動作」的用法。

　　關於「共同動作」與「相互動作」，可以參考本教師手冊第９課「句型２」的說明。
在這裡不需要特別強調給學習者知道。

◆ 「もう」與「まだ」為與「動貌（Aspect）」相關連的副詞。有別於「時制（Tense）」用於講述「說話時，時間上的前後關係，是過去還是非過去」，「動貌」則是用來表達「一個動作，其時間上的局面，是完成還是進行、是瞬間還是持續」。

課本中舉出的例句如下：

・A：昨日、　晩ご飯を　食べましたか。

　B：はい、　食べました。

　　　いいえ、　食べませんでした。

上述例句詢問昨天發生的事情，若昨晚有吃晚餐，則使用過去肯定「〜ました」回答；若昨晚沒吃晚餐，則使用過去否定「〜ませんでした」回答。這就是「時制」上的問題。

（午後８時に）

・A：もう　晩ご飯を　食べましたか。（○晩ご飯を　食べましたか）

　B：はい、　もう　食べました。（○はい、食べました）

　　　いいえ、　まだです。（× いいえ、食べませんでした）

上述例句為晚上八點時詢問今天有無吃晚餐。八點雖然已經很晚，但如果有心要吃晚餐，仍來得及吃今天的晚餐。回答時，如果已經吃了，除了直接回答「はい、食べました」以外，亦可配合副詞「もう（已經）」，來強調動作的完成。如果還沒吃，則回答「いいえ、まだです／まだ　食べていません」即可。不可使用過去否定「食べませんでした。」因為此處並非要表達「過去否定（已經來不及做了）」，而是要表達「尚未完成（還來得及做）」。這就是「動貌」上的問題。

13

111

由於現階段本教材尚未導入表動貌的「〜ている／ていない」，因此先以「まだです」來取代「また〜ていません」的表達方式。

◆ 練習 B 的第 2 題一樣學習「目的語主題化」的表達方式，詳細請參考第 10 課的「句型 4」，此處就不再贅述。

　　・もう　家を　買いました。
　　→家 は　もう　書いました。

本　文

◆ 文中同時提出「これから（從現在起、之後）」與「それから（接著、然後）」。可以有意識地請學習者了解兩者不同之處。

第 14 課

彼女に　花を　あげました。

◆　本課除了學習「に」表達「歸著點」的用法以外，還學習了「を」表達「離脫、經過、或移動場域」的用法。

　　第 11 課學習到的「に」屬於靜態存在場所，而本課「句型 1」學習的「に」則是動作的歸著點。

　　至於「を」，第 10 課學習的是動作的對象（他動詞的目的語），而本課「句型 2」學習的「を」，則是與移動語意的「自動詞」一起使用。因此「並非使用を的，就一定是他動詞」。

　　關於自他動詞的概念，在現階段可以不用急著向學生說明，老師可以就用法以及語意多加練習每個動詞即可，不用要求學生在現階段分別自他動詞。自他動詞的識別，將會於「進階篇」才提出。

◆　「句型 3」與「句型 4」則是分別提出數個與「對象物移動」相關的 3 項動詞，帶入「～は　～に　～を　動詞」的句型。

◆　本課學習的「あげる」系列與「もらう」系列，並不像「くれる」有這麼嚴格的人稱限制，因此本課乃至於整個「初級篇」都不會提出「くれる」。

　　練習時，老師可以視情況於課堂上舉出①「あげる」用於「說話者給聽話者」；「說話者給第三者」；「聽話者給第三者」以及「第三者給第三者」，以及②「もらう」用於「說話者從聽話者那裡得到」；「說話者從第三者那裡得到」；「聽話者從第三者那裡得到」以及「第三者從第三者那裡得到」的語境。

14

◆ 本句型學習「〜に」表「歸著點」的用法。

　　第 11 課所學習的存在場所「〜に」，與這裡所學習的歸著點，都是用於表達「場所」。兩者的不同之處，就在於後方所使用的動詞性質不同。

　　存在場所「に」時，後方的動詞為「ある、いる」等「狀態性動詞」，而歸著點的「に」，後方的動詞則為「入る、乗る、行く、くる」等帶有移動語意的「動作性動詞」。

◆ 原則上，第 8 課所學習到的，最典型的移動動詞「行く、来る、帰る」可以將「へ」取代成「に」。使用「へ」時，語感上強調其「方向」，使用「に」時，語感上強調其「歸著點」。

　　然而，本課所學習到的「入る、乗る、登る、座る、着く」則是不太適合替換為「へ」。原因就在於這幾個動詞，在語意上是強調其「歸著點」。

　　進一步補充說明，嚴格上說來，「入る、登る、着く」由於語意上聚焦於「到達點」，因此替換為「へ」的容許度稍高，但「乗る、座る」由於聚焦於「接觸點」，因此是完全無法替換為「へ」的。

　　本課建議直接教導學生，上述動詞直接使用「〜に」，不需要在課堂上特別提出與「へ」替換的問題。

◆ 練習 A 第 1 題，練習動詞「乗る」與「まで」共用的狀況。基本上，就有如第 8 課「句型 4」所學習的，移動動詞「行く、来る、帰る」以及本課的「乗る」皆可與「から」或「まで」一起使用。

　　但由於「行く、来る、帰る、乗る」等動詞，並不像「寝る」「働く」等動詞，

是很明顯需要一段持續時間的動作，因此不太適合「同時」使用聚焦於起點「から」以及終點「まで」，兩者同時出現的語境。

- （○）３時から　５時まで　寝る。
- （○）月曜日から　金曜日まで　働く。

- （？）新宿から　中野まで　行く。
- （？）新宿から　中野まで　電車に　乗る。

　　不過若只單純聚焦於起點或者終點其中之一，則可單獨與「から」或「まで」一起使用。

- （○）新宿から　行く
- （○）中野まで　電車に　乗る。

◆ 練習Ａ第３題「あっ、　猿が　木に　登りました」。此處的「が」為動作者的「が」。不使用「は」是因為此處為說話者單純描述眼前看到的景象，也就是「無題文」。因此不需要將「猿が」主題化，講成「猿は」。

　　一般而言，第三人稱的動詞句，例如「子供が　公園で　遊んでいる」多半為上述狀況的單純描述，因此動作者都會使用「が」，但一、二人稱的動詞句，則是針對「我」，或者聽話者「你」，作為主題而進行描述，因此都會主題化，使用「は」。

　　教學時，只要告訴學生「單純描述看到的現象」，其動作者就使用「が」即可。

◆ 我們在第 10 課學習到，動詞（他動詞）的動作作用所及的對象，使用助詞「を」。本句型則是要學習助詞「を」與「場域」相關的用法。

　　①若動詞為表離脱、離開語意的「出る、降りる、離れる」，則助詞「を」用於表達「離脱」的場域；②若動詞為表行經、經過語意的「渡る、歩く、下りる、登る、通る」，則助詞「を」用於表達「經過」的場域；③若動詞為在某空間移動語意的「散歩する、飛ぶ」，則助詞「～を」用於表達「移動」的場域。舉例分別如下：

　　①離脱的場域：

・妻は　昨日、　家を　出ました。
・電車を　降ります。　そして、　新幹線に　乗ります。

　　②經過的場域：

・一人で　山道を　歩きました。
・明日、　友達と　山を　登ります。

　　③移動的場域：

・一緒に　公園を　散歩しませんか。
・鳥は　空を　飛びます。

◆ 「山に　登る」與「山を　登る」：
　　上一個句型學習到了「～に　登る」的用法，「に」用於表達歸著點。然而，動詞「登る」的前方亦可使用表「經過場域」的「を」。

　　「山に　登る」語感上偏向「朝向山頂這個目的地，出發前進」。而「山を

116

登る」語感上則是偏向「從山底下爬到山頂，描述整個登山的過程」。

◆ 「公園で　散歩する」與「公園を　散歩する」：
我們在第 10 課「句型 2」時學習到，助詞「で」可用於表「動作的施行場所」。然而，「散歩する」的前方亦可使用表「移動場域」的「を」。

　　「散歩する」為動態動作。因此「公園で　散歩する」語感上偏向「在公園實行散步這個動作，語感上在公園的某一處，做散步這個動作」。而「公園を　散歩する」語感上則是偏向「在公園裡移動，語感上移動範圍涵蓋整個公園」。

　　也因此，如果像是紐約的中央公園，或者立川的國營昭和紀念公園這種佔地非常廣大的公園，若是講「公園を　散歩する」，則感覺上將會花費好幾個小時。

◆ 例句中的「鳥は　空を　飛びます」與「魚は　海を　泳ぎます」，這兩句話是在講述真理、常態性、恆常性的事，並不是當下眼前見到的光景，因此使用「〜は」來表示敘述的主題。若是想描述目前看到的景象，則會像「句型 1」練習 A 第 3 題「あっ、　猿が　木に　登りました」那樣，使用「が」。老師可以於教導這個例句時，順道提一下「は」與「が」的不同。

　　は：反覆性、恆常性、習慣性、真理。
　　が：描述當下眼前所見。

　　因此，若是描述眼前看到一隻鳥在飛，或者看到一條魚在游，就必須講：

・あっ、　見て！　鳥が　空を　飛んで　いる。
・あっ、　魚が　海を　泳いて　いる。

　　反之，若是將「句型 1」練習 A 第 3 題，講成「猿は　木に　登ります」，則語感上變成在講述一件恆常性的是，也就是「猴子（這種動物）就是會爬樹，爬樹是牠的習性」之意。

句型 3：〜は　〜に（對方）　〜を

◆　「句型 3」與「句型 4」學習數個 3 項動詞。本項學習的動詞為對象移動（收受者明示）的「あげる、貸す、教える、書く、（電話を）掛ける」，「句型 4」則是學習的動詞為對象移動（出處明示）的「もらう、借りる、習う、聞く」。兩者剛好方向相反。

◆　日文中的授受表現，分成主語「〜が」給出利益（與益）的「あげる」、「くれる」，以及主語「〜が」獲得利益（受益）的「もらう」。而由於「くれる」在文法制約上較多，且與本文法要表達的主旨不同，因此本課先不出現「くれる」。

◆ 本句型學習的對象移動（出處明示）的「もらう、借りる、習う、聞く」，其出處除了可以使用「に」表達以外，亦可替換為「から」。如果出處為公司行號、機關等非個人，則偏向使用「から」。

◆ 練習 B 的第 2 題，則是練習將「移動對象主題化」的講法。格成分的主題化已經出現多次練習，這裡就不再贅述。

　・誰に　その花を　もらいましたか。
　→その花 は 誰に　もらいましたか。

本 文

◆ 「どう　行きますか」的「どう」用於詢問去的方法。
　 「どう　しましたか」則是詢問「對方發生什麼狀況」。

14

第 15 課

日本料理が　食べたいです。

◆ 本課學習表達願望的句末表現「～たい」，以及表達附帶狀況的接續表現「～ながら」，也順便統整了之前學習過的表原因理由的接續表現「～から」以及表逆接的接續表現「～が」。

◆ 所謂的「句末表現」，指的就是放在句尾（有時會伴隨動詞變化）的「表現文型」，如：「～たい、～てください、～てもいい、～なければならない」... 等。這些表現文型多與說話者的意圖有關，往後會大量學習。

　　順道一提，先前學習到的「～は　～に　動詞」「～は　～に　～を　動詞」等，就稱作「構造文型」。日文的句子就是以「構造文型（核文、Proposition）」＋「表現文型（ムード modality）」而成。

◆ 至於「～から」、「～が」、「～ながら」則是屬於用來串連兩個句子的「接續表現」。也就是使用到「～から」、「～が」、「～ながら」的句子，都是屬於「從屬子句＋主要子句」的複句。（※：至於從屬子句裡面是否包含表現文型，也就是 modality，則是取決於從屬子句本身的從屬度高低。）

單　字

◆ 第 14 課學習到的「習う」與本課學習到的「学ぶ」，兩者不同之處，在於「習う」為學習需要（向老師模仿）反覆練習的，例如技藝、語言之類，且需要有指導者的存在。但「学ぶ」則是（自己主動）學習學問、知識類的事物，例如經濟。且不一定需要有指導者的存在。

換句話說，就是「習う」為需要學習對象的 3 項動詞「～は　～に／から　～を　習う」，而「学ぶ」則是 2 項動詞「～は　～を　学ぶ」。

而語言的學習，則是可以是向老師學習、反覆練習模仿的，亦可以是自學、主動向學、學習文法知識類的事物。因此既可使用「習う」又可使用「学ぶ」。

・先生に　日本語を　習います。
・独学で　日本語を　学びます。

◆ 我們曾經在第 6 課「句型 1」學習到，若要表達第一人稱「想要某物品」，只要使用「私は 〜が 欲しいです」的表達方式即可。

這裡，我們要學習，若要表達第一人稱「想要做某行為／動作」，則只需將動詞的「ます」去掉，改為「たい（常體）／たいです（敬體）」即可。

若要表達否定「不想做某動作／行為」，則比照イ形容詞的變化：常體為「〜たくない」，而其敬體有兩種表達方式，分別為「〜たくないです」、「〜たくありません」。本書目前先導入敬體部分，且否定的表達方式以「〜たくないです」為主。

・ご飯を 食べます。→（肯定）　ご飯（○を／○が）　食べたいです。
　　　　　　　　　　　（否定）　ご飯（○を／○が）　食べたくないです。
　　　　　　　　　　　　　　　　　　　　　　　　食べたくありません。

◆ 若動詞之動作的對象，使用助詞「を」，則亦可將「を」替換為「が」。其他助詞不可改為「が」。且若「を」與動詞之間有副詞等成分時，亦不太適合替換為「が」。

・日本へ 行きます。→（肯定）　日本（○へ／×が）　行きたいです。
　　　　　　　　　　　（否定）　日本（○へ／×が）　行きたくないです。
　　　　　　　　　　　　　　　　　　　　　　　　行きたくありません。

・コーヒー（○を／？が）　たくさん　飲みたいです。

◆ 「〜たい」與「〜欲しい」皆不可使用於第三人稱的願望。第三人稱，必須使用「〜たがる」或「〜欲しがる」。本課目前暫不提出此用法。

◆ 使用第二人稱，詢問他人的願望以及想要的物品時，若使用「～たいですか」、「欲しいですか」，文法上並無錯誤，但語感上會讓人感到唐突，尤其是對於老師或者上司等，更是顯得失禮。若不是關係非常親密或友人等平輩的關係，建議別使用這種方式詢問。

・生徒：（？）先生、　コーヒーを　飲みたいですか。

　　　　（○）先生、　コーヒーを／は　いかがですか。

◆ 否定形「～たくないです／たくありません」、「～欲しくないです／欲しくありません」語感上為強烈的否定，因此若使用於別人的邀約或建議，視情況可使用口氣更和緩的「～ちょっと…」，以拐彎抹角的方式婉拒，不直接拒絕。

・男：私と　結婚しましょう。

　女：あなたが　大嫌いです。

　　　あなたと　結婚したく　ないです／ありません。

　　（此為強烈拒絕時的講法）

　女：あなたは　私の　友達です。（此為拐彎抹角拒絕時的講法）

・友：一緒に　飲みに　行きませんか。

　私：今日は　ちょっと…。

◆ 「～ながら」的前後 A、B 兩句，一定得是同一個人的動作。

・（×）姉が　テレビを　見ながら、　私は　ご飯を　食べます。

◆ 「～ながら」的 A 句，其動作一定得是「持續性」的動作，不可為一瞬間的動作。

・（×）友達から　お金を　借りながら、　買い物を　します。
・（×）新宿へ　行きながら、　本を　読みます。

◆ 「働きながら、　大学で　勉強します」與「大学で　勉強しながら、　働きます」兩者的不同，在於哪個動作是主要動作。

主要動作即為主要子句，也就是後句 B 句。

因此第一句話的主要動作為「勉強します」，意思是這個人本職是學生，但（因為經濟因素）不得不半工半讀。

第二句話的主要動作為「働きます」，意思是這個人的本職是上班族（社會人士），為了進修而（可能於空閒時間）上大學或大學夜間部。

◆ 表原因・理由的「〜から」文法上屬於「接續助詞」，因此必須接續在句子的後方。「因為生病，所以沒去公司」正確的講法如下：

・（○）病気ですから、　会社へ行きませんでした。
（×）病気から、　会社へ行きませんでした。

第二句為學習者常見的誤用。「病気から」為名詞直接加上「から」。像這樣直接接續在名詞後方的「〜から」，會被解釋為「格助詞」，意思為「從…」（起點）。例如：「台北から　高雄まで」。因此請留意，若為名詞時，必須要有「です（敬體）」或「だ（常體）」。

15

◆　「～が」除了有表示上述「逆接」的用法以外，亦可用來表達說話時的開場白，以避免讓聽話者感到突兀。因此多使用「失礼ですが」、「すみませんが」等詞彙。但本句型暫不導入。

　　・すみませんが、　その　赤い　かばんを　ください。
　　・失礼ですが、　お名前は？

◆　「しかし（但是）」與「でも（不過）」為接續詞。以「Ａ句。しかし／でも、Ｂ句。」的方式，都來表達後句Ｂ句與前句Ａ句所預測的結果相反（逆接）。

　　兩者雖可替換，但替換過後語感上有些微差異。
　　「しかし」的語境為「單純敘述與前句的敘述或對方判斷相對立」；
　　「でも」的語境則為「說話者承認Ａ句這個事實，但自己卻持不同的意見、判斷」。

◆　若使用於邀約的語境，只可使用「でも」來回答拒絕邀約，不可使用「しかし」。

　　・Ａ：明日、　一緒に　買い物に　行きませんか。
　　　Ｂ：（×しかし／○でも）、　私は　お金が　ありません。

◆ 「公園で　コンサートが　あります」：

　　「ある」這個動詞有兩種意思。一為靜態的「存在」之意，一為動態的「舉行」之意。若要表達「動態舉行」的語意時，必須使用表動態動作的助詞「で」。因此對話文中，小陳講述「代々木公園で　コンサートが　あります」，會使用助詞「で」。

　　・お寺に　　仏像が　あります。（佛像「存在」之意）
　　・お寺で　法事が　あります。（「舉行」法會之意）

15

第 16 課

趣味は　写真を　撮る　ことです。

◆ 本課開始學習動詞的變化。

　　「初級 1」第 4 課，學習了イ、ナ形容詞與名詞，其敬體的肯定、否定、現在以及過去的講法。「初級 2」第 8 課，則是學習了動詞敬體部分的肯定否定現在與過去。至於常體的對話，本教材將留到「初級 4」第 24 課才會教導。

◆ 由於動詞常體需要使用到各種不同的「形」，因此本課會先教導動詞原形，並學習使用到動詞原形的句型，接下來會陸續教導「ない形」，「て形」與「た形」。並分別導入應用到這些型態的句型。等到各種型態皆以學習熟練，才會導入常體對話。

常體（普通形）		敬體（丁寧形／禮貌形）
行く（原形）	現在式・肯定	行きます
行かない（ない形）	現在式・否定	行きません
行った（た形）	過去式・肯定	行きました
行かなかった（ない形改過去）	過去式・否定	行きませんでした

◆ 學習動詞變化之前，必須先認識動詞分類，因此先於「句型 1」讓學習者熟練如何從動詞「～ます」形來判斷動詞種類。

◆ 本書學習的動詞分類以日本語教育「一類、二類、三類」的分類方式為主，不使用國語教育「五段、上一段、下一段、カ行變格、サ行變格」等用語稱呼。

◆ 本句型沒有「練習 A」，專心於「練習 B」練習如何做動詞分類。以三個動詞一組，老師可適量指派給班上同學練習。另，此處的 60 個動詞，幾乎網羅了第 8 課動詞出現後，至第 15 課為止所學習到的絕大部份動詞，可藉此將以學習過的動詞再做一次總複習。

◆ 以下補充如何從動詞原形來做分類，老師理解即可，使用本教材教學時，不需教給學生，以免產生混亂。

首先，看到動詞原形後，先判斷其動詞種類屬於哪一種。

①五段動詞（グループ I ／一類動詞）：使用刪去法排除②～⑤後，
　　　　　　　　　　　　　　　　　　剩下的即為五段動詞。
　例：違う、成る、働く、休む、終わる、行く、歩く、飲む、吸う、聞く、
　　　読む、書く、買う、取る、会う…等。
②上一段動詞（グループ II ／二類動詞）：動詞結尾為（～ i る）者。
　例：起きる、見る、浴びる、着る、降りる、できる、足りる…
③下一段動詞（グループ II ／二類動詞）：動詞結尾為（～ e る）者。
　例：寝る、食べる、入れる、教える、覚える、換える、つける、出る、
　　　止める、始める…
④カ行変格　　（グループ III ／三類動詞）：僅「来る」一字。
　例：来る

16

⑤サ行変格 （グループⅢ／三類動詞）：僅「する」、以及「動作性名詞＋
　　する」者。
　　例：する、勉強する

上述判斷規則有少許例外，請死記。如下：

※ 規則判斷為上一段動詞（二類動詞），但實際上卻是五段動詞（一類動詞）者：
例：切る、入る、走る、握る、散る、知る…等。

※ 規則判斷為下一段動詞（二類動詞），但實際上卻是五段動詞（一類動詞）者：
例：減る、帰る、滑る、蹴る、照る、茂る…等。

◆ 在「句型 1」學會分辨動詞種類後，就可開始學習如何將動詞「～ます」形改為動詞原形。這裡一樣是主力練習動詞變化，因此不設立「練習 A」，專心於「練習 B」。

◆ 「練習 B」所出現的動詞，順序與「句型 1」練習 B 一模一樣，目的就是方便同學翻頁回去參考動詞種類，同時做出動詞變化，才不會一開始造成學習者過大的壓力。

◆ 動詞變化的規則，就只是學習日語中，過渡時期的工具而已。正常對話時，是接近自然反應，近乎熟背的方式自然而然脫口而出。實際對話時，是沒有時間讓說話者思考變化規則的。而學會動詞變化的規則，目的就是減輕學習者死背的壓力，讓學習者在不是很熟悉此語言的狀況之下，能夠有一套規則可以導出正確的動詞變化，進而增加學習動力與自信。也就是說，學習動詞變化必須做大量的練習，每個單一動詞，都做過數十次以後，自然而然就不必再思考規則，就可反射性地脫口而出「行きます」的原形就是「行く」了。因此大量的練習非常有必要。

　本教材就是本著這樣的想法，在本課教導動詞原形時，同時導入使用了「動詞原形」的「～前に」與「～こと」。在下一課學習「動詞ない形」時，同時導入了使用「動詞ない形」的「～ないでください」、「～なければなりません」與「～なくてもいいです」，目的就是要讓學習者能夠自然而然地熟練動詞變化。

◆ 以下補充如何從動詞原形來改為ます形，老師理解即可，使用本教材教學時，不需教給學生，以免產生混亂。

a. 若判斷後，動詞為上一段動詞或下一段動詞（グループⅡ／二類動詞），則僅需將動詞原形的語尾～る去掉，再替換為～ます即可。

起きる（ｏｋｉる）　→起き~~る~~ます
寝る　（　ｎｅる）　→寝~~る~~ます

b. 若判斷後，動詞為カ行變格動詞或サ行變格動詞（グループⅢ／三類動詞），由於僅兩字，因此只需死背替換。

来る　　　→　来ます
する　　　→　します
運動する　→　運動します

c. 若判斷後，動詞為五段動詞（グループⅠ／一類動詞），由於動詞原形一定是以（～ｕ）段音結尾，因此僅需將（～ｕ）段音改為（～ｉ）段音後，再加上ます即可。

行く（　ｉｋｕ）→行き（　ｉｋｉ）＋ます＝行きます
飲む（ｎｏｍｕ）→飲み（ｎｏｍｉ）＋ます＝飲みます
帰る（ｋａｅｒｕ）→帰り（ｋａｅｒｉ）＋ます＝帰ります

◆ 「～前に」前方除了動詞以外，亦可接續名詞。使用「～の前に」的形式。

　・食事する前に、　手を　洗います。
　・食事の　前に、　手を　洗います。

◆ 「～前に」前方若為表期間的詞彙，則不需要加上「～の」

　・妹は　１時間前に　寝ました。

◆ 關於從屬子句的從屬度：

　「～前に」前方的動作主體，若與後句不同人時，則必須使用助詞「～が」。這就是我們在教師手冊第 15 課「學習重點」當中所提到的從屬子句「從屬度」的問題。

　「～前に」前方為名詞修飾節（形容詞子句），從屬度為「中等」，因此這樣的從屬子句當中不能包含表主題的「は」，只會出現表主語的「が」。

　・（○）彼**が**　来る前に、　（私は）　食事の　用意を　します。
　　（×）彼**は**　来る前に、　（私は）　食事の　用意を　します。

　再舉其他的例子。例如第 15 課「句型 3」所學習的「～から」，其從屬度為「低等」，因此這樣的從屬子句就可擁有表主題的「は」。

　・父は　韓国人ですから、　私は　韓国語も　話せます。

　若是像第 15 課「句型 2」所學習的「～ながら」這種從屬度為「高等」的從屬

16

子句，甚至就連表主語的「～が」都不能擁有。因此當初學習這個句型時，才會有「前後兩句的主語必須為同一人」的文法規則。

・（×）姉が　テレビを　見ながら、　私は　ご飯を　食べます。
　（○）私は　テレビを　見ながら、　ご飯を　食べます。

「從屬度」決定了許多從屬子句的文法規則，教學者必須理解此一概念，但不需要教導給學習者。教學時，引導學生講出對的句子即可。

◆ 練習 B 的第 1 題一樣學習「目的語主題化」的表達方式，此處就不再贅述。

・いつ　薬を　飲みますか。
→薬 は　いつ　飲みますか。

◆ 本項文法介紹形式名詞「こと」。所謂的「形式名詞」，就是一個名詞。只不過這個名詞並沒有實質上的語意，僅有文法上的功能，其功能就是將動詞句名詞化。也因為它本身為名詞，因此前面接續的型態必須為「名詞修飾形」。

但由於本教材尚未學習到「名詞修飾形」，因此本句型僅學習到會使用動詞原形的「～ことが　できます」與「（趣味）は　～ことです」兩者。

◆ 我們曾經在第 13 課「句型 1」，學習到「～は　～が　できます」這個句型，用來表達說話者的能力。

・私 は　ピアノ　　　　　　　　が　できます。
・私 は　ピアノを　弾くこと　が　できます。

「が」的前面為名詞，但如果想表達的，並不是名詞「會鋼琴」，而是一個動作「會彈鋼琴」，一樣可以把「彈鋼琴（ピアノを　弾きます）」這個動作放置於「が」的前方，但必須把這個動詞句加上形式名詞，將其名詞化：

・私の　趣味 は　旅行　　　　　　です。
・私の　趣味 は　映画を　見ること　です。

同理，敘述自己的興趣時，會使用「私の　趣味は　Aです」的描述方式，A 的部分必須為名詞，例如：「私の　趣味は　旅行です」。若要表達的，並不是名詞，而是做某件行為，例如「看電影（映画を　見ます）」時，則必須在其後方加上形式名詞「こと」，並將其擺放於 B 的位置。

◆ 練習此句型時，要特別留意學生會有「（×）私の　趣味は　映画を　見ます」這樣的誤用。這樣在句法構造上，變成「見ます」這個動作的動作主體為「私の

16

135

趣味は」，但「你的興趣」並不是生命體，它是不會做「看電影」這個動作的。

◆ 「こと」作為形式名詞使用時，不可寫成漢字「事」，必須用平假名來表示。翻譯成中文時，也不需要翻譯出來。

◆ 例句「ネットで　レストランを　予約する　ことは　できますが、席を　選ぶ　ことは　できません」中的「A ことは　できますが、　B ことは　できません」部分。

原本「できる」的前方應使用助詞「が」，但這裡由於用於表達 A 與 B 之間的「對比」，因此使用助詞「は」。此構造與第 13 課「句型 1」的練習 A 的第 2 題相同。

本　文

◆ 本文中的「フォローして　ください」為第 18 課「句型 2」才會學習的表現，這裡先請學習者當作常用表現記住即可。

第 17 課

廊下を　走らないで　ください。

◆　本課主要學習「～ない」形，以及使用到「～ない」形的表現文型。其中，「～ないで　ください」用於表達「請求別做」或「客氣地禁止」；「～なければ　なりません」則表「義務」；「～なくても　いいです」為「非必要」之意。

17

◆ 學習「～ない」形變化時，最需要留意的就是「～います」結尾的一類動詞，必須要轉為「～わない」，而不是「～あない」。

◆ 以下補充如何從動詞原形來改為ない形，老師理解即可，使用本教材教學時，不需教給學生，以免產生混亂。

　　a. 若判斷後，動詞為上一段動詞或下一段動詞（グループⅡ／二類動詞），則僅需將動詞原形的語尾～る去掉，再替換為～ます即可。

　　起きる（ｏｋｉる）　→起き~~る~~ない
　　寝る　（　ｎｅる）　→寝~~る~~ない

　　b. 若判斷後，動詞為カ行變格動詞或サ行變格動詞（グループⅢ／三類動詞），由於僅兩字，因此只需死背替換。

　　来る　　　→　来ない
　　する　　　→　しない
　　運動する　→　運動しない

　　c. 若判斷後，動詞為五段動詞（グループⅠ／一類動詞），由於動詞原形一定是以（～ｕ）段音結尾，因此僅需將（～ｕ）段音改為（～ａ）段音後，再加上ます即可。但若動詞原形是以「う」結尾的動詞，則並不是變成「あ」，而是要變成「わ」。

　　行く（　　ｉｋｕ）→行か（　　ｉｋａ）＋ない＝行かない
　　飲む（　ｎｏｍｕ）→飲ま（　ｎｏｍａ）＋ない＝飲まない
　　帰る（ｋａｅｒｕ）→帰ら（ｋａｅｒａ）＋ない＝帰らない

買う（　　ｋａｕ）→買わ（　ｋａｗａ）＋ない＝買わない

会う（　　　ａｕ）→会わ（　　ａｗａ）＋ない＝会わない

◆ 「練習 B」所出現的動詞，順序與上一課「句型 1」「句型 2」練習 B 一模一樣，目的就是方便同學翻頁回去參考動詞種類，同時做出動詞變化，才不會一開始造成學習者過大的壓力。

17

句型 2：～ないで　ください

◆ 「～ないで　ください」用於「請求對方別做某事」。雖然屬於「請求」，但實際上亦可使用於「客氣地禁止」對方做某事。

　　另外，像是「心配しないで　ください／無理をしないで　ください」則是「口氣上關心對方，請對方別擔心、別太過勉強」的慣用表現，因此不屬於「請求」或者是「禁止」的口氣。無論是「請求」還是「禁止」，本句型都會學習到，但不需要特別要求學生分辨到底是請求還是禁止。

　　・お願いします。　このことを　先生に　言わないで　ください。（請求）
　　・美術館の　中では、　写真を　撮らないで　ください。（禁止）

◆ 常體時，女性多使用「～ないで」的形式，而男性則多使用「～ないでくれ」的形式。由於本書目前還沒導入常體，因此關於這一點，老師理解即可。

　　・女：あの人と　結婚しないで！　愛して　いる。
　　　男：冗談を　言わないで　くれよ。

◆ 「このことは　先生に　言わないで　ください」原句為「先生に　そのことを　言わないで　ください」，是「目的語主題化」而來，此處就不再贅述。

◆ 「コーヒーは　寝る　前には　飲まないで　ください」原句為「寝る　前に、コーヒーを　飲まないで　ください」，除了先將目的語「コーヒー」主題化以外，也把表達時間的「前に」加上對比的「は」，來對比「其他時間段可以喝，但是睡前這個時間段請不要喝」的語意。

◆ 練習 B 的第 1 題，順道複習已學習過的助詞用法。

140

◆　「～なければ　ならない」、「～なければ　いけない」、「～ないと　いけない」為類義表現，儘管有些許語感上的差異，但本書僅導入「～なければ　なりません」，以免造成學習者的負擔與困擾。授課老師可視情況決定是否補充。

◆　「～なければならない」究竟需不需在初級階段就導入教學，日本的語言老師也意見分歧。覺得不需要在初級階段教這個句型的理由，是因為「～なければ　ならない」過於饒舌，且就學生的立場而言，也較少有機會使用到關於「義務」的表現。例如日本語能力試驗的 N5 考試當中，就沒有考出「～なければ　ならない」。

覺得需要導入的，則是因為在課堂上，會有許多情況老師都必須告訴學生「必須做什麼事」，因此覺得有必要將這個句型在初級階段就教導給學生，讓其理解。

有鑑於此，若上課時，班級學生若是屬於吸收較慢的族群，或許可以考慮在授課時減少「～なければ　なりません」的口頭練習，僅確保學習者聽得懂即可。

17

◆ 「～なくても　いいです」用於表達「非必要」，意思就是「做不做都可以」，並非「禁止」。另外，「～なくても　いいです」與下一課的「～ても　いいです」一樣，都可用於描述說話者自己的動作以及他人的動作。

◆ 練習Ｂ的第２題與第３題，分別練習使用了「～前に」與「～から」的從屬子句。讓學習者可以漸漸熟悉複句的運用。此外，第３題也導入副詞「わざわざ」的用法。

本　文

◆ 「月末までに」當中的「までに」用於表達「最終期限」，意思是「…之前，必須完成某事」。後句多半隨著下一課即將出現的「～て　ください」，以及本課學習的「～なければ　なりません」等表「提前準備」句末表現。

「までに」前方可使用名詞以及動詞，但本課僅導入前接名詞的用法。

・金曜日までに　レポートを　出して　ください。
・夏休みが　終わるまでに、　この　本の　単語を　全部
・覚えなければ　なりません。

◆ 「まで」與「までに」之異同：
「まで」用於表達動作持續的終點，「までに」表達動作實行前的最終期限。因此「まで」後方使用的動詞多為「持續性動作」，用於表達此動作持續到某個時刻。而「までに」後方則多使用「瞬間性、一次性」的動作，用於表達此動作在某個時刻到達前，必須施行。

・３時まで　勉強します。（讀書這個動作，持續到三點為止）

・3時までに　レポートを　出します。（三點之前，做交出報告這個動作）

但有些動作，依照語境不同，可解釋為持續性動作，亦可解釋為一次性動作。如「寝ます」。這時「まで」或「までに」皆有可能使用，但語意不同。

・3時まで　　寝ます。（睡覺這個動作一直持續到三點，三點才起床。）
・3時までに　寝ます。（三點之前，做睡覺這個動作，三點才去睡。）

◆　「黒板は　私が　消します」，此句為「目的語主題化」後，原本的主題（動作者）被降為主語「が」格的情況。

・私は（主題・動作者）　　黒板を（目的語）　　消します。
・黒板は（目的語移前作主題）　　私~~は~~が　　　消します。
　私は→が（主題被「黒板」拿去，因此動作者降為主語「が」）

本課中的「隨堂測驗」選擇題第3題「料理は　私が　作ります」以及翻譯題「この仕事は　私が　やります」都是由此而來。

還原後，分別為「私は　料理を　作ります」、「私は　この仕事を　やります」。

・私は　料理を　作ります。
→料理 は 私が　作ります。

・私は　この仕事を　やります。
→この仕事 は 私が　やります。

第 18 課

作文を　書いて　ください。

◆　本課主要學習「～て」形，以及使用到「～て」形的表現文型。其中，「～て ください」用於表達「請求」、「指示」、「推勸」或「輕微的命令」；「～ては いけません」則表「強烈地禁止」；「～なくても　いいです」為「許可」之意。

◆ 學習「～て」形變化時，最需要留意的就是一類動詞會產生「音便」現象。這部分仰賴大量的練習。

　　「練習 B」所出現的動詞，順序與上一課「句型 1」練習 B 一模一樣，可在此多花一點時間，讓同學練習有無音便，以及如何音便。

◆ 以下補充如何從動詞原形來改為て形，老師理解即可，使用本教材教學時，不需教給學生，以免產生混亂。

　　a. 動詞為上一段動詞或下一段動詞（グループ II ／二類動詞），僅需將動詞原形的語尾～る去掉，再替換為～て即可。

　　寝る（　　　 neる）　　→寝る+て
　　食べる（tabeる）　　→食べる+て
　　起きる（　okiる）　　→起きる+て

　　b. 若動詞為カ行變格動詞或サ行變格動詞（グループ III ／三類動詞），由於僅兩字，因此只需死背替換。

　　来る　　　　→　来て
　　する　　　　→　して
　　運動する　→　運動して

　　c. 若動詞為五段動詞（グループ I ／一類動詞），則將動詞語尾依照下列規則「音便」。音便後，再加上「て」即可。

18

145

①促音便：語尾若為「～う、～つ、～る」，則必須將「～う、～つ、～る」改為促音「っ」再加上「て」。

- 笑う　→笑っ＋て　＝笑って

- 待つ　→待っ＋て　＝待って

- 降る　→降っ＋て　＝降って

②撥音便：語尾若為「～ぬ、～ぶ、～む」，則必須將「～ぬ、～ぶ、～む」改為撥音「～ん」，再加上「で」（一定要為濁音で）。

- 死ぬ　→死ん＋で　＝死んで

- 遊ぶ　→遊ん＋で　＝遊んで

- 飲む　→飲ん＋で　＝飲んで

　③イ音便：語尾若為「～く／～ぐ」，則必須將「～く／～ぐ」改為「い」再加上「て／で」（「～く」→「～いて」／「～ぐ」→「いで」）。但有極少數例外，如：「行く→行って」。

- 書く　→書い＋て　＝書いて

- 急ぐ　→急い＋で　＝急いで

（例外）

- 行く　→行っ＋て　＝行って

④語尾若為「～す」，則不會產生音便現象，直接將「～す」改為「～し」後，再加上「～て」即可。

- 消す　→消し＋て　＝消して

句型 2：～て　ください

◆ 第 10 課「句型 1」所學習到的「～を　ください」為說話者向聽話者要求某物品的表達方式，本單元所學習到的「～て　ください」則是說話者向聽話者要求做某行為的表達方式。

　　・お金を　ください
　　・お金を　貸して　ください。

◆ 「～て　ください」除了表達「請求」、「指示」以外，亦可用於表達「推勸」與「輕微的命令」。

　　・どうぞ、　食べて　ください。（推勸）
　　・ここに　いて　ください。（輕微的命令）

◆ 「～て　ください」雖為「請求」，但口吻中仍帶有些許「指示」的語感。日文中不太會對長輩或師長「指示」。因此即便你想表達「請求」老師做某事，亦不建議使用「～てください」。

　　・（？）先生、　私の　作文を　直して　ください。

　　若想確切表達「請求」，且有「禮貌地請求」，則可使用「～て　くださいませんか」的表達方式，但本書暫時不導入。

　　・（○）先生、　私の　作文を　直して　くださいませんか。

◆ 練習 A 學習了「貸して　ください」，練習 B 第 2 題的第 3 小題則是練習「借りて　ください」。

147

老師可針對這兩者特別向同學解釋「貸して　ください」為「請對方做＜借出＞這個動作」，意思是「叫對方借給我」。而「借りて　ください」則是「請對方做＜借入＞這個動作」，意思是「叫對方去借進來」。

◆ 「～ては　いけません」用於表「強烈地禁止」，老師可藉機說明與「～ない
で　ください」（輕微、客氣地禁止）之間語感的不同。

◆ 練習 B 第 1 題「ドバイでは　電車の中で　寝てはいけません」使用到了「二
重デ格」（二重場所格）的表達方式。原則上，相同的「格」，不會出現在同一句
話裡。因此

・（×）ドバイで　電車の中で　寝る。

是不合文法的例子。
但若將其中較大範圍的「ドバイで」主題化，則這樣的表達方式在日文當中是
成立的。

再舉一個例子：

・（×）大学で　教室で　音楽を　聞く。

上述使用到「二重場所格」的句子不合文法，但若將較大範圍的「大学で」主
題化：
・（○）大学では、　いつもの　教室で　音楽を　聞く。
又或是將較細部範圍的「芸術学部の教室で」拿來與其他一般教室做對比：
・（○）この大学で、　芸術学部の教室では　音楽を聞くことができる。
則文法上就可成立。

關於這個二重デ格，不需特別解釋給學生理解，在此僅需練習「大範圍では
小範圍で」即可。

◆ 相同的格位，不可同時出現的問題，曾經在本書第 13 課「練習 3」的解說中提及關於「に」的說明。當時提及的兩個「に」格，一個屬於移動目的「買い物に」，一個屬於歸著點「デパートに」，因此這兩種並非相同的格。

但本處的「ドバイで」與「電車で」都是指「場所」，因此與第 13 課的に的狀況不太一樣。

當然，若按照 13 課的邏輯，以下的兩個「で」也是屬於不同格，因此以下也是合文法的句子。

・（○）部屋で（場所格）　スマホで（道具格）　動画を　見る。

◆ 「～ても　いいです」與上一課的「～なくても　いいです」一樣，都可用於描述說話者自己的動作以及他人的動作。因此必須會分辨發話時，究竟是「允許對方做動作」，還是「自己願意做某動作」。用於疑問句時，則是「向對方尋求自己做動作的許可」。

◆ 練習 B 第 1 題，「いえ」，為「いいえ」較口語的回答方式。

◆ 練習 B 第 2 題，練習對比的用法。這裡就不再贅述。

本　文

◆ 對話文中的「早く　行って　きて　ください」使用到了下一冊「初級 4」第 20 課即將學習的補助動詞「～て　きます」。這裡請學習者先當作常用表現先記下來即可。

18

第 19 課

ご飯を　食べて　います。

學習重點

◆　本課學習三種「～て　いる」的用法。補助動詞「～て　いる」會隨著前接的動詞性質不同，所表示的語意也不同。

　　前接動詞為「可持續一段時間」的「持續動詞」時，那麼加上「～て　いる」後，就表「正在進行」。

　　若前接動詞為「瞬間語意」的動詞，那麼加上「～て　いる」後就表動作結束後，其「結果」的「（持續）維持」或「殘存（狀態）」。

　　而「瞬間動詞」動作結束後的「結果」，究竟是「結果維持」還是「結果殘存」，取決於動詞本身是否有「意志性」。

　　本課「句型2」僅提出「意志動作」，如「立つ、座る」等，因此本課僅學習「結果維持」的用法。

　　・あそこに　立って　いる（意志上維持著站著的狀態）。

　　至於無意志動作發生後的「結果殘存」，如「壊れる」等，則是留到「進階」系列才會導入。

　　・時計が　壊れて　いる（維持著壞掉的結果）。

句型 1：～て　います（進行）

◆ 「句型 1」學習表「進行」的用法。所使用的動詞，皆為「持續動詞」。

　　所謂的「持續動詞」，指的就是「食べる、飲む、勉強する」等動作，其施行時，一定需要一段時間，而非一瞬間即可完成的動作。這樣的動詞，若接續「～て　いる」，則是表達正在進行的意思。

◆ 格助詞「が」可用於表：
　　1.「事物、自然現象的主體」。用於單純描述說話者看到或感覺到「某一個自然現象、或某事物的狀況（描述事物）」。例如例句中的「雨が　降って　いる」。
　　亦可用於表 2.「動作的主體」。用於單純描述說話者看到「第三人稱的某人做某動作（描述人）」。例如例句中的「子供が　歌って　いる」等。第 14 課「句型 1」練習 A 曾學習到的「猿が　木に　登りました」即是屬於此種用法。

　　上述兩種情況若使用「は」，則並非單純描述說話者所看到的現象，而是在「有問句」的前提下，以此前提為主題，進行詢問以及給予回答時。

　・子供たちが　公園で　遊んでいます。

　・A：子供たちは　どこですか。
　　B：子供たちは　公園で　遊んでいます。（針對詢問小孩狀況，給予回答）

　　此外，動詞句第三人稱時，若表「反復性」、「恆常性」、「習慣性」的動作或「否定」，則亦會使用「は」。

　・友達が　来ました。（單純描述朋友到來這個事實）
　・友達は　毎日　ここに　来ます。
　（描述一件恆常性的，朋友天天都來這個事實）

19

・友達は　昨日　来ませんでした。（描述朋友並未到來，否定句）

　　第 14 課「句型 2」的例句曾學習到的「鳥は　空を　飛びます。　魚は　海を泳ぎます」即是屬於此種用法。

◆　本項文法的最後一個例句，以及練習 B 的第 2 題，複習第 13 課「句型 4」以學習的「完成」的用法。並教導否定時，使用「まだ　〜て　いない」來代替先前所學的「まだです」。使用「〜て　いない」來表達「過去的任何一個時間點至說話時的這段期間」都「維持著尚未發生」的狀態。

◆　練習 B 第 2 題除了練習表完成的「もう」以及其否定的「まだ　〜ていません」的講法以外，也複習如何將「目的語を」以及「主語が」主題化。

◆　「句型 2」學習表「結果維持」的用法。所使用的動詞，皆為「瞬間動詞」，除了「知る」以外，這裡舉出的皆是帶有意志性的動詞。

　　所謂的「瞬間動詞」，指的就是「起る、来る、結婚する、知る、住む、持つ、着る」等一瞬間就會完成的動作。這樣的動詞，若接續「～て　いる」，由於它是一瞬間就會完成的動作，因此無法解釋為「正在進行」，會解釋為「動作發生過後的結果」。

　　此外，上述動詞若為「有意志」的動詞，則解釋為「結果維持」。如果是「無意志」的動詞，則解釋為「結果殘存」。

・A：朝ですよ。　起きてください。　B：もう、　起きて　います。
・家に　友達が　来て　います。（朋友來了我家 < 現在還在我家 >。）
・彼は　結婚して　います。（他結婚了 < 現在還維持著婚姻狀態 >。）

◆　所謂的「意志性動詞」，指的就是「動作的主體」可以控制的動作。例如：「薬を　飲む」、「使う」…等。這些動作要不要施行，動作者都可以決定。你也可以不吃、也可以不用。

　　所謂的「無意志動詞」，則是「動作的主體」無法控制的動作。例如：「壊れる」、「風邪を　引く」以及「わかる」…等。這些動作會不會發生，動作者無法決定。你無法控制物品什麼時候會壞掉（除非你破壞它，但破壞「壊します」一詞就是意志性動詞）、你也無法控制要不要感冒、懂與不懂也不是動作者的意志所能控制的。

19

　　「意志性動詞」與「無意志動詞」的概念，在日文學習上非常重要。除了像上述這樣會左右一個動詞加上「～て　いる」之後的語意以外，也關乎到一個動詞是否能使用命令形或者意向形。此外，亦會影響「句型 4」即將學習的「～て」所連

接之副詞子句的語意…等。教導者有必要了解。

◆ 「知って　いる」一詞較為特殊。其否定形式為「知らない（知りません）」請學習者死記即可。

　　　・Ａ：山田さんの　電話番号を　知って　いますか。
　　　　Ｂ：はい、　知って　います。
　　　　　　いいえ、　知りません。

◆ 本課介紹數個穿戴動詞的用法，這些動詞為典型的「有意志性」的「瞬間動詞」，可應用於本句型學習的「結果維持」。

◆ 持續動詞，其動作發生的順序為：「～る　→　～ている　→　～た」，
　　「句型 1」的例句中有舉出「食べる」→「食べて　いる」→「食べた」。

　　瞬間動詞，其動作發生的順序為：「～る　→　～た　→　～ている」，
　　「句型 2」的例句中有舉出「結婚する」→「結婚した」→「結婚して　いる」。

◆ 移動動詞也是具有「意志性」的「瞬間動詞」，因此「行く、来る、帰る」等移動動詞加上「～て　いる」後，就表示「移動之後，仍然維持停留在目的地（結果維持）」的語意。

◆　「句型 3」學習表「反覆習慣」的用法。無論是「瞬間動詞」還是「持續動詞」，都可藉由加入「每日、每年」等副詞，或者從語境上，可解釋為「反覆習慣或行為」。

19

◆ 「Ａ て、 Ｂ」用來串連兩個以上的句子。其語意上有：1. 並列、2. 繼起（先後發生）、3. 附帶狀況、4. 原因理由 ... 等。

1. 並列：兄は　大学へ　行って、　姉は　就職した。
（並列出兩個對等的、同時間的兩件事情。）
2. 繼起：うちへ　帰って、　ご飯を　食べる。
（前句與後句先後發生。）
3. 附帶狀況：電気を　つけて　寝る。
（後句主要子句的行為，是在前句從屬子句的狀況之下做／發生的。）
4. 原因理由：風邪を　引いて、　学校を　休んだ。
（前句為後句的原因理由。）

本句型僅學習「繼起」（先後發生）的用法。這種用法為前後句帶有事情發生的先後關係，先發生Ａ，接下來發生Ｂ。

◆ 「Ａ て、 Ｂ」動作主體可以是同一人，亦可是不同主體。例如例句的最後一句「授業が　終わって、　みんな　帰りました」就是不同的動作主體。前句「結束」的主體是「課程」，後句「回家」的主體是「各位學生」。

本 文

◆ 「ケーキを　ありがとう」為「ケーキを　（送ってくれて）　ありがとう」的簡便講法。由於「～てくれる」的用法尚未學習，因此僅先教導這種常見的、省略過後的形式。請學習者當作慣用表現記下即可。其他類似的常見用法還有：「手紙を／メールを　ありがとう」等。

而「を」在口語表現上，也經常省略：「ケーキ、　ありがとう」。

◆ 「どうやって」用於「詢問方法」，如：

・どうやって　使う？
・どうやって　食べる？

第 14 課本文中的：「どう　行きますか。」除了可以「詢問方法」，亦可「詢問內容」、「狀態」。也就是說「どうやって」的使用範圍較「どう」小。

・詢問狀態：授業は　どうですか（第 4 課）。
・詢問內容：どう　思いますか（將會於「進階篇」學習）。

此外，「どう」多半直接放在述語前方，因此中間隔著補語時，就不太適合使用。

・（○）東京駅には　どう　行きますか。
・（？）どう　東京駅に　行きますか。
・（○）どうやって　東京駅に　行きますか。

第 20 課

新しい　デパートへ　行って　みたいです。

◆ 本課除了學習表先後動作的「～てから」以外，也學習了三個補助動詞「～て
みる」、「～て　くる」以及「～て　いく」的用法。

由於補助動詞亦可作動詞活用，因此學習補助動詞時，本課將帶入，並複習已
經學習過的句末表現，以「～て　みたいです」、「～て　みても　いいですか」、
「～て　みて　ください」，以及「～て　きて　ください」的固定句型來練習。

◆ 上一課「句型 4」的「Ａて、　Ｂ」僅是用來單純羅列出所做的事情，因此沒有本句型「〜てから」那種強調前述動作先做的口吻，亦不像下一課即將學習的「〜後で」那樣強調先後順序。

　　此外，「Ａて、　Ｂ」亦可排列三項事情，來講述這三件事情的先後發生，但「〜てから」與下一課即將學習的「〜後で」僅可排列兩項事情。

- （×）家へ　帰ってから、　テレビを　見てから、　寝ます。
  （○）家へ　帰って、　テレビを　見て、　寝ます。

  （○）家へ　帰って、　テレビを　見てから　寝ます。
  （○）家へ　帰って、　テレビを　見た　後で　寝ます。

◆ 「Ａてから、　Ｂ」，Ｂ句的時制可為「過去」亦可為「非過去」。練習時，可以兩種都帶到。

◆ 「Ａてから、　Ｂ」，動作主體可以是同一人，亦可是不同主體。例如例句中的最後一句：「アイスクリームは　朴先輩が　来てから　冷凍室から　出しましょう」。還原後就是「朴先輩が　来てから、　（私は）　冷凍室から　アイスクリームを　出します」。這裡是之前學習過的「目的語主題化」的講法。

- 朴先輩が　来てから、　冷凍室から　アイスクリームを　出しましょう。
  →アイスクリーム は　朴先輩が　来てから、　冷凍室から　出しましょう。

◆ 「〜てから」還有表達「持續狀態或變化之起點」的用法，表示 Ｂ 這樣的狀態，是從 Ａ 就開始持續著的，經常會配合副詞「ずっと」一起使用。中文可翻譯為「自從…就一直（保持這樣的狀態）」。亦可替換為「〜後」但此用法時不可加上「で」。

20

・彼は　家へ　帰ってから、　ずっと　寝て　います。
・日本に　来てから、　ずっと　働いて　います。

　　此種用法雖然本課不教，但下一課（第 21 課）的對話文會出現：「大人に　なってから　一度も　（着物を）　着たことが　ありません」（自從長大之後，就維持著沒有穿過和服的狀態）。

　　授課老師可視班上學習情況，再斟酌是否帶入此「持續狀態或變化之起點」的用法。

◆　補助動詞「〜て　みる」，可與之前學習過的句末表現一起使用，本課僅學習「〜て　みたいです」、「〜て　みても　いいですか」、「〜て　みて　ください」三種形式。

◆　由於「〜て　みる」表嘗試，因此只能使用於意志動詞。

- （○）食べて　みる（「吃」為意志動詞）
- （×）泣いて　みる（「哭」為非意志動詞）

但若與「〜たい」併用，則「〜て　みたい」可以使用於無意志動詞。

- （○）思いっきり　泣いて　みたい。

本課先不導入上述用法，僅在此補充。

◆　「見て　みたい」與「見たい」的不同，在於前者含有「如果有機會，如果有可能的話，希望能 ...」的語感。感覺上比較客氣、保守。

◆　因為「〜て　みる」含有「沒做過，不知道好不好」的語意在，因此不會與「たくさん」等副詞一起使用。

- （○）少し　食べて　みて　ください。

- （×）たくさん　食べて　みて　ください。

- （○）たくさん　食べて　ください。

20

◆　補助動詞「〜て　くる」隨著前接的本動詞種類不同，會有不同的意思：

　　1. 本動詞為「帰る、戻る、離れる、走る、飛ぶ…」等「移動動詞」時，表「空間上的移動」。

　　・鳥が　飛んで　きた。

　　2. 本動詞為「食べる、勉強する、買う」…等沒有方向性、移動性的「動作動詞」時，表「動作的先後順序」。

　　・ジュースを　買って　きます。

　　3. 本動詞為「続ける、頑張る、仕事をする」…等「持續動詞」，或是「増える、なる、変わる、減る」…等「變化動詞」時，表「動作的持續」。

　　・この　伝統的行事は　1000年も　続いて　きました。

　　4. 本動詞為「見える、生える、降る、眠くなる」…等「顯現語意的動詞」時，表「出現」。

　　・（船で）　あっ、　島が　見えて　きました。

　　本句型只學習上述 1、2 兩種用法。且只使用「〜て　きます」「〜て　きてください」「〜て　きました」三種較常見的形式。舉例時，要避免使用到 3、4 用法的句子。

◆　「待って　ください」為請對方暫停現在正在做的事情，如：對方正在離去，請他「暫停」離去的動作。而「待って　いて　ください」則是請對方「維持等待

◆ 補助動詞「～て　いく」隨著前接的本動詞種類不同，會有不同的意思：

　1. 本動詞為「帰る、戻る、離れる、走る、飛ぶ…」等「移動動詞」時，表「空間上的移動」。

　・あの　子は、　泣きながら　帰って　いった。

　2. 本動詞為「食べる、勉強する、買う」…等沒有方向性、移動性的「動作動詞」時，表「動作的先後順序」。

　・ご飯を　食べて　いって　ください。

　3. 動詞為「続ける、頑張る、仕事をする」…等「持續動詞」，或是「増える、なる、変わる、減る」…等「變化動詞」時，表「動作的持續」。

　・日本語の　勉強は　続けて　いく　つもりです。

　4. 本動詞為「死ぬ、忘れる、消える」…等「滅失語意的動詞」時，表「消逝」。意思是「原本有的東西消逝了，或離開說話者的視界了」。

　・年の　せいか、　単語を　覚えても　すぐ　忘れて　いく。

　本句型只學習上述 1、2 兩種用法。且只使用「～て　いきます」「～て　いきました」兩種較常見的形式。舉例時，要避免使用到 3、4 用法的句子。

◆ 「句型 3」練習 A 的第 1 題，動作主體使用「が」，而「句型 4」練習 A 的第 1 題，動作主體卻使用「は」。

原因在於「～て　きました」是「往說話者的方向來」。也就是這個人來之前，說話者並不知道他會來（新情報），因此使用單純看到而描述情景的「が」。

　　至於「～て　いきました」則是「遠離說話者而去」，也就是這個人本來就在此處（舊情報），現在離開了，因此講述這個特定人物遠離而去，故使用主題的「は」來描述。

本　文

◆　「新しい　デパートへ　行きたい」與「行って　みたい」的差異，在於「行って　みたい」含有「第一次去」的語感在，而「行きたい」僅是表達想去，有可能之前已經去過了。

　　此外，這裡的「行って　みたい」，在語感上較無「嘗試」的口吻，反倒接近「去了之後，看看」，也就是類似上一課表繼起的「A て、　B」的用法。

◆　「って」為「とは」的口語講法。是一種提示話題（主題）的方法。意思是「所謂的 …」這裡僅需請學習者記住翻譯，當作常見表現暫時記住即可。

20

着物を　着た　ことが　ありますか。

◆　本課主要學習「〜た」形，以及使用到「〜た」形的表現文型。其中，「〜た後で、〜」用於表達「行為或狀態之後的動作」；「〜たり、　〜たり　します」則表「複數的行為」；「〜た　ことが　あります」則用於表達「經驗」。

◆ 學習「～た」形變化時，最需要留意的就是一類動詞會產生「音便」現象。這部分仰賴大量的練習。

「練習 B」所出現的動詞，順序與上一冊第 18 課「句型 1」練習 B 一模一樣，可在此多花一點時間，讓同學練習有無音便，以及如何音便。

◆ 以下補充如何從動詞原形來改為た形，老師理解即可，使用本教材教學時，不需教給學生，以免產生混亂。

a. 動詞為上一段動詞或下一段動詞（グループⅡ／二類動詞），僅需將動詞原形的語尾～る去掉，再替換為～た即可。

寝る（　　　ｎｅる）　→寝る+た

食べる（ｔａｂｅる）　→食べる+た

起きる（　ｏｋｉる）　→起きる+た

b. 若動詞為カ行變格動詞或サ行變格動詞（グループⅢ／三類動詞），由於僅兩字，因此只需死背替換。

来る　　　　→　来た

する　　　　→　した

運動する　→　運動した

c. 若動詞為五段動詞（グループⅠ／一類動詞），則將動詞語尾依照下列規則「音便」。音便後，再加上「た」即可。

21

①促音便：語尾若為「～う、～つ、～る」，則必須將「～う、～つ、～る」改為促音「っ」再加上「た」。

・笑う　→笑っ＋た　＝笑った

・待つ　→待っ＋た　＝待った

・降る　→降っ＋た　＝降った

②撥音便：語尾若為「～ぬ、～ぶ、～む」，則必須將「～ぬ、～ぶ、～む」改為撥音「～ん」，再加上「だ」（一定要為濁音だ）。

・死ぬ　→死ん＋だ　＝死んだ

・遊ぶ　→遊ん＋だ　＝遊んだ

・飲む　→飲ん＋だ　＝飲んだ

③イ音便：語尾若為「～く／～ぐ」，則必須將「～く／～ぐ」改為「い」再加上「た／だ」（「～く」→「～いた」／「～ぐ」→「いだ」）。但有極少數例外，如：「行く→行った」。

・書く　→書い＋た　＝書いた

・急ぐ　→急い＋だ　＝急いだ

（例外）

・行く　→行っ＋た　＝行った

④語尾若為「～す」，則不會產生音便現象，直接將「～す」改為「～し」後，再加上「～た」即可。

・消す　→消し＋た　＝消した

◆　此句型與上一課「～てから、～」意思類似，很多情況也可以互相替換。兩者除了前方接續的形態不同外，上一課的「A てから、B」語感上聚焦於前項的動作（A），口氣上有「先做了 A 再做 B」的語感。

　　而本課「A 後で、B」則是客觀敘述「做 A 之後，做 B」的順序。因此若說話者想要強調「先做 A 之後才要做 B」，則不會使用本句型「～後で、～」。

◆　「A てから、B」有強調先做 A 的語感在，因此如果語境上很明確地，B 動作一定得在做完 A 動作之後才做，則不會使用「～てから」，而是會使用第 19 課學習的「～て」，或者本句型學習的「～た後で」替代。

・（○）昨日　家へ　帰ってから、　　晩ご飯を　食べました。
　（×）昨日　家へ　帰ってから、　　部屋で　寝ました。
　（○）昨日　家へ　帰った　後で、　部屋で　寝ました。

　　「吃晚餐」這個動作，有可能在外面餐廳也可以吃，因此可以使用「～てから」來強調，是「先回家」之後才吃的。

　　但「在房間睡覺」這個動作，一定得先回家才能實行，因此不會使用本項句型來強調「先回家後」才去房間睡覺。

　　至於「～後で」，則只是客觀敘述兩個動作發生的順序，因此可以講「回家之後」做了「在房間睡覺」這個動作。

・（×）スターバックスに　入ってから、　コーヒーを　注文しました。
　（○）スターバックスに　入った後で、　コーヒーを　注文しました。

21

上例亦然。「點咖啡」這個動作，一定是先「進去星巴克店內」才會到櫃檯點餐，因此不會使用本句型來表達。但可以客觀地敘述「進星巴克後，點了咖啡」，單純描述一連串的動作。除非說話者想強調「並不是使用 APP 事先預訂餐點」。

◆ 「A た後で、B」動作主體可以是同一人，亦可是不同主體。例如例句的最後一句：

・父が　出掛けた　後で、　（私は）　テレビを　見ます。

前句「出門」的人是父親，而後句「看電視」的人，則是是說話者。

像這樣，「～後で」前方的動作主體，若與後句不同人時，則必須使用助詞「～が」。

・（○）彼が　来た後で、　（私は）　シャンパンを　開けます。
　（×）彼は　来た後で、　（私は）　シャンパンを　開けます。

◆ 「～後で」前方除了動詞以外，亦可接續名詞。使用「～の後（で）」的形式。

・食事した　後で、コーヒーを　飲みませんか。
　食事の　　後で、コーヒーを　飲みませんか。

◆ 我們曾經在本手冊的第 16 課「句型 3」提及了從屬子句之「從屬度」的問題。說明了「～から」屬於從屬度低的句子，而本課的「～た後で」則是屬於從屬度中等的句子。

若一個句子中，不只一個從屬子句，則其構造會是「低從屬度的句子」包覆著「高從屬度的句子」，這就稱為「階層構造」。

例如最後一句例句：

・風邪を　引きますから、

　お風呂に　入った　後で、　エアコンを　つけないで　ください。

　　這句話就是從屬度最低的「～から」，包覆著從屬度較高的「A た後で B」，構造如下：

・風邪を　引きますから、　┌──────────────────┐
　　　　　　　　　　　　　　│ お風呂に　入った　後で、エアコンを │
　　　　　　　　　　　　　　│ つけないで　ください。 │
　　　　　　　　　　　　　　└──────────────────┘

　　因此「風邪を　引きますから」所修飾的範圍（所說明的理由），為整個「お風呂に　入った　後で、　エアコンを　つけないで　ください」部分。

◆　「A た後で、B」，其中的「で」表達「事情的階段」，主要敘述「A 結束後這個階段，做 B 動作」。因此如果 B 部分為「狀態」時，則會偏向使用「A た後、B」（不加上「で」）。

・私は　病気を　した（○後／？後で）、　どうも　体調が　優れない。

　　「句型 3」中的例句：「コロナが　終わった　後、　何を　したいですか」並非強調「A 結束後這個階段，做 B 動作」，而是單純詢問「A 事件後，想做什麼事」，因此亦不適合加上「で」。

21

句型 3：～たり、～たり　します

◆ 第 19 課「句型 4」的「～て、～」有時間上的前後順序，而本句型的「～たり
～たり」並無此含意。

◆ 「A たり、B」動作主體可以是同一人，亦可是不同主體。例如：「昨日は　雨
が　降ったり、　風が　降ったり　ひどい　天気だった」。但本課僅導入相同動
作主體的用法。

◆ 本句型練習 A 的第 2 題，學習「事態交互發生」的用法。此用法的 A 與 B 多為
「反義詞」或者「一肯定一否定」。

　　・熱が　出たり、　出なかったりの　繰り返し。

　　本課不學習上述「一肯定一否定」的講法，因為本書至目前為止，尚未導入常
體的過去否定。常體的過去否定將會於下一課第 22 課，學習「名詞修飾形」時才會
導入。

◆ 另外，亦可僅使用一個「たり」，以「A たり　します」的形式來列舉做過的
眾多事情中的其中一件。此用法課內並無特別舉出來學習，授課老師可視情況再決
定是否導入。

　　・休みの　日は　家で　動画を　見たり　して　います。

◆ 表肯定的「〜た　ことが　ある」不能用於日常生活中「理所當然」的經驗，例如：「我曾經吃過飯」之類的描述。

　・（×）私は　ご飯を　食べた　ことが　あります。

◆ 此外，亦不能用於「近期才剛發生的事」。因為一般認為，近期剛發生的事，還沒內化為一個人的人生經驗。

　・（×）私は　先週　富士山に　登った　ことが　あります。
　　（○）私は　1年前に　富士山に　登った　ことが　あります。

◆ 使用本句型來講述經驗時，一般也不使用明確日期來敘述。

　・（×）私は　平成30年の　8月15日に　富士山に　登った　ことが
　　　　あります。

◆ 「〜動詞た形＋ことが　ある」與「〜動詞原形＋ことが　ある」意思截然不同。前者用於表達「經驗」，後者則是用於表達「次數不多，但有時會發生／偶爾為之」的事情。本課目前暫不導入此種用法。

　・私は　時々　日本へ　行く　ことが　あります。

◆ 練習 B 第 1 題的第 3、4 小題，導入表「原因理由」的「で」。

　　表「原因理由」的「で」，若後面的動詞為「非意志動作」，則解釋為「變化的原因」。若動詞為「意志性動作」，則解釋為「行動的理由」。本句型僅導入「行動的理由」用法。

21

・台風で　電車が　止まった。
　（「電車が　止まる」為非意志動作　→　變化的原因）
・風邪で　学校を　休んだ。
　（「学校を　休む」為意志性動作　→　行動的理由）

本　文

◆　對話文裡，「大人に　なってからは　一度も　着た　ことが　ありません」
當中的「～てから」並非第 20 課「句型 1」所學習到的「先做 A 再做 B」的用法，
而是「持續狀態或變化之起點」的用法，表示小時候穿過之後，就保持著再也沒有
穿過的狀態了。詳細可參考本手冊上一課的說明。

◆　「着物を　レンタルできる　店」為形容詞子句（連體修飾句）的用法，下一
課就會學習。這裡老師可以先告訴同學，「着物を　レンタルできる」就相當於形
容詞。先行預習一下形容詞子句的概念。

・浅草には　｜　　　　　　　　　　いい　｜　店が　ありますよ
・浅草には　｜着物を　レンタルできる｜　店が　ありますよ

第 22 課

これは　私が　作った　ケーキです。

◆ 本課以循序漸進的方法，學習日文的形容詞子句（連體修飾句）。

「句型 1」先導入以「Ａは　Ｂです」結構的句子，來分別修飾名詞Ａ與Ｂ。等熟悉「名詞修飾型」的變化方法以及連體修飾的用法後，於「句型 2」再導入各種不同的動詞句，分別針對其各個補語來修飾其名詞。

「句型 3」則是更近一步地應用了先前所學習的表現文型，練習更多元化的句子當中的名詞修飾。

◆ 「句型 4」則是導入「〜時」的用法。由於「時」亦為名詞，因此前方也是使用形容詞子句的修飾方式，故於本課一同導入。但請注意，「時」的前方若為「移動動詞」：行く、来る、帰る … 等，則會有「相對時制」的問題。

◆ 若要拿一個句子作為形容詞子句來修飾某個名詞，則這句子必須：1. 改為「名詞修飾形」。2.動作主體不可使用「は」，必須改為「が」（這是因為從屬度的問題）。3. 此動作主體「が」的部分若緊接著動詞，則「が」亦可改為「の」。關於第 3 點，「初級篇」暫不學習。

①山田さん**は**　服を　作りました。

⇒山田さん**が**　作った　| 服 |

形容詞子句　　　　　被修飾名詞

②山田さんは　服**を**　作りました。

⇒服**を**　作った　| 山田さん |

形容詞子句　　　　　被修飾名詞

例句①，由於「山田さん」為動作主體（主語），因此若句子改為形容詞子句，放置於名詞前方時，則必須將「は」改為「が」。但由於例②當中的「服」並非動作主體，而是對象（受詞／目的語），因此不可將「を」改為「が」。

③バスで　大学へ　行きます。

⇒大学へ　行く　| バス |

形容詞子句　　　　　被修飾名詞

同理，例句③中的「大学」為移動的方向，因此不可將「へ」改為「が」。

◆ 「句型 1」這裡僅學習「Aは　Bです」句型，拿形容詞子句來修飾「主題部分的 A 名詞」或「述語部分的 B 名詞」。

句型 2：形容詞子句（進階）

◆ 「句型 2」則是開始學習各種「動詞句」的句型，並修飾其補語部分的名詞（無論是必須補語或是副次補語）。例如前兩句的例句就是分別修飾了移動動詞「行く」的兩個副次補語「妹と」與「車で」。第 3 個例句則是修飾他動詞的目的語（必須補語），「を」的前方名詞。

◆ 一個句子當中的補語（名詞＋助詞的部分，本系列文法叢書皆稱之為「車廂」），可後移至句尾，作為被修飾的名詞。

日文的動詞句，以「Aは　Bで　Cに　Dを　動詞」…等這樣的型態呈現（依動詞不同，所需的必須補語與副次補語也不同）。上述的「Aは」「Bで」「Cに」「Dを」這些部分就是補語（車廂）。而這些車廂可以分別拿到後方來當作是被修飾的名詞。車廂移後時，原本的助詞會刪除。

・鈴木さんは　パソコンで　友達に　メールを　書きました。
　A 車廂　　　B 車廂　　　C 車廂　　D 車廂　　　動詞

A 車廂移後當被修飾名詞：　パソコンで　友達に　メールを　書いた鈴木さん
B 車廂移後當被修飾名詞：　鈴木さんが　友達に　メールを　書いたパソコン
C 車廂移後當被修飾名詞：　鈴木さんが　パソコンで　メールを　書いた友達
D 車廂移後當被修飾名詞：　鈴木さんが　パソコンで　友達に　書いたメール

上述這種構造稱為「内の関係」。能夠像上述這樣，構成「内の関係」的格，僅有「が」、「を」、「に」、「で」、「へ」。至於「から」與「まで」前方的名詞，原則上不可後移至後方作為被修飾名詞。但「～から」則是視語意，仍是有可以後移的情況：

・この電車は　中野まで　行きます。
　→（×）この電車が　行く　中野。

・鈴木さんは　日本から　来ました。
　→（×）鈴木さんが　来た　日本。

・部屋から　東京タワーが　見える。
　→（○）東京タワーが　見える　部屋。

此外，「と」能否後移，端看它為「必須補語」或「副次補語」。

若動詞為「相互動詞」，則一定要有「と」一起使用，這時，它就是「必須補語」。
如：「喧嘩する、結婚する」。這種情況就可以後移作為被修飾名詞。

・山田さんは　同僚と　結婚しました。
　→（○）山田さんが　結婚した　同僚。

若動詞「不是相互動詞」，也就是不一定要使用「と」時，它就是「副次補語」。
如：「食べる、行く」。這種情況就不能後移作為被修飾名詞。

・山田さんは　友達と　ご飯を　食べた。
　→（×）山田さんが　ご飯を　食べた　友達。

◆ 有別於上述的「内の関係」，像是：「勉強する　時間」、「病院へ　行く
予定」、「秋刀魚を　焼く　匂い」，這些被修飾名詞，原本並非句子內的補語，
這種修飾關係就稱作「外の関係」。

・日本語を勉強する 時間 。　→　時間が （×）　日本語を　勉強する。
　　　　　　　　　　　　　　→　時間に （×）　日本語を　勉強する。
　　　　　　　　　　　　　　→　時間を （×）　日本語を　勉強する。
　　　　　　　　　　　　　　→　時間で （×）　日本語を　勉強する。

教學時，除了練習將各個句子中的補語拿來做被修飾名詞的「内の関係」以外，教學者也要留意，別忘了練習「外の関係」的例子。

◆ 關於形容詞子句所使用的時制，說明如下：

・昨日　買った 服 を　見せてください。
・今晩　パーティーで　着る 服 を　見せて　ください。

　1. 衣服已經買了，所以使用過去式「買った」。但舞會還沒開始，衣服未來才會穿，所以使用尚未發生、非過去的「着る」。

・これは　女の人が　読む 雑誌 です。

　2.「女の人が　読む」是用來形容雜誌本身的性質，是女性閱讀的雜誌，因此無關時間，使用非過去（動詞原形）即可。

・机の　上に　ある 新聞 を　ください。
・駅（○に／○から）　近い マンション に　住みたい。

　3. 若形容詞子句中的動詞為「あります、います」等狀態動詞，或是形容詞時，則使用非過去（動詞、形容詞原形）即可。

・あの　赤い　服を　着ている 人 は　山田さんです。
・あの　赤い　服を　着た 人 は　山田さんです。

　4. 若使用的動詞為「着る、（眼鏡を）掛ける」…等與穿戴語意相關的動詞，則可使用「～ている」或「～た」兩者皆可。雖然本課也有練習穿戴動詞，但為了不過度造成學習者的負擔，因此「初級篇」暫不學習「～た＋名詞」的講法。

22

・ご飯を　食べる 時間 が　ありません。

・昨日、　市役所へ　行く 予定 でした。

・明日　一緒に　飲む 約束 を　しました。

5.「時間、予定、約束」等名詞，其構造及語意上較為特殊，前方只能使用非過去（動詞原形），這三個字請學習者死記即可。

◆　「句型 3」屬於形容詞子句的應用練習。

　　第 1 個例句先是合併「句型 2」當中，分別修飾「妹と」與「車で」的兩句形容詞子句，讓學習者了解到，只要是名詞都可以放個形容詞子句在其前方修飾。

　　另外，亦可在第 3 與第 4 例句時，順便告訴學習者，先前學習過的「～前に」、「～後で」，其本質上就是形容詞子句，來修飾「前」與「後」兩個名詞。但因其語意上先後順序的制約，「前に」前方使用「非過去」，「後で」前方使用「過去」。

◆　練習 B 的第 1 題複習穿戴動詞，並將其作為形容詞子句。雖說穿戴動詞形容詞子句內，「～て　いる」可換成「～た」：「赤い　帽子を　被った　人」，但本課不學習這種講法。

◆ 「A 時、B」（做…的時候）用於表達 A、B 前後兩件事情幾乎是同步實行。且由於「時」亦是名詞，因此前方也是使用形容詞子句（名詞修飾形）。

◆ 形容詞子句的動詞若為移動動詞「行く、来る、帰る」，則會有相對時制的問題。老師可視學生的學習狀況，提出下列巴黎買包包的問題。

1. 花子は　　パリへ　行く時、　　　かばんを　買う。
2. 花子は　　パリへ　行った時、　　かばんを　買う。
3. 花子は　　パリへ　行く時、　　　かばんを　買った。
4. 花子は　　パリへ　行った時、　　かばんを　買った。

               從屬子句　　　　　　　　　　　　主要子句

例句畫底線部分為「從屬子句（形容詞子句）」，沒劃線部分為「主要子句」。「主要子句」的時制為「絕對時制」，因此 1.2. 在「說話時」，「去巴黎」及「買包包」兩個動作都還沒發生，而 3.4. 在「說話時」，「去巴黎」及「買包包」兩個動作都已經發生了。

相對地，使用到「～時」的「從屬子句（形容詞子句）」，其時制為「相對時制」，其從屬子句的時制並非以「說話時」為基準，而是以「主要子句」為基準。

從屬子句（去巴黎）若用「原形（非過去）」，則表示這個從屬子句的動作發生在主要子句之後；

從屬子句（去巴黎）若用「た形（過去）」，則表示這個從屬子句的動作發生在主要子句之前。

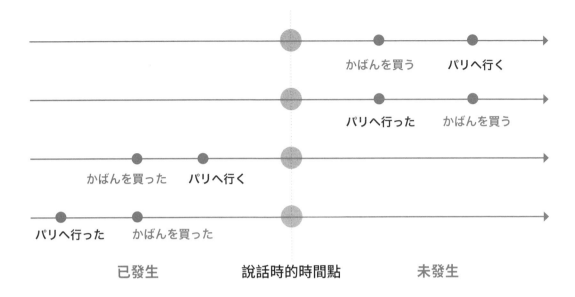

かばんを買う　　パリへ行く

パリへ行った　　かばんを買う

かばんを買った　　パリへ行く

パリへ行った　　かばんを買った

已發生　　　　　　說話時的時間點　　　　　　未發生

　　也就是說，1.3. 兩句使用原形「行く」，因此「主要子句」買包包的動作都會比「從屬子句」去巴黎的動作先發生。換句話說，買包包會是在去巴黎之前，也就是「包包在台灣買」的意思。而 2.4. 兩句使用た形「行った」，因此「主要子句」買包包的動作都會比「從屬子句」去巴黎的動作後發生。換句話說，買包包會是在去巴黎之後，也就是「包包在巴黎買」的意思。

第 23 課

映画を　見るのが　好きです。

◆　本課學習「～のは」、「～のが」、「～のを」、「～のに」等名詞節（名詞子句）的用法。「は、が、を、に」等助詞的前方為名詞，因此如果要在「は、が、を、に」的前方放一個動詞句時，就必須使用形式名詞「の」來將動詞句名詞化。而形式名詞就是名詞，因此前面使用的，就是「名詞修飾形」。

　　「名詞修飾形」於上一課學習形容詞子句時已經學習，因此於這一課提出名詞子句的用法，可兼具複習「名詞修飾形」。

◆　雖然形式名詞「の」，某些情況下可與「こと」替換，但本教材不導入。僅在本教師手冊內說明。若學生無提及，可以不必特別在課堂上提起，以免學習者搞混。

　　教學時，本教材秉持「～ことが　できる」、「趣味は～ことです」的時候使用「こと」，而「～のは」、「～のが」、「～のを」、「～のに」的時候使用「の」。這樣的安排，可以減輕學習者的壓力。

句型 1：〜のは

◆　此用法為將一動詞句置於表主題的「は」前方，來表達此動詞句為話題中的主題。原則上，助詞「は」的前方必須使用名詞，若因語意上需要，必須使用動詞時，就必須加個「の」將前方的動詞給名詞化。例如：這部電影很有趣，日文為「この映画は面白いです」。這句話的主題為「この映画」，同時它也是個名詞。但若要表達「看電影」這個動作很有趣，就將「映画を見る」擺在「は」的前方，並加上「の」將其名詞化即可：「映画を見るのは面白いです」。由於映画を見るの這個部分原本是放置「名詞」的，因此這個子句就稱作是「名詞子句」。

・映画　　　　　は　面白いです。
　　　名詞

　映画を見るの　は　面白いです。
　　名詞子句

　　此句型後方多半為表達「感想」、「評價」的形容詞，如「難しい、易しい、面白い、楽しい、気持ちが　いい、危険だ、大変だ」等。

　　但本課僅提出「難しい、面白い、楽しい、危ない、気持ちが　いい、体にいい／悪い、簡単、危険、大変、無理」等 10 個形容詞。（※ 註：下例中，畫底線部分為名詞子句、粗體助詞則為主要子句的車廂之助詞，母句的動詞／述語，則以底色表示。）

・彼女と　いるのは　楽しいです。
・朝早く　起きるのは　気持ちが　いいです。
・たばこを　吸うのは　体に　よくないです。
・女の子が　一人で　旅行するのは　危ないです。

・<u>歩きながら　スマホを　見るの</u>は　危険です。

・<u>答えを　見て　問題集を　解くの</u>は　無意味です。

◆　「句型1」主要子句（最後面）的詞彙皆為形容詞，亦可將「の」改為「こと」。

○<u>彼女と　いること</u>は　楽しいです。

○<u>朝早く　起きること</u>は　気持ちが　いいです。

○<u>たばこを　吸うこと</u>は　体に　よくないです。

○<u>女の子が　一人で　旅行すること</u>は　危ないです。

○<u>歩きながら　スマホを　見ること</u>は　危険です。

○<u>答えを　見て　問題集を　解くこと</u>は　無意味です。

句型 2：〜のが

◆ 此用法為將一動詞句置於表對象的「が」前方，來表達此動詞句為喜好、能力等對象。原則上，助詞「が」的前方必須使用名詞，若因語意上需要，必須使用動詞時，就必須加個「の」將前方的動詞給名詞化。例如：我喜歡錢，日文為「私は お金 が好きです」。此時話題中說話者喜歡的對象物為「お金」，同時它也是個名詞。但若要表達我喜歡的，不是東西，而是像「看電影」這樣的一個動作，就將「映画を見る」擺在「が」的前方，並加上「の」將其名詞化即可：「私は 映画を見る の が好きです」。由於 映画を見るの 這個部分原本是放置「名詞」的，因此這個子句就稱作是「名詞子句」。

・私は お金 が 好きです。
名詞

　私は 映画を見るの が 好きです。
　　　名詞子句

此句型後接的詞彙多為：①「好き、嫌い、上手、下手、早い、遅い」等表達「喜好」、「能力」的形容詞，或②「見える、聞こえる」等自發動詞。

但本課僅提出「好き、嫌い、上手、下手、速い、遅い、得意、苦手」等 8 個形容詞。（※ 註：下例中，畫底線部分為名詞子句、粗體助詞則為主要子句的車廂之助詞，母句的動詞／述語，則以底色表示。）

① ・私は 一人で 散歩するのが 好きです。

・私は 絵を 描くのが 下手です。

・彼は 病気ですから、歩くのが 遅いです。

② ・公園で 子供たちが 走って いるのが 見えます。

・誰かが 泣いて いるのが 聞こえます。

◆　上述的第①種用法，主要子句（最後面）的詞彙為「好き、嫌い、上手、下手、早い、遅い」等表達「喜好」、「能力」的形容詞，亦可將「の」改為「こと」。

○私は　一人で　散歩することが　好きです。

○私は　絵を　描くことが　下手です。

○彼は　病気ですから、歩くことが　遅いです。

　　但上述第②種用法，主要子句（最後面）的詞彙為「見える、聞こえる」等自發動詞，則不可將「の」改為「こと」。但本課並無提出自發動詞的例句。

✕公園で　子供たちが　走っていることが　見えます。

✕誰かが　泣いていることが　聞こえます。

句型 3：～のを

◆ 此用法為將一動詞句置於表目的語（受詞）的「を」前方，來表達此動詞句為句中的目的語（受詞）。原則上，助詞「を」的前方必須使用名詞，若因語意上需要，必須使用動詞時，就必須加個「の」將前方的動詞給名詞化。例如：我忘了錢包，日文為「私は 財布 を忘れました」。此時動詞「忘記」的目的語（受詞）為「財布」，同時它也是個名詞。但若要表達忘記的是「帶錢包來」這樣的一個動作，就將「財布を持ってくる」擺在「を」的前方，並加上「の」將其名詞化即可：「私は 財布 を持ってくるの を忘れました」。由於 財布を持ってくるの 這個部分原本是放置「名詞」的，因此這個子句就稱作是「名詞子句」。

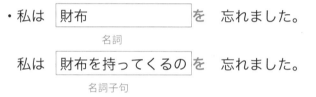

・私は 財布 を 忘れました。
　　　　　名詞

　私は 財布を持ってくるの を 忘れました。
　　　　　名詞子句

此句型後接的動詞，多為：①「忘れる、知る、心配する」等「認知」、「感情」語義的動詞，或②「見る、聞く、感じる」等表「知覺」的動詞，或③「手伝う、待つ、邪魔する、やめる、とめる」等表達「配合前述事態進行」、「阻止前述動作進行」的動詞。

但本課僅提出「忘れます、知ります」等表「認知」語義的動詞，「見ます、聞きます」等表「知覺」的動詞，「手伝います、待ちます、邪魔します」等表「配合或阻止前述事態進行」的 7 個動詞。（※ 註：下例中，畫底線部分為名詞子句、粗體助詞則為主要子句的車廂之助詞，母句的動詞／述語，則以底色表示。）

① ・私は 薬を 飲むのを 忘れました。
　・（あなたは）田中さんが 結婚したのを 知って いますか。
　・先生は 鈴木君から 連絡が ないのを 心配して いる。

②・私は　知らない　男が　由美ちゃんの　部屋に　入ったのを　見た。

　・彼女が　部屋で　歌を　歌っているのを　聞いた。

　・ビルが　揺れているのを　感じた。地震かな？

③・これを　運ぶのを　手伝って　ください。

　・友達が　来るのを　待って　います。

　・勉強するのを　邪魔しないで　ください。

　・今日から　仕事を　頑張るのを　やめます。毎日　遊んで　暮らします。

　・彼が　この　部屋に　入るのを　止めて　ください。

◆　上述的第①種用法，主要子句（最後面）的詞彙為「忘れる、知る、心配する」
等「認知」、「感情」語義的動詞，則亦可將「の」改為「こと」。

　○私は　薬を　飲むことを　忘れました。

　○（あなたは）田中さんが　結婚したことを　知って　いますか。

　○先生は　鈴木君から　連絡が　ないことを　心配して　いる。

　　但上述第②種用法，主要子句（最後面）的詞彙為「見る、聞く、感じる」等
表「知覺」的動詞；以及第③種用法，主要子句（最後面）的詞彙為「手伝う、待つ、
邪魔する、やめる、止める」等表達「配合前述事態進行」、「阻止前述動作進行」
的動詞，則不可將「の」改為「こと」。

　×私は　知らない　男が　由美ちゃんの　部屋に　入ったことを　見た。

　×彼女が　部屋で　歌を　歌っていることを　聞いた。

　×ビルが　揺れていることを　感じた。地震かな？

　×これを　運ぶことを　手伝って　ください。

　×友達が　来ることを　待って　います。

×　勉強することを　邪魔しないで　ください。

×　今日から　仕事を　頑張ることを　やめます。

　　毎日　遊んで　暮らします。

×　彼が　この　部屋に　入ることを　止めて　ください。

◆　第 19 課曾經學習到以「知って　いますか」詢問時，其否定的回答為「知りません」。

　　若是使用名詞子句「〜のを　知っていますか」的方式詢問，則否定的回答必須是「知りませんでした」，必須加上「でした」。

　　這是因為說話者已經將內容情報放在「〜のを」的前方，當說話者講出時，也一併將情報傳達給了聽話者，因此在詢問的同時，聽話者也知道了答案。故需使用「でした」

・A：彼女が　結婚したのを　知っていますか。

　B：知りませんでした。（聽到 A 詢問的當下，B 就知道她結婚了。）

◆　此用法為將一動詞句或動作性名詞置於格助詞「に」的前方，來表達花費、用途及評價。原則上，助詞「に」的前方必須使用名詞，若因語意上需要，必須使用動詞句時，就必須加個「の」將前方的動詞給名詞化。此用法後面使用的詞彙，有相當大的限制，共有下述三種用法：①表「用途」。後面動詞會使用「～に使う」等表示用途的語詞。②表「為達目的所需的耗費…」。意思是「說話者研判，若要達到前面這個目的，需要耗費…」。後面動詞會使用「かかる、いる（要る）」等花費時間、金錢類字眼。需要耗費的量（時間、金錢），會加上助詞「は」，來表示說話者認為「至少」的口氣。③表示「評價」。後面會使用表示「～に役に立つ／便利／不便／ちょうどいい」等評價性語詞。

　但本句型只學習第②種用法，且僅提出「かかります、要ります」以及「必要です」３個詞彙。

①・この　はさみは　花を　切るのに　使います。
　・ペーパーナイフは　封筒を　開けるのに　使います。
　・この　長財布は　パスポートを　入れるのにも　使えます。

②・スマホを　修理するのに　５万円は　かかります。
　・運転免許を　取るのに　３ヵ月は　必要です。
　・東京で　3LDKの　家を　買うのに、7000万円は　要ります。

③・この　ナイフは　果物の　皮を　剝くのに　便利です。
　・文型辞典は　文型の　使い方を　調べるのに　役に　立ちます。
　・この　近くには　公園が　あって、子供を　育てるのに　いいです。
　・この　かばんは　軽くて、旅行に　便利です。

◆ 上述第①種用法，主要子句（最後面）的詞彙為「～に使う」等表示用途的動詞，則亦可將「の」改為「こと」。

　　○この　はさみは　花を　切ることに　使います。

　　○ペーパーナイフは　封筒を　開けることに　使います。

　　○この　長財布は　パスポートを　入れることにも　使えます。

　但上述第②種用法，主要子句（最後面）的詞彙為「かかる、いる（要る）」等花費時間、金錢類的動詞；以及第③種用法，主要子句（最後面）的詞彙為「～に役に立つ／便利／不便／ちょうどいい」等評價性語詞，則不可將「の」改為「こと」。

　　✕ スマホを　修理することに　5万円は　かかります。

　　✕ 運転免許を　取ることに　3ヵ月は　必要です。

　　✕ 東京で　3LDKの　家を　買うことに、7000万円は　要ります。

　　✕ この　ナイフは　果物の　皮を　剝くことに　便利です。

　　✕ 文型辞典は　文型の　使い方を　調べることに　役に　立ちます。

　　✕ この　近くには　公園が　あって、子供を　育てることに　いいです。

本 文

◆ 相對於「句型4」中，以「は」來表達「說話者評估至少需要多少金錢或時間」，會話本文中的「一ヶ月も　かかりました」中的「も」，用於表達「說話者覺得多，或者時間很長」。

◆ 對話中的「陳さんが　ですね」，以及「ジャックさんはね」這裡之所以插入「ですね」、「ね」，是因為說話者還在思考後句應該要怎麼描述，而經常會在口語對話中插入的一些「賺取時間」的元素。

第 24 課

昨日　どこ　行った？

學習重點

◆　本系列教材至目前為止所學習到的文體皆為敬體，本課將學習將敬體轉為常體。動詞常體使用「普通形」，而「普通形」的形式正好與前兩課所學習過的「名詞修飾形」非常接近（僅有名詞與ナ形容詞的現在肯定不同），因此在這裏學習「動詞的普通形」，應該對於現階段的學習者不會有太大的壓力。

不過前兩課並未學習「イ形容詞」以及「ナ形容詞、名詞」的普通形，本課也會一併介紹。

而本課除了練習將基本的「構造文型」轉換為常體外，也會學習如何將已經學過的「表現文型」轉為常體。

句型 1：動詞句的常體形式

◆ 「句型 1」學習動詞句的常體形式，這裡先不用導入「イ形容詞」以及「ナ形容詞、名詞」的常體講法。

◆ 「が、を、に、へ、は」五個助詞，在常體對話中經常省略。而其他助詞則偏向不省略。至於「が、を、に、へ、は」是否可以省略，端看各別助詞的用法。

例如表主題的「は」可以省略，但表對比的「は」就不可省略。

・主題：（○）私~~は~~　学生です。
・對比：（×）僕~~は~~　行くけど、　妻~~は~~　行かない。（省略是錯誤的）

表對象以及中立敘述的「が」可以省略，排他的「が」不能省略。

・對象：（○）英語~~が~~　わかる
・中立敘述：（○）あっ、雨~~が~~　降り出した。（啊，下起雨來了。）
・排他：この水族館の中で　何が　一番　可愛い？
　　　　（×）イルカ~~が~~　一番　可愛い。（省略が是錯誤的）

表目的語的「を」可省略，但表移動場所的「を」不能省略。

・目的語：（○）ご飯~~を~~　食べる？
・移動場所：（×）公園~~を~~　散歩する。（省略を是錯誤的）

表方向的「に、へ」可省略，其餘用法皆不可省略。

・方向：（○）新宿~~に／へ~~　行った。
・對象：（×）資料は　山田さん~~に~~　渡した。（省略に是錯誤的）

◆　「句型 2」主要學習イ形容詞的常體句。「～欲しい」為イ形容詞。

　　此外，雖然「～たい」為助動詞，但因活用方式與形容詞一樣，因此放在「句型 2」一起練習。

句型 3：ナ形容詞句與名詞句的常體形式

◆ 「句型 3」主要學習ナ形容詞與名詞的常體句。在這裡請注意，「なんですか」常體句時，需要將「なん」還原為「なに」的發音。

◆ ナ形容詞與名詞的常體口語肯定句時，使用「だ」的口氣較強烈，因此在口語對話上多會省略。

　回答句時，視語境，有時省略「だ」會帶出一股「缺乏斷定性」的語感。在這樣的情況下，可使用「だよ（男）」或「よ（女）」。

◆ ナ形容詞與名詞的常體疑問句，「だ」一定得省略。

　・（×）あなたは　学生だ？
　　（○）あなたは　学生？

◆ 「句型 4」學習各種表現文型的常體形式。

　「句末表現」，如：「～て　ください、～てもいい　ですか、～なければ
なりません」等，只需最後部分之品詞修改即可。

　「接續表現」，如：「～前に」、「～後で」、「～時」、「～たり」、「～ながら」
等，因為接續時有固定的形式，因此不會有敬體與常體的問題。

◆ 「～て　いく」、「～て　いる」可以使用母音脫落的「～てく」、「～てる」
縮約形。

本　文

◆ 對話文中的「だから　面白いの」的「の」為表達說明、解釋的「～のだ／ん
です」句型。這裡先當作常見表現請同學記住即可，不需多做過多的說明，將會於
進階篇詳細學習。

◆ 對話文中的「日本人が　ヨーロッパへ　留学に　行った　時、　出会った
面白い　人の　話」這一句構造比較複雜，可以使用繪圖的方式，幫助學習者了解。

　此句話的基本構造為：これは　　（1. 形容詞子句）（2. 形容詞）人の　話だ。

1. 形容詞子句：「日本人が　ヨーロッパへ　留学した　時、　出会った」
　　上述一整句話，用來修飾名詞「人」。
2. 形容詞：「面白い」亦是用來修飾「人」

因此這句話有兩個形容詞的成分來修飾名詞「人」。

而「1. 形容詞子句」當中，為「～時」修飾動詞「出会った」的構造。

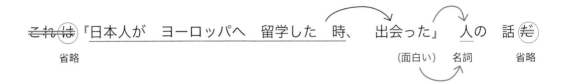

穩紮穩打日本語 初級 1

解答

「句型 1」練習 B

1. 例：私・医者　→　私は　医者です。

　　① 私・高橋　→　私は　高橋です。
　　② 彼・大学生　→　彼は　大学生です。
　　③ あの人・外国人　→　あの人は　外国人です。

2. 例：渡辺さん・先生　→　渡辺さんは　先生では　ありません。

　　① 彼女・学生　→　彼女は　学生では　ありません。
　　② 朴さん・中国人　→　朴さんは　中国人では　ありません。
　　③ 私・中村　→　私は　中村では　ありません。

「句型 2」練習 B

1. 例：ジャックさん・外国人
　→　A：ジャックさんは　外国人ですか。
　　　B：はい、　（ジャックさんは）　外国人です。
　例：田村さん・部長
　→　A：田村さんは　部長ですか。
　　　B：いいえ、　（田村さんは）　部長では　ありません。

　　① あの人・高橋さん　→　はい、
　　　　　　　　　　　　　　A：あの人は　高橋さんですか。
　　　　　　　　　　　　　　B：はい、　あの人は　高橋さんです。
　　② 高橋さん・大学生　→　いいえ、
　　　　　　　　　　　　　　A：高橋さんは　大学生ですか。
　　　　　　　　　　　　　　B：いいえ、　高橋さんは　大学生では
　　　　　　　　　　　　　　　　ありません。

③（あなた）・日本人　→　いいえ、

　　　　　　　　A：あなたは　日本人ですか。

　　　　　　　　B：いいえ、　わたしは　日本人では

　　　　　　　　ありません。

2. 例：鈴木さん・銀行員／学生

　→　A：鈴木さんは　銀行員ですか。

　　　B：いいえ、　違います。　（鈴木さんは）　学生です。

① 田中さん・大学生／先生

　→　A：田中さんは　大学生ですか。

　　　B：いいえ、　違います。　（田中さんは）　先生です。

② あの人・社長／部長

　→　A：あの人は　社長ですか。

　　　B：いいえ、　違います。　（あの人は）　部長です。

③（あなた）・王さん／陳

　→　A：あなたは　王さんですか。

　　　B：いいえ、　違います。　（私は）　陳です。

「句型 3」練習 B

1. 例：ジャックさん・アメリカ人

　→　A：あの人は　誰ですか。

　　　B：ジャックさんです。　アメリカ人です。

① 鈴木さん・大学生

　→　A：あの人は　誰ですか。

　　　B：鈴木さんです。　大学生です。

② 王さん・中国人

　→　A：あの人は　誰ですか。

　　　B：王さんです。　中国人です。

③ 小林さん・ワタナベ商事の　社員
→　A：あの人は　誰ですか。
　　B：小林さんです。　ワタナベ商事の　社員です。

「句型 4」練習B

1. 例：伊藤さん・部長／課長（部長）
→　A：伊藤さんは　部長ですか。　課長ですか。
　　B：（伊藤さんは）　部長です。

① 朴さん・中国人／韓国人（韓国人）
→　A：朴さんは　中国人ですか。　韓国人ですか。
　　B：（朴さんは）　韓国人です。
② 山本さん・医者／銀行員（医者）
→　A：山本さんは　医者ですか。　銀行員ですか。
　　B：（山本さんは）　医者です。
③ 林さん・陳さんの　恋人／王さんの　恋人（陳さんの　恋人）
→　A：林さんは　陳さんの　恋人ですか。　王さんの　恋人ですか。
　　B：（林さんは）　陳さんの　恋人です。

随堂測驗

一、填空題：

1. 私（　は　）　田中です。
2. あの人は　日本人（　では　）　ありません。
3. A：鈴木さんは　学生（　ですか　）。　B：はい、　そうです。
4. ルイさんは　フランス人（　ですか　）、　アメリカ人（　ですか　）。
5. 私は　高橋です。　イロハ大学（　の　）　先生です。
6. ジャックさんは　外国人です。　ダニエルさん（　も　）　外国人です。

7. A：王さんは　中国人です。　陳さんも　中国人ですか。
　　B：（　いいえ　）、　違います。
8. A：誰（　が　）　陳さんですか。　B：あの人（　が　）　陳さんです。

二、選擇題：

1. 陳さんは　留学生です。　林さん（　**3**　）　留学生です。
　　1　は　　　　　　　2　が　　　　　　　3　も　　　　　　　4　か

2. A：伊藤さんは　会社の　社長ですか。
　　B：いいえ、　伊藤さんは　（　**2**　）。
　　1　社長です　　　　　　　　　　2　社長では　ありません
　　3　部長でした　　　　　　　　　4　部長では　ありません

3. A：ルイさんは　フランス人ですか、　（　**1**　）。　B：フランス人です。
　　1　イギリス人ですか　　　　　　2　フランス人ですか
　　3　フランス人です　　　　　　　4　イギリス人です

4. 私は　イロハ学校の　学生です。　林さん（　**2**　）　ヒフミ学校の
　　学生です。
　　1　も　　　　　　　　2　は　　　　　　　3　の　　　　　　　4　か

5. A：（　**3**　）が　ヒフミ学校の　先生ですか。
　　B：あの人が　ヒフミ学校の　先生です。
　　1　田中さん　　　　　2　田中　　　　　　3　誰　　　　　　　4　私

6. 誰が　社長ですか。　あの人（　**3**　）　社長です。
　　1　は　　　　　　　　2　も　　　　　　　3　が　　　　　　　4　か

三、翻譯題：

1. 中村さんは　部長ですか、　課長ですか。

   中村是部長還是課長？

2. 私は　イロハ大学の　学生です。　ルイさんも　イロハ大学の　学生です。

   我是伊呂波大學的學生。路易也是伊呂波大學的學生。

3. A：あなたは　医者ですか。　B：いいえ、　違います。　銀行員です。

   A：你是醫生嗎？　B：不，不是。我是銀行員。

4. 我不是學生。我是公司員工。

   私は　学生では　ありません。　（私は）　会社員です。

5. A：田中先生是一二三日本語學校的老師嗎？　B：是，是的。

   A：田中さんは　ヒフミ日本語学校の　先生ですか。　B：はい、　そうです。

6. 誰＜オ＞是陳先生的情人呢？

   誰が　陳さんの　恋人ですか。

「句型 1」練習 B

1. 例：辞書（はい）　→　A：これは　あなたの　辞書ですか。
　　　　　　　　　　　　　B：はい、　そうです。　それは　私の　辞書です。
　　例：かばん（いいえ）　→　A：これは　あなたの　かばんですか。
　　　　　　　　　　　　　　B：いいえ、　違います。
　　　　　　　　　　　　　　　　それは　私の　かばんでは　ありません。

　①　雑誌（はい）　→　A：これは　あなたの　雑誌ですか。
　　　　　　　　　　　　B：はい、　そうです。　それは　私の　雑誌です。
　②　時計（いいえ）　→　A：これは　あなたの　時計ですか。
　　　　　　　　　　　　　B：いいえ、　違います。
　　　　　　　　　　　　　　　それは　私の　時計では　ありません。
　③　スマホ（はい）　→　A：これは　あなたの　スマホですか。
　　　　　　　　　　　　　B：はい、　そうです。　それは　私の　スマホです。

「句型 2」練習 B

1. 例：ルイさん・鉛筆（これ）　→　A：どれが　ルイさんの　鉛筆ですか。
　　　　　　　　　　　　　　　　　B：これです。
　　　　　　　　　　　　　　　　　　これが　ルイさんの　鉛筆です。

　①　小林さん・かばん（あれ）　→　A：どれが　小林さんの　かばんですか。
　　　　　　　　　　　　　　　　　　B：あれです。
　　　　　　　　　　　　　　　　　　　あれが　小林さんの　かばんです。
　②　佐藤さん・財布（それ）　→　A：どれが　佐藤さんの　財布ですか。
　　　　　　　　　　　　　　　　　B：それです。
　　　　　　　　　　　　　　　　　　それが　佐藤さんの　財布です。
　③　田中先生・傘（これ）　→　A：どれが　田中先生の　傘ですか。

B：これです。

　　これが　田中先生の　傘です。

「句型3」練習B

1. 例：パソコン・陳さん（はい）
　→　A：この　パソコンは　陳さんの　ですか。
　　　B：はい、　そうです。　陳さんの　です。
　例：スマホ・林さん（いいえ）
　→　A：この　スマホは　林さんの　ですか。
　　　B：いいえ、　違います。
　　　　　林さんの　では　ありません。

① ボールペン・山田さん（はい）
　→　A：この　ボールペンは　山田さんの　ですか。
　　　B：はい、　そうです。　山田さんの　です。
② 日本語の　辞書・王さん（いいえ）
　→　A：この　　日本語の　辞書は　王さんの　ですか。
　　　B：いいえ、　違います。
　　　　　王さんの　では　ありません。
③ エルメスの　かばん・ルイさん（はい）
　→　A：この　エルメスの　かばんは　ルイさんの　ですか。
　　　B：はい、　そうです。　ルイさんの　です。

「句型4」練習B

1. 例：鈴木さん・銀行員／学生
　→　A：鈴木さんは　銀行員ですか。
　　　B：いいえ、　違います。　鈴木さんは　銀行員では　なくて、
　　　　学生です。

① あの人・大学生／高校生

→　A：あの人は　大学生ですか。

B：いいえ、　違います。　あの人は　大学生では　なくて、　高校生です。

② 山本さん・ワタナベ商事の　社員／山本医院の　医者

→　A：山本さんは　ワタナベ商事の　社員ですか。

B：いいえ、　違います。　山本さんは　ワタナベ商事の　社員では
なくて、山本医院の　医者です。

③ （あなた）・王さん／陳

→　A：あなたは　王さんですか。

B：いいえ、　違います。　私は　王さんでは　なくて、　陳です。

隨堂測驗

一、填空題：

1. A：それは　（　何　）ですか。　　B：これは　辞書です。
2. A：それは　（　辞書　）ですか。　　B：はい、　これは　辞書です。
3. A：先生の　傘は　（　どれ　）ですか。　　B：これです。
4. A：先生の　傘は　（　これ　）ですか。　　B：はい、　これです。
5. どれ（　が　）　山田さんの　かばんですか。
6. （　どの　）かばんが　山田さんの　ですか。
7. これは　本では（　なくて　）、　ノートです。
8. この　ノートは　私（　の　）では　なくて、　林さんの　です。

二、選擇題：

1. A：あれは　（　2　）ですか。　スマホです。
　　1　どれ　　　　　　　2　なん　　　　　　　3　だれ　　　　　　　4　どの

2. （　4　）かばんは、　私の　では　なくて、　林さんの　です。
　　1　どれ　　　　　　　2　どの　　　　　　　3　あれ　　　　　　　4　あの

3. （　）時計は　（　）です。（2）
　　1　この／スイス　　　　　　　　　　　2　この／スイスの
　　3　これ／スイス　　　　　　　　　　　4　これ／スイスの

4. A：これは　あなたの　本ですか。　B：（　3　）。
　　1　それは　私の　本です　　　　　　2　本は　それです。
　　3　はい、　それは　私の　本です　　4　はい、　あなたの　本です

5. A：どれが　高橋先生の　傘ですか。　B：（　1　）。
　　1　あれが　高橋先生の　傘です　　　2　傘が　高橋先生です
　　3　あれは　高橋先生の　傘です　　　4　傘は　高橋先生のです

6. A：あなたの　時計は　どれですか。　B：（　1　）。
　　1　私の　時計は　これです　　　　　2　これは　私の時計です
　　3　時計は　これです　　　　　　　　4　これは　時計です

三、翻譯題：

1. あなたの　かばんは　どれですか。
　　你的包包是哪個？
2. これは　田中先生の　辞書ですか。
　　這是田中先生的字典嗎？
3. この　ノートは　私のでは　なくて、　ルイさんのです。
　　這個筆記本不是我的，是路易先生的。
4. A：這是鉛筆嗎？　B：不，不是。那是原子筆。
　　A：これは　鉛筆ですか。　B：いいえ、　違います。　それは　ボールペンです。
5. 我不是學生，而是上班族。
　　私は　学生では　なくて、　会社員です。
6. A：哪個才是你的筆記本呢？　B：那個才是我的筆記本。
　　A：どれが　あなたの　ノートですか。
　　B：あれ（それ）が　わたしの　ノートです。

「句型 1」練習B

1.例：ここ・郵便局　→　A：ここは　何ですか。

　　　　　　　　　　　　B：ここは　郵便局です。

　① そこ・銀行　→　A：そこは　何ですか。

　　　　　　　　　　　B：そこは　銀行です。

　② あそこ・学校　→　A：あそこは　何ですか。

　　　　　　　　　　　　B：あそこは　学校です。

　③ ここ・駅　→　A：ここは　何ですか。

　　　　　　　　　　B：ここは　駅です。

2.例：郵便局・あそこ　→　A：どこが　郵便局ですか。

　　　　　　　　　　　　　B：あそこが　郵便局です。

　① 駅・そこ　→　A：どこが　駅ですか。

　　　　　　　　　B：そこが　駅です。

　② 陳さんの　学校・あそこ　→　A：どこが　陳さんの　学校ですか。

　　　　　　　　　　　　　　　　B：あそこが　陳さんの　学校です。

　③ 銀行・ここ　→　A：どこが　銀行ですか。

　　　　　　　　　B：ここが　銀行です。

「句型 2」練習B

1.例：教室・2階　→　A：すみません。　教室は　どこですか。

　　　　　　　　　　B：2階です。

　　　　　　　　　　A：ありがとう　ございます。

① 受付・1階　→　Ａ：すみません。　受付は　どこですか。

　　　　　　　　　　Ｂ：1階です。

　　　　　　　　　　Ａ：ありがとう　ございます。

② ルイさん・高橋先生の　研究室

　→　Ａ：すみません。　ルイさんは　どこですか。

　　Ｂ：高橋先生の　研究室です。

　　Ａ：ありがとう　ございます。

③ 陳さんの　かばん・　机の　下

　→　Ａ：すみません。　陳さんの　かばんは　どこですか。

　　Ｂ：机の　下です。

　　Ａ：ありがとう　ございます。

2. 例：日本語の　教室・2階

　→　Ａ：すみません。　日本語の　教室は　ここですか。

　　Ｂ：いいえ、　違います。　2階です。

① 高橋先生の　研究室・3階

　→　Ａ：すみません。　高橋先生の　研究室は　ここですか。

　　Ｂ：いいえ、　違います。　3階です。

② ルイさんの　部屋・あそこ

　→　Ａ：すみません。　ルイさんの　部屋は　ここですか。

　　Ｂ：いいえ、　違います。　あそこです。

③ 学生の　食堂・地下1階

　→　Ａ：すみません。　学生の　食堂は　ここですか。

　　Ｂ：いいえ、　違います。　地下1階です。

「句型3」練習Ｂ

1. 例：陳・イロハ大学の　山田

　　　　→Ａ：陳さん、こちらは　イロハ大学の　山田さんです。

　　　　陳：初めまして、　陳です。　どうぞ　よろしく。

　　　　山田：山田です。　どうぞ　よろしく　お願いします。

① 鈴木・ヒフミ日本語学校の　王

　　→　Ａ：鈴木さん、こちらは　ヒフミ日本語学校の　王さんです。

　　　　鈴木：初めまして、　鈴木です。　どうぞ　よろしく。

　　　　王：王です。　どうぞ　よろしく　お願いします。

② 林・目白銀行の　加藤

　　→　Ａ：林さん、こちらは　目白銀行の　加藤さんです。

　　　　林：初めまして、　林です。　どうぞ　よろしく。

　　　　加藤：加藤です。　どうぞ　よろしく　お願いします。

③ 朴・ワタナベ商事の　小林

　　→　Ａ：朴さん、こちらは　ワタナベ商事の　小林さんです。

　　　　朴：初めまして、　朴です。　どうぞ　よろしく。

　　　　小林：小林です。　どうぞ　よろしく　お願いします。

随堂測験

一、填空題：

1. Ａ：あそこは　（　食堂　）ですか。　はい、　あそこは　食堂です。
2. Ａ：あそこは　（　何　）ですか。　あそこは　食堂です。
3. Ａ：どこが　先生の　研究室ですか。

　　　Ｂあそこ（　が　）　先生の　研究室です。
4. Ａ：駅（　は　）　どこですか。　Ｂ：駅は　あの　ビルの　2階です。
5. Ａ：どこ（　が　）　駅ですか。　Ｂ：あの　ビルの　2階が　駅です。
6. （　どれ　）が　あなたの　本ですか。（總共一堆書）
7. （　どちら　）が　あなたの　本ですか。（只有兩本書）
8. （　こちら／この方／この人　）は　ワタナベ商事の　渡辺さんです。

二、選擇題：

1. (兩人站在一起) Ａ：（　2　）は　何ですか。　Ｂ：そこは　トイレです。

　　1　ここ　　　　　　　2　そこ　　　　　　　3　あそこ　　　　　　4　どこ

2. すみません、　どこ（　**2**　）　高橋先生の　研究室ですか。
　　1　は　　　　　　　　2　が　　　　　　　　3　か　　　　　　　　4　の

3. すみません、　高橋先生の　研究室（　**1**　）　どこですか。
　　1　は　　　　　　　　2　が　　　　　　　　3　か　　　　　　　　4　の

4. （二選一）あなたの　教科書は　（　**4**　）ですか。
　　1　どこ　　　　　　　2　どなた　　　　　3　どれ　　　　　　　4　どちら

5. （多選一）あなたの　教科書は　（　**3**　）ですか。
　　1　どこ　　　　　　　2　どなた　　　　　3　どれ　　　　　　　4　どちら

6. 客：すみませんが、　エレベーターは　どこですか。　店員：（　**3**　）です。
　　1　それ　　　　　　　2　その　　　　　　3　そちら　　　　　　4　そう

三、翻譯題：

1. ここは　ルイさんの　部屋です。
　　這裡是路易先生的房間。
2. 学生の　食堂は　このビルの　地下一階です。
　　學生食堂在這棟大樓的地下一樓。
3. どこが　会議室ですか。
　　哪裡＜才＞是會議室呢？
4. 我的字典在哪裡？
　　私の　辞書は　どこですか。
5. 您的字典是哪本（二選一）。
　　あなたの　辞書は　どちらですか。
6. 這位是目白銀行的加藤小姐。
　　こちら／この方／この人は　目白銀行の　加藤さんです。

「句型 1」練習B

1. 例：この　教科書・新しい　→　この　教科書は　新しいです。

① 中村さん・忙しい　→　中村さんは　忙しいです。
② この　りんご・美味しい　→　この　りんごは　美味しいです。
③ あの　ドレス・小さい　→　あの　ドレスは　小さいです。

2.　例：この　部屋・広い　→　この　部屋は　広くないです。

① ここ・涼しい　→　ここは　涼しくないです。
② この　辞書・重い　→　この　辞書は　重くないです。
③ 私の　スマホ・高い　→　私の　スマホは　高くないです。

3.　例：台湾の　食べもの・美味しい　→　A：台湾の　食べ物は　どうですか。
　　　　　　　　　　　　　　　　　　　　　　B：とても　美味しいです。
　　　　会社の　仕事・忙しくない　→　A：会社の　仕事は　どうですか。
　　　　　　　　　　　　　　　　　　　　　B：あまり　忙しくないです。

① 学校の　図書室・狭い　→　A：学校の　図書室は　どうですか。
　　　　　　　　　　　　　　　　　B：とても　狭いです。
② その　教科書・よくない　→　A：その　教科書は　どうですか。
　　　　　　　　　　　　　　　　　B：あまり　よくないです。

「句型 2」練習B

1. 例：今日・晴れ（はい）　→　A：今日は　晴れですか。
　　　　　　　　　　　　　　　　B：はい、　晴れです。
　　　明日・土曜日（いいえ）→　A：明日は　土曜日ですか。

B：いいえ、　明日は　土曜日では
ありません。

① 高橋先生・親切（はい）　　→　　A：高橋先生は　親切ですか。
B：はい、　親切です。
② あなた・学生（いいえ）
→　A：あなたは　学生ですか。
B：いいえ、　（私は）　学生では　ありません。
③ ダニエルさん・元気（はい・とても）
→　A：ダニエルさんは　元気ですか。
B：はい、　とても　元気です。
④ あの人・有名（いいえ・あまり）
→　A：あの人は　有名ですか。
B：いいえ、　あまり　有名では　ありません。

2.例：この　町（静か・便利）　　→　　この町は　静かです。　そして　便利です。

① 山田先生（有名・親切）　　→　　山田先生は　有名です。　そして　親切です。
② この　部屋（狭い・寒い）　　→　　この部屋は　狭いです。
そして　寒いです。
③ この　かばんは（軽い・素敵）　　→　　このかばんは　軽いです。
そして　素敵です。

「句型 3」練習 B

1.例：昨日・忙しい　→昨日は　忙しかったです。

①先週・寒い　→　先週は　寒かったです。
②昨日の　パーティー・楽しい　→　昨日の　パーティーは　楽しかったです。
③一昨日の　授業・難しい　→　一昨日の　授業は　難しかったです。

2.例：昨日の　晩ご飯・美味しい　→　A：昨日の　晩ご飯は　どうでしたか。

B：とても　美味しかったです。

例：先週の　デート・楽しくない　→　A：先週の　デートは　どうでしたか。

B：あまり　楽しく　なかったです。

①昨日の　試験・難しい　→　A：昨日の　試験は　どうでしたか。

B：とても　難しかったです。

②先週の　映画・面白くない　→　A：先週の　映画は　どうでしたか。

B：あまり　面白く　なかったです。

3. 例：学校の　食堂・美味しい（はい）

→　A：学校の　食堂は　美味しかったですか。

B：はい、　美味しかったです。

例：あの　映画・面白い（いいえ）

→　A：あの映画は　面白かったですか。

B：いいえ、　面白く　なかったです。

① あのレストラン・美味しい（いいえ）

→　A：あの　レストランは　美味しかったですか。

B：いいえ、　美味しく　なかったです。

② その　小説・面白い（はい）　→　A：その　小説は　面白かったですか。

B：はい、　面白かったです。

「句型４」練習Ｂ

1. 例：今日・何曜日（日曜日）

→　A：今日は　何曜日ですか。　　B：日曜日です。

例：昨日・何曜日（土曜日）

→　A：昨日は　何曜日でしたか。　　B：日曜日でした。

① 今日の　晩ご飯・何（お寿司）

→　A：今日の　晩ご飯は　何ですか。　　B：お寿司です。

② 昨日の　昼ご飯・何（ラーメン）
　→　Ａ：昨日の　昼ご飯は　何でしたか。　　　Ｂ：ラーメンでした。

2. 例：昨日・晴れ（いいえ・雨）
　→　Ａ：昨日は　晴れでしたか。
　　　Ｂ：いいえ、　晴れでは　ありませんでした。
　　　　　　　　　　　　　　　　雨でした。

① 先週の　運動会・賑やか（はい）→　Ａ：先週の　運動会は　賑やかでしたか。
　　　　　　　　　　　　　　　　　　　Ｂ：はい、　賑やかでした。
② 一昨日・雨（いいえ・晴れ）→　Ａ：一昨日は　雨でしたか。
　　　　　　　　　　　　　　　　Ｂ：いいえ、　雨では　ありませんでした。
　　　　　　　　　　　　　　　　晴れでした。
③ 昨日・日曜日（いいえ・土曜日）
　→　Ａ：昨日は　日曜日でしたか。
　　　Ｂ：いいえ、　日曜日では　ありませんでした。
　　　　　土曜日でした。

隨堂測驗

一、填空題：

1. Ａ：この　店の　ケーキ、　美味しいですか。
　 Ｂ：いいえ、（　美味しくないです　）。
2. Ａ：エルメスの　かばんは　高いですか。
　 Ｂ：はい、　（　とても　）　高いです。
3. Ａ：この　町は　賑やかですか。
　 Ｂ：いいえ、　あまり　（　賑やかでは　ありません　）。
4. 私の　家は　広いです。　（　そして　）　静かです。
5. Ａ：旅行は　どう（　でした　）か。　Ｂ：楽しかったです。
6. Ａ：パーティーは　楽しかったですか。

B：いいえ、　あまり　（　楽しく　なかったです　）。

7. 今日は　晴れです。　昨日は　雨（　でした　）。

8. 彼女は　昔　あまり　綺麗（　では　ありませんでした　）。

二、選擇題：

1. A：最近は　（　3　）ですか。　B：忙しいです。
　　1　なん　　　　　　2　だれ　　　　　　3　どう　　　　　　4　どこ

2. 東京の　地下鉄は　（　1　）　便利です。
　　1　とても　　　　　2　あまり　　　　　3　どう　　　　　　4　そして

3. このケーキ、　（　3　）です。
　　1　暑い　　　　　　2　忙しい　　　　　3　美味しい　　　　4　低い

4. 昔の　学校の　先生は　とても　親切（　3　）。
　　1　かったです　　　　　　　　　　　2　だったです
　　3　でした　　　　　　　　　　　　　4　かったでした

5. 昨日の　日本語の　試験は　（　2　）。
　　1　難しかっだ　　　　　　　　　　　2　難しくなかった
　　3　難しいだった　　　　　　　　　　4　難しくたった

6. 私は　昔　イロハ大学の　先生でした。　学生（　4　）。
　　1　では　ないでした　　　　　　　　2　では　なかったでした
　　3　では　ありました　　　　　　　　4　では　ありませんでした

三、翻譯題：

1. 昔、　日本の　家は　高かったです。
　　以前日本的房子很貴。

220

2. あの人は　親切じゃないです。　冷たいです。

　　那個人不親切。很冷漠。

3. 先週、　東京は　寒かったです。　韓国も　寒かったですか。

　　上個星期東京很冷。韓國也很冷嗎？

4. 台北的捷運很方便。

　　台北の MRT(電車) は　便利です。

5. 昨天是雨天。而且很冷。

　　昨日は　雨でした。　そして　寒かったです。

6. 山田老師以前非常有名。

　　昔、　山田先生は　とても　有名でした。

「句型 1」練習B

1. 例：ルイさんの　かばん（黒い）　→　A：ルイさんの　かばんは　どれですか。
　　　　　　　　　　　　　　　　　　　　　B：あの　黒い　かばんです。

　　① 高橋先生の　眼鏡（青い）　→　A：高橋先生の　眼鏡は　どれですか。
　　　　　　　　　　　　　　　　　　　B：あの　青い　眼鏡です。
　　② 鈴木さんの　財布（長い）　→　A：鈴木さんの　財布は　どれですか。
　　　　　　　　　　　　　　　　　　　B：あの　長い　財布です。
　　③ 陳さんの　スマホ（軽い）　→　A：陳さんの　スマホは　どれですか。
　　　　　　　　　　　　　　　　　　　B：あの　軽い　スマホです。

2. 例：加藤さん（綺麗・女性）
　　→　A：誰が　加藤さんですか。
　　　　B：あの　綺麗な　女性が　加藤さんです。

　　① 陳さん（ハンサム・男性）
　　→　A：誰が　陳さんですか。
　　　　B：あの　ハンサムな　男性が　陳さんです。
　　② 渡辺社長（元気・おじさん）
　　→　A：誰が　渡辺社長ですか。
　　　　B：あの　元気な　おじさんが　渡辺社長です。
　　③ 高橋先生（うるさい・おばさん）
　　→　A：誰が　高橋先生ですか。
　　　　B：あの　うるさい　おばさんが　高橋先生です。

「句型 2」練習B

1. 例：この　スマホ（大きい・重い）
　→　この　スマホは　大きくて、　重いです。

① あの　先生（冷たい・親切では　ありません）
　→　あの　先生は　冷たくて、　親切では　ありません。
② 宿題（少ない・簡単）
　→　宿題は　少なくて、　簡単です。
③ 王さん（日本語学校の　学生・中国人）
　→　王さんは　日本語学校の　学生で、　中国人です。

2. 例：この　財布（高くない・安い）
　→　この　財布は　高くなくて、　安かったです。

① ダニエルさん（親切では　ありません・冷たい）
　→　ダニエルさんは　親切では　なくて、　冷たかったです。
② 先週（暑く　ない・涼しい）
　→　先週は　暑く　なくて、　涼しかったです。
③ 昨日（晴れ・曇り）
　→　昨日は　晴れでは　なくて、　曇りでした。

「句型 3」練習B

1. 例：ルイさん（背が　高い・髪が　長い）
　→　A：ルイさんは　どの　人ですか。
　　　B：ルイさんは　あの　背が　高くて、　髪が　長い　人です。

① 山田さん（髪が　黒い・目が　大きい）
　→　A：山田さんは　どの　人ですか。
　　　B：山田さんは　あの　髪が　黒くて、　目が　大きい　人です。
② 高橋先生（声が　大きい・元気）
　→　A：高橋先生は　どの　人ですか。

B：高橋先生は　あの　声が　大きくて、　元気な　人です。
③ ダニエルさん（ハンサム・髪が　短い）
→　A：ダニエルさんは　どの　人ですか。
　　　B：ダニエルさんは　あの　ハンサムで、　髪が　短い　人です。

「句型４」練習Ｂ

1. 例：この　リンゴ（高い・美味しい）
　　　　　→　この　リンゴは　高いですが、　美味しいです。
　例：この　みかん（大きい・甘い）
　　　　　→　この　みかんは　大きくて、　甘いです。

① 小林さん（親切、面白い）
→　小林さんは　親切で、　面白いです。
② 仕事（忙しい、楽しい）
→　仕事は　忙しいですが、　楽しいです。

2. 例：この　会社（仕事が　大変／給料が　いい）
→　a. この　会社は　仕事が　大変です。
　　b. この　会社は　給料が　いいです。
　　c. この　会社は　仕事は　大変ですが、　給料は　いいです。

① 東京（ビルが　多い／緑が　少ない）
→　a. 東京は　ビルが　多いです。
　　b. 東京は　緑が　少ないです。
　　c. 東京は　ビルは　多いですが、　緑は　少ないです。
② 王さん（背が　高い／顔が　悪い）
→　a. 王さんは　背が　高いです。
　　b. 王さんは　顔が　悪いです。
　　c. 王さんは　背は　高いですが、　顔は　悪いです。

一、填空題：

1. A：東京は　（　どんな　）町ですか。　賑やかな　町です。
2. あの女性は　有名（　な　）人です。
3. あの　赤い（　×　）かばんは　誰の　ですか。
4. A：田村さんは　（　どの　）人ですか。　B：あの　若い人です。
5. 陳さんは　頭（　が　）　いいです。
6. この部屋は　狭（　くて　）、　暗いです。
7. この部屋は　広いです（　が　）、　古いです。
8. 池袋は　賑やか（　で　）、　便利な　町です。

二、選擇題：

1. 学校の　近くの　レストランは　味が　（　1　）です。
　　1　よくない　　　　　　　　　　2　いくない
　　3　いいない　　　　　　　　　　4　よいない

2. 新しいスマホは　（　4　）、　いいです。
　　1　軽かって　　　2　軽かった　　　3　軽いで　　　　4　軽くて

3. 駅の　（　4　）　レストランは　美味しく　ありません。
　　1　近い　　　　　2　近いの　　　　3　近く　　　　4　近くの

4. A：どれが　林さんの　かばんですか。
　　B：あの　（　2　）　林さんの　かばんです。
　　1　赤いのは　　　　　　　　　　2　赤いのが
　　3　赤くては　　　　　　　　　　4　赤かったが

5. 象（　）鼻（　）長いです。（2）
  1　が／は　　　　　　　　　　　2　は／が
  3　が／が　　　　　　　　　　　4　は／の

6. A：池袋は　どんな町でしたか。　B：緑が　（　1　）、　うるさい町でした。
  1　少なくて　　　　　　　　　　2　少ないで
  3　少なくなくて　　　　　　　　4　少なかって

三、翻譯題：

1. 渡辺社長は　親切で、　面白い　人です。
  渡邊社長是個既親切又有趣的人。
2. 昨日の　パーティーは　賑やかでしたが、　楽しくなかったです。
  昨天的派對雖然熱鬧，但不有趣。
3. 大阪は　人が　多くて、　食べ物が　美味しい町です。
  大阪是個人很多，且食物很美味的城市。
4. 山本小姐頭髮很長。
  山本さんは　髪が　長いです。
5. 這房間雖然很新，但離車站很遠。
  この　部屋は　新しいですが、　駅から　遠いです。
6. 新宿是個既熱鬧又有趣的城市。
  新宿は　賑やかで　楽しい　町です。

「句型1」練習B

1. 例：王さん・日本語（あまり　上手では　ありません）
   →　王さんは　日本語が　あまり　上手では　ありません。

   ① 佐藤さん・ダンス（下手です）
   →　佐藤さんは　ダンスが　下手です。
   ② 小林さん・ピアノ（上手です）
   →　小林さんは　ピアノが　上手です。
   ③ ルイさん・絵（とても　上手です）
   →　ルイさんは　絵が　とても　上手です。

2. 例：かばん・欲しい（小さい／軽い）
   →　A：どんな　かばんが　欲しいですか。
   　　B：小さくて、　軽い　かばんが　欲しいです。

   ① 人・好き（ハンサム／親切）
   →　A：どんな　人が　好きですか。
   　　B：ハンサムで、　親切な　人が　好きです。
   ② 家・欲しい（駅に　近い／部屋が　明るい）
   →　A：どんな　家が　欲しいですか。
   　　B：駅に　近くて、　部屋が　明るい　家が　欲しいです。
   ③ 女性・好き（髪が　長い／目が　大きい）
   →　A：どんな　女性が　好きですか。
   　　B：髪が　長くて、　目が　大きい　女性が　好きです。

「句型2」練習B

1. 例：今日・昨日（寒い） →　今日は　昨日より　寒いです。

　例：昨日・今日（暑い） →　昨日は　今日より　暑かったです。

　① 先週・今週（忙しい） →　**先週は　今週より　忙しかったです。**

　② 今年・去年（暖かい） →　**今年は　去年より　暖かいです。**

　③ 昨日・今日（仕事が　大変） →　**昨日は　今日より　仕事が　大変でした。**

2. 例：奈良・東京（静かで、　緑が　多い）

　→　奈良は　東京より　静かで、　緑が　多いです。

　① 大阪・名古屋（賑やかで、　食べ物が　美味しい）

　→　**大阪は　名古屋より　賑やかで、　食べ物が　美味しいです。**

　② 神戸・横浜（街が　新しくて、　海が　綺麗）

　→　**神戸は　横浜より　街が　新しくて、　海が　綺麗です。**

「句型 3」練習 B

1. 例：小説・映画・面白い（映画）

　→　A：小説と　映画と　どちらが　面白いですか。

　　　B：映画の　ほうが　面白いです。

　① 高橋先生・田中先生・有名（高橋先生）

　→　A：高橋先生と　田中先生と　どちらが　有名ですか。

　　　B：高橋先生の　ほうが　有名です。

　② 春・秋・好き（秋）

　→　A：春と　秋と　どちらが　好きですか。

　　　B：秋の　ほうが　好きです。

　③ 東京・大阪・家賃が　安い（大阪）

　→　A：東京と　大阪と　どちらが　家賃が　安いですか。

　　　B：大阪の　ほうが　家賃が　安いです。

「句型４」練習Ｂ

1. 例：クラス・誰・背が　高い（陳さん）
    →　Ａ：クラスで　誰が　一番　背が　高いですか。
    　　Ｂ：陳さんが　一番　背が　高いです。

   ① この　中・どれ・安い（これ）
    →　Ａ：この　中で　どれが　一番　安いですか。
    　　Ｂ：これが　一番　安いです。
   ② 世界・どこ・寒い（南極）
    →　Ａ：世界で　どこが　一番　寒いですか。
    　　Ｂ：南極が　一番　寒いです。
   ③ 果物の　中・何・美味しい（バナナ）
    →　Ａ：果物の　中で　何が　一番　美味しいですか。
    　　Ｂ：バナナが　一番　美味しいです。
   ④ 一年・いつ・暑い（夏）
    →　Ａ：一年で　いつが　一番　暑いですか。
    　　Ｂ：夏が　一番　暑いです。

随堂測驗

一、填空題：

1. 私（　は　）　日本の　映画（　が　）　好きです。
2. Ａ：車が　欲しいですか。
   　Ｂ：いいえ、　あまり　（　欲しく　ないです　）。
3. 林さんは　小林さん（　より　）　髪（　が　）　長いです。
4. Ａ：陳さん（　と　）　林さん（　と　）　どちら（　が　）　背（　が　）
   　　高いですか。
5. 承上題Ｂ：陳さん（　のほうが　）　背（　が　）　高いです。
6. Ａ：この中で　どれ（　が　）　一番　好きですか。

B：どれ（　も　）　好きです。
7. A：鈴木さん（　と　）　ルイさん（　と　）　どちら（　が　）　好きですか。
8. 承上題 B：どちら（　も　）　好きです。

二、選擇題：

1. A：あの　赤いかばんが　欲しいですか。　B：いいえ、　（　**3**　）です。
　　1　欲しいです　　　　　　　　　　　　　2　欲しいでは　ありません
　　3　欲しくないです　　　　　　　　　　　4　ほしいでした

2. 日本（　）　台湾（　）　物価（　）　高いです。（**2**）
　　1　は／が／より　　　　　　　　　　　　2　は／より／が
　　3　より／が／は　　　　　　　　　　　　4　が／は／より

3. A：池袋（　）　目白（　）　どちら（　）　環境（　）　いいですか。（**1**）
　　1　と／と／が／が　　　　　　　　　　　2　と／が／と／が
　　3　が／が／と／と　　　　　　　　　　　4　が／と／が／と

4. （承上題）B：目白（　）　環境（　）　良いです。（**3**）
　　1　は／が　　　　　　　　　　　　　　　2　が／は
　　3　のほうが／が　　　　　　　　　　　　4　のほうは／は

5. 世界で　（　**3**　）が　一番　好きですか。
　　1　どちら　　　　　2 どれ　　　　　　3　どこ　　　　　　　4　どの

6. 佐藤さん（　）　会社の　中で　一番　英語（　）　上手です。（**1**）
　　1　は／が　　　　　　　　　　　　　　　2　が／は
　　3　は／は　　　　　　　　　　　　　　　4　より／が

三、翻譯題：

1. 家族で　誰が　一番　背が　高いですか。
   家人之中，誰的身高最高呢？
2. 私は　銀行の　隣の　レストランの　カレーが　好きです。
   我喜歡銀行隔壁的餐廳的咖哩。
3. この部屋は　あの部屋より　広くて、　明るいですが、　駅から　遠いです。
   這間房間比那間房間還要寬敞且明亮，但它離車站很遠。
4. 我想要一台新的智慧型手機。
   私は　新しい　スマホが　欲しいです。
5. 世界上你最喜歡誰呢？
   世界で　誰が　一番　好きですか。
6. 工作和讀書，哪個比較辛苦（大変）？
   仕事と　勉強と　どちらが　大変ですか。

一、填空題：

01. 私（ は ）　台湾人です。
02. あの　人は　朴さんです。　陳さん（ の ）　先輩です。
03. 中村さんは　会社員です。　佐藤さん（ も ）　会社員です。
04. A：誰（ が ）　ワタナベ商事の　社長ですか。
　　B：あの　人（ が ）　ワタナベ商事の　社長ですです。
05. A：小林さんは　会社員です（ か ）。　B：はい、　そうです。
06. ダニエルさんは　アメリカ人（ ですか ）、
　　イギリス人（ ですか ）。
07. 田中さんは　会社員（ では ）　ありません。
08. （ どれ ）が　あなたの　スマホですか。（總共一堆手機）
09. A：あなたの　スマホは　（ これ ）ですか。　B：はい、　これです。
10. A：どこが　駅ですか。　Bあそこ（ が ）　駅です。
11. A：台湾は　暑いですか。　B：はい、　（ とても ）　暑いです。
12. 陳さんの　マンションは　広いです。　（ そして ）　新しいです。
13. A：大阪は　どう（ でした ）か。　B：食べ物が　美味しかったです。
14. 昨日は　晴れでした。　一昨日は　雨（ でした ）。
15. あの　男性は　有名（ な ）人です。
16. 佐藤さんの　部屋は　狭（ くて ）、　暗いです。
17. 小林さんの　マンションは　広いです（ が ）、　古いです。
18. 私（ は ）　あなた（ が ）　好きです。
19. ルイさん（ と ）　陳さん（ と ）　どちら（ が ）
　　かっこいいですか。
20. 王さんは　陳さん（ より ）　若いです。
21. 新宿は　賑やか（ で ）、　便利な　町です。
22. A：東京は　（ どんな ）町ですか。　賑やかな　町です。
23. A：新しい　家が　欲しいですか。　B：はい、　（ 欲しいです ）。

24. A：高橋先生は　（　どの　）人ですか。　B：あの　声が　大きい人です。
25. 象は　鼻（　が　）　長いです。

二、選擇題：

01. 高橋さんは　先生です。　田中さん（　2　）　先生です。
　　1　は　　　　　　　　　2　も　　　　　　　　3　が　　　　　　　　4　か

02. 山本さんは　医者です。　加藤さん（　2　）　銀行員です。
　　1　も　　　　　　　　　2　は　　　　　　　　3　の　　　　　　　　4　か

03. A：あれは　（　2　）ですか。　ピーマンです。
　　1　どれ　　　　　　　　2　なん　　　　　　　3　だれ　　　　　　　4　どの

04. 誰が　医者ですか。　私（　3　）　医者です。
　　1　は　　　　　　　　　2　も　　　　　　　　3　が　　　　　　　　4　か

05. （　4　）お弁当は、　私の　では　なくて、　ジャックさんの　です。
　　1　どれ　　　　　　　2　どの　　　　　　　3　それ　　　　　　　4　その

06. すみません、　公園（　1　）　どこですか。
　　1　は　　　　　　　　2　が　　　　　　　　3　か　　　　　　　　4　の

07. 客：すみませんが、　果物は　どこですか。　店員：（　3　）です。
　　1　それ　　　　　　　2　その　　　　　　　3　そちら　　　　　　4　そう

08. （多選一）あなたの　お弁当は　（　3　）ですか。
　　1　どこ　　　　　　　2　どなた　　　　　　3　どれ　　　　　　　4　どちら

09. A：昨日の　試験は　（　3　）でしたか。　B：簡単でした。
　　1　なん　　　　　　　2　だれ　　　　　　　3　どう　　　　　　　4　どこ

10. タクシーは　（　1　）　便利です。
　　1　とても　　　　　2　あまり　　　　　3　どう　　　　　4　そして

11. この　タブレットは　（　4　）、　いいです。
　　1　軽かって　　　　2　軽かった　　　　3　軽いで　　　　4　軽くて

12. 会社の　（　4　）　レストランは　美味しく　ないです。
　　1　近い　　　　　　2　近いの　　　　　3　近く　　　　　4　近くの

13. 家族で　（　3　）が　一番　スポーツが　得意ですか。
　　1　どちら　　　　　2　どれ　　　　　　3　だれ　　　　　4　なに

14. 陳さん（　）　クラスで　一番　背（　）　高いです。（1）
　　1　は／が　　　　　　　　　　　2　が／は
　　3　は／は　　　　　　　　　　　4　より／が

15. 昨日の　パーティーは　（　2　）。
　　1　楽し　かっだ　　　　　　　2　楽しく　なかった
　　3　楽しい　だった　　　　　　4　楽しく　たった

穩紮穩打日本語 初級 2

解答

第 7 課

「句型 2」練習 B

1. 例：10:18 p.m.　→　今、　午後　じゅうじ　じゅうはっぷん　です。
   例：00:00 a.m.　→　今、　午前　れいじ　です。

   ① 07:10 a.m.　→　今、　午前　しちじ　じゅっぷん（じっぷん）　です
   ② 09:34 p.m.　→　今、　午後　くじ　さんじゅうよんぷん　です
   ③ 03.30 p.m.　→　今、　午後　さんじはん／さんじ　さんじゅっぷん
   　　　　　　　　（じっぷん）　です

2. 例：その　スマホ・いくら（149,800 円）
   →　A：その　スマホは　いくらですか。
   　　B：14万9千800円です。

   ① デパートの　電話番号・何番（0120-123-456）
   →　A：デパートの　電話番号は　何番ですか。
   　　B：ぜろいちにいぜろ　いちにいさん　よんごおろく　です。
   ② あの　マンション・いくら（1億3,600万円）
   →　A：あの　マンションは　いくらですか。
   　　B：いちおく　さんぜん　ろっぴゃくまん　えん　です。
   ③ 陳さんの　携帯・何番（0978-135-246）
   →　A：陳さんの　携帯は　何番ですか。
   　　B：ぜろきゅうななはち　いちさんごお　にいよんろく　です。
   ④ 新しい　パソコン・いくら（95,820 円）
   →　A：新しい　パソコンは　いくらですか。
   　　B：きゅうまん　ごせん　はっぴゃく　にじゅう　えん　です。

「句型 4」練習 B

1. 例：銀行（9:30 a.m. 〜 3:30 p.m.）
   → A：銀行は　何時から　何時までですか。
     B：午前　9 時 30 分から　午後　3 時 30 分までです。

   ① 会社（10:00 a.m. 〜 6:00 p.m.）
   → A：会社は　何時から　何時までですか。
     B：午前　10 時から　午後　6 時までです。
   ② 郵便局（9:15 a.m. 〜 5:45 p.m.）
   → A：郵便局は　何時から　何時までですか。
     B：午前　9 時 15 分から　午後　5 時 45 分までです。
   ③ スーパー（7:10 a.m. 〜 8:50 p.m.）
   → A：スーパーは　何時から　何時までですか。
     B：午前　7 時 10 分から　午後　8 時 50 分までです。

2. 例：春休み（3/25 〜 4/5）
   → A：春休みは　いつから　いつまでですか。
     B：3 月 25 日から　4 月 5 日までです。

   ① 夏休み（7/21 〜 8/31）
   → A：夏休みは　いつから　いつまでですか。
     B：7 月 21 日から　8 月 31 日までです。
   ② お盆（8/13 〜 8/16）
   → A：お盆は　いつから　いつまでですか。
     B：8 月 13 日から　8 月 16 日までです。
   ③ ゴールデンウィーク（4/29 〜 5/7）
   → A：ゴールデンウィークは　いつから　いつまでですか。
     B：4 月 29 日から　5 月 7 日までです。

隨堂測驗

一、填空題（請填寫假名讀音）：

1. 8,890 円　　　　　（　はっせん　はっぴゃく　きゅうじゅう　えん　）
2. 23,800 円　　　　 （　にまん　さんぜん　はっぴゃく　えん　　　　）
3. 09:04 p.m.　　　　（　ごご　くじ　よんぷん　　　　　　　　）
4. 07:33 a.m.　　　　（　ごぜん　しちじ　さんじゅうさんぷん　）
5. 7 月 8 日　　　　 （　しちがつ　ようか　）
6. 4 月 20 日　　　　（　しがつ　はつか　）
7. 03-6908-5020　　 （　ぜろさん　ろくきゅうぜろはち　ごおぜろ　にいぜろ　）
8. 090-9876-1234　　（　ぜろきゅうぜろ　きゅうはちななろく
　　　　　　　　　　　　いちにいさんよん　）

二、選擇題：

1. 学校は　午前　9時（　**3**　）です。
   1　が　　　　　　2　の　　　　　　　　3　から　　　　　　4　まで

2. 学校は　午後　3時（　**4**　）です。
   1　が　　　　　　2　の　　　　　　　　3　から　　　　　　4　まで

3. この　アパートの　家賃は　（　**2**　）ですか。
   1　どれ　　　　　2　いくら　　　　　3　いつ　　　　　　4　なん

4. 土曜日（　**1**　）　日曜日は　休みです。
   1　と　　　　　　2　は　　　　　　　3　より　　　　　　4　が

5. 私は　りんご（　）　バナナ（　）　好きです。（4）
   1　が／も　　　　2　も／は　　　　　3　と／と　　　　　4　と／が

6. 今日は　土曜日です。　昨日は　（　1　）曜日でした。
　　1　金　　　　　　　2　日　　　　　　3　何　　　　　　　4　月

三、翻譯題：

1. デパートは　何時から　何時までですか。
　　百貨公司從幾點到幾點？
2. 今年の　海の　日は　7月17日で、　山の　日は　8月11日です。
　　今年的海之日是7月17號，而山之日是8月11號。
3. 明日は　何の日ですか。
　　明天是什麼日子呢？
4. 林小姐的生日是3月29號。
　　林さんの　誕生日は　3月29日です。
5. 我們公司從早上10點到下午6點
　　私の　会社は　朝　10時から　午後　6時までです。
6. A：小陳的集合住宅大樓多少錢？　B：1億8千萬日圓。
　　A：陳さんの　マンションは　いくらですか。　B：1億8千万円です。

「句型 1」練習B

1. 例：毎日・寝ます（9:30 p.m. ～ 6:30 a.m.）
   → A：毎日、　何時から　何時まで　寝ますか。
   　　B：夜　9 時半から　朝　6 時半まで　寝ます。

   ① 明日・働きます（8:00 a.m. ～ 5:00 p.m.）
   → A：明日、　何時から　何時まで　働きますか。
   　　B：朝　8 時から　午後　5 時まで　働きます。
   ② 昨日の　昼・休みます（12:10 p.m. ～ 12:45 p.m.）
   → A：昨日の　昼、　何時から　何時まで　休みましたか。
   　　B：12 時 10 分から　12 時 45 分まで　休みました。
   ③ 一昨日の　夜・勉強します（9:25 p.m. ～ 10:05 p.m.）
   → A：一昨日の　夜、　何時から　何時まで　勉強しましたか。
   　　B：夜　9 時 25 分から　10 時 05 分まで　勉強しました。

2. 例：先週・休みます（火曜日～木曜日）
   → 先週は　火曜日から　木曜日まで　休みました。

   ① 昨日・寝ます（午前 1 時～朝 6 時）
   → 昨日は　午前 1 時から　朝 6 時まで　寝ました。
   ② 来月・休みます（4 日～ 8 日）
   → 来月は　4 日から　8 日まで　休みます。
   ③ 一昨日・働きます（朝 7 時～夜 8 時）
   → 一昨日は　朝 7 時から　夜 8 時まで　働きました。

「句型2」練習B

1. 例：昨日・寝ました（はい）
   → Ａ：昨日、　寝ましたか。　Ｂ：はい、　寝ました。
   例：明日・勉強します（いいえ）
   → Ａ：明日、　勉強しますか。　Ｂ：いいえ、　勉強しません。

   ① 来週・働きます（いいえ）
   → Ａ：来週、　働きますか。　Ｂ：いいえ、　働きません。
   ② 先週の　日曜日・休みました（いいえ）
   → Ａ：先週の　日曜日、　休みましたか。　Ｂ：いいえ、　休みませんでした。
   ③ 明後日・勉強します（はい）
   → Ａ：明後日、　勉強しますか。　Ｂ：はい、　勉強します。

2. 例：昨日・授業・始まりました（朝10時）
   → Ａ：昨日、　授業は　何時に　始まりましたか。
   　　　Ｂ：朝10時に　始まりました。

   ① 明日・会社・終わります（午後6時半）
   → Ａ：明日、　会社は　何時に　終わりますか。
   　　　Ｂ：午後6時半に　終わります。
   ② 昨日・パーティー・始まりました（夜8時）
   → Ａ：昨日、　パーティーは　何時に　始まりましたか。
   　　　Ｂ：夜8時に　始まりました。

「句型3」練習B

1. 例：今夜・家（帰りません）→　今夜、　家へ　帰りません。

   ① 明日・会社（来ません）→　明日、　会社へ　来ません。
   ② 昨日・学校（来ませんでした）→　昨日、　学校へ　来ませんでした。

241

③ 今朝・銀行（行きました）→　今朝、　銀行へ　行きました。

④ 来週・池袋（行きません）→　来週、　池袋へ　行きません。

⑤ 一昨日・家（帰りませんでした）→　一昨日、　家へ　帰りませんでした。

2. 例：明日・大阪　→　A：明日、　どこへ　行きますか。
　　　　　　　　　　　　B：大阪へ　行きます。
　　　昨日・京都　→　A：昨日、　どこへ　行きましたか。
　　　　　　　　　　　　B：京都へ　行きました。

① 先週・ドバイ　→　A：先週、　どこへ　行きましたか。
　　　　　　　　　　　B：ドバイへ　行きました。

② 来週・ニューヨーク　→　A：来週、　どこへ　行きますか。
　　　　　　　　　　　　　　B：ニューヨークへ　行きます。

③ 明日・どこへも　→　A：明日、　どこへ　行きますか。
　　　　　　　　　　　　B：どこへも　行きません。

④ 昨日・どこへも　→　A：昨日、　どこへ　行きましたか。
　　　　　　　　　　　　B：どこへも　行きませんでした。

「句型4」練習B

1. 例：ご主人・何時・会社（夫・7時）
　→　A：ご主人は　何時に　会社から　帰りますか。
　　　B：夫は　7時に　会社から　帰ります。

① お兄さん・何曜日・大学（兄・金曜日）
　→　A：お兄さんは　何曜日に　大学から　帰りますか。
　　　B：兄は　金曜日に　大学から　帰ります。

② お父さん・いつ・出張（父・明後日）
　→　A：お父さんは　いつ　出張から　帰りますか。
　　　B：父は　明後日　出張から　帰ります。

③ 奥さん・いつ・海外（妻・昨日）
　→　Ａ：奥さんは　いつ　海外から　帰りますか。
　　　　Ｂ：妻は　昨日　出張から　帰りました。

随堂測驗

一、填空題：

1. 昨日、　朝　７時（　に　）　起きました。
2. 日曜日は　いつも　午後（　まで　）　寝ます。
3. 昨日の　夜、　11まで　勉強（　しました　）
4. 会議は　何時（　に　）　終わりますか。
5. 昨日（　×／は　）　働きませんでした。
6. 先週、　奈良（　へ　）　行きました。
7. 私は　日本人です。　先週、　台湾（　に　）　来ました。
8. 私は　台湾人です。　先週、　台湾（　から　）　来ました。

二、選擇題：

1. 仕事は　午後　６時（　１　）　です。
　　１　まで　　　　　　２　に　　　　　　　３　の　　　　　　４　×

2. 仕事は　午後　６時（　２　）　終わります。
　　１　まで　　　　　　２　に　　　　　　　３　の　　　　　　４　×

3. 休みは　火曜日（　３　）　水曜日です。
　　１　から　　　　　　２　まで　　　　　　３　と　　　　　　４　に

4. 休みは　火曜日（　１　）　木曜日までです。
　　１　から　　　　　　２　に　　　　　　　３　の　　　　　　４　と

5. 明日、　デパート（　3　）　行きます。
　　1　が　　　　　　　2　と　　　　　　　　3　へ　　　　　　　4　の

6. A：昨日、　どこか　行きましたか。
　　B：いいえ、　どこ（　4　）　行きませんでした。
　　1　へ　　　　　　　2　に　　　　　　　　3　まで　　　　　　4　も

三、翻譯題：

1. ダニエルです。　イギリスから　来ました。
　　どうぞ　よろしく　お願いします。
　　我是丹尼爾。我從英國來的。請多多指教。
2. 山田さんの　誕生日パーティーは、　夜　7時に　始まります。
　　山田小姐的生日派對是晚上七點開始。
3. 休憩時間は　12時から　1時までと　3時から　3時半までです。
　　休息時間是 12 點到 1 點以及 3 點到 3 點半。
4. 上星期從週一工作到週六。
　　先週（は）、　月曜日から　土曜日まで　働きました。
5. 我晚上總是唸書到 11 點。
　　夜（は）、　いつも　11時まで　勉強します。
6. 我下個月要去美國。
　　来月、　アメリカへ　行きます。

「句型 1」練習 B

1.例：バス・家（帰ります）　→　バスで　家へ　帰ります。

　　① 船・アメリカ（行きます）　→　船で　アメリカへ　行きます。
　　② 飛行機・台湾（帰ります ）　→　飛行機で　台湾へ　帰ります。
　　③ タクシー・ここ（来ました）　→　タクシーで　ここへ　来ました。

2.例：明日・大阪（車）
　　→　A：明日、　何で　大阪へ　行きますか。
　　　　B：車で　行きます。

　　① 昨日・名古屋（新幹線）
　　→　A：昨日、　何で　名古屋へ　行きましたか。
　　　　B：新幹線で　行きました。
　　② 明日・学校（自転車）
　　→　A：明日、　何で　学校へ　行きますか。
　　　　B：自転車で　行きます。
　　③ 毎日・会社（電車）
　　→　A：毎日、　何で　会社へ　行きますか。
　　　　B：電車で　行きます。

「句型 2」練習 B

1.例：弟・デパート（行きます）　→　弟と　デパートへ　行きます。

　　① 母・ここ（来ました）→　母と　ここへ　来ました。
　　② 姉・台湾（帰ります）→　姉と　台湾へ　帰ります。
　　③ 彼女・家（帰ります）→　彼女と　家へ　帰ります。

2. 例：明日・大阪（妹）
　　→　Ａ：明日、　誰と　大阪へ　行きますか。
　　　　Ｂ：妹と　行きます。

　① 明日・図書館（友達）
　　→　Ａ：明日、　誰と　図書館へ　行きますか。
　　　　Ｂ：友達と　行きます。
　② 毎日・学校（一人）
　　→　Ａ：毎日、　誰と　学校へ　行きますか。
　　　　Ｂ：一人で　行きます。
　③ 昨日・名古屋（友達の　奥さん）
　　→　Ａ：昨日、　誰と　名古屋へ　行きましたか。
　　　　Ｂ：友達の　奥さんと　行きました。

「句型 3」練習 B

1. 例：いつ　日本へ　来ましたか。（先週）→　先週、　来ました。

　① 先週の　日曜日、　どこへ　行きましたか。（遊園地）
　　→　遊園地へ　行きました。
　② 来週の　土曜日、　誰と　大阪へ　行きますか。（小林さん）
　　→　小林さんと　行きます。
　③ 毎日、　何で　学校へ　来ますか。（バス）→　バスで　来ます。
　④ 今晩、　何時に　寝ますか。（12 時）→　12 時に　寝ます。
　⑤ いつ　台湾へ　帰りますか。（夏休み）→　夏休みに　帰ります。
　⑥ 何曜日から　何曜日まで　働きますか。（月曜日～金曜日）
　　→　月曜日から　金曜日まで　働きます。
　⑦ ジャックさんは　どこから　来ましたか。（アメリカ）
　　→　アメリカから　来ました。
　⑧ この　電車は　どこまで　行きますか。（中野）→　中野まで　行きます。

「句型4」練習B

1. 例：家へ　帰ります（YES）
   → A：一緒に　家へ　帰りませんか。
   　　B：ええ、　一緒に　帰りましょう。
   例：遊園地へ　行きます（NO）
   → A：一緒に　遊園地へ　行きませんか。
   　　B：すみません、　今日は　ちょっと …。

   ① 働きます。（YES）
   → A：一緒に　働きませんか。　B：ええ、　一緒に　働きましょう。
   ② 勉強します。（NO）
   → A：一緒に　勉強しませんか。　B：すみません、　今日は　ちょっと …。

隨堂測驗

一、填空題：

1. ルイさんは、　船（　で　）　日本（　へ　）　来ました。
2. 毎日、 歩い（　て　）　会社へ　行きます。
3. A：今週の　土曜日、　どこ（　かへ　）　行きますか。
   B：はい、　病院へ　行きます。
4. A：明日、　誰（　と　）　新宿へ　行きますか。
5. 承上題 B：誰（　とも　）　行きません。　一人（　で　）　行きます。
6. A：一緒（　に　）　遊園地へ　行きませんか。
7. 承上題 B：ええ、行き（　ましょう　）。
8. 今日は　新幹線（　では　）　なくて、　飛行機で　大阪へ　行きます。

二、選擇題：

1. 明日は　どこ（　**3**　）　行きません。
   　1 もへ　　　　　　　2 は　　　　　　　3 へも　　　　　　　4 へ

247

2. 明日、　田中先生（　）　市役所（　）　行きます。（4）
　　1　へ／に　　　　　　2　と／は　　　　　　3　は／と　　　　　　4　と／へ

3. A：いつ（　）　図書館へ　行きますか。　B：明後日（　）　行きます。（4）
　　1　に／に　　　　　　2　に／×　　　　　　3　×／に　　　　　　4　×／×

4. 先週の　日曜日、　目白から　池袋まで　（　3　）　行きました。
　　1　バスと　　　　　　2　電車は　　　　　　3　歩いて　　　　　　4　歩いで

5. A：明日、　どこ（　3　）　行きますか。　B：いいえ。
　　1　へも　　　　　　2　かも　　　　　　3　かへ　　　　　　4　へは

6. A：昨日、　誰（　）　デパートへ　行きましたか。
　　B：いいえ、　誰（　）　行きませんでした。（2）
　　1　か／も　　　　　　　　　　　　　　2　かと／とも
　　3　と／と　　　　　　　　　　　　　　4　かが／とは

三、翻譯題：

1. 先月、　家族と　飛行機で　ドバイへ　行きました。
　　上個月和家人搭飛機去杜拜。
2. 毎朝、　父と　歩いて　家の　近くの　駅まで　行きます。
　　每天早上和爸爸走路到家裡附近的車站。
3. 昨日、　図書館の　他に　どこかへ　行きましたか。
　　昨天除了圖書館，還有去哪裡嗎？
4. 明天我要和弟弟開車去遊樂園。
　　明日、　弟と　車で　遊園地へ　行きます。
5. 我昨天獨自一人走回家。
　　昨日、　一人で　歩いて　家へ　帰りました。
6. 走吧！
　　行きましょう。

「句型 1」練習 B

1. 例：コーヒー・飲みます。（はい） →　A：コーヒーを　飲みますか。
　　　　　　　　　　　　　　　　　　　　B：はい、　飲みます。
　　例：日記・書きます。（いいえ） →　A：日記を　書きますか。
　　　　　　　　　　　　　　　　　　　　B：いいえ、　書きません。

　① 納豆・食べます。（はい） →　A：納豆を　食べますか。
　　　　　　　　　　　　　　　　　　B：はい、　食べます。
　② タバコ・吸います。（はい） →　A：タバコを　吸いますか。
　　　　　　　　　　　　　　　　　　B：はい、　吸います。
　③ 日本の　ドラマ・見ます。（いいえ） →　A：日本の　ドラマを　見ますか。
　　　　　　　　　　　　　　　　　　　　　　B：いいえ、　見ません。
　④ 宿題・しました。（いいえ） →　A：宿題を　しましたか。
　　　　　　　　　　　　　　　　　　B：いいえ、　しませんでした。

2. 例：食べます（パン） →　A：何を　食べましたか。　B：パンを　食べました。

　① 飲みます（牛乳） →　A：何を　飲みましたか。　B：牛乳を　飲みました。
　② 勉強します（日本語の　文法）
　　→　A：何を　勉強しましたか。　B：日本語の　文法を　勉強しました。
　③ 買います（何も）
　　→　A：何を　買いましたか。　B：何も　買いませんでした。

「句型 2」練習 B

1. 例：パソコンを　買いました（秋葉原）
　　→　A：どこで　パソコンを　買いましたか。
　　　　B：秋葉原で　買いました。

① 昼ご飯を　食べます（駅前の　食堂）
→　A：どこで　昼ごはんを　食べますか。
　　　B：駅前の　食堂で　食べます。
② 日本語を　勉強しました（ヒフミ日本語学校）
→　A：どこで　日本語を　勉強しましたか。
　　　B：ヒフミ日本語学校で　勉強しました。
③ 寝ました（彼氏の　部屋）
→　A：どこで　寝ましたか。
　　　B：彼氏の　部屋で　寝ました。
④ 新しい　スマホを　買います（アマゾン）
→　A：どこで　新しい　スマホを　買いますか。
　　　B：アマゾンで　買います。
⑤ タバコを　吸います（トイレ）
→　A：どこで　タバコを　吸いますか。
　　　B：トイレで　吸います。

2. 例：家で　お酒を　飲みます。　　→　A：家で　お酒を　飲みませんか。
　　　　　　　　　　　　　　　　　　　　　B：ええ、　そう　しましょう。

① ホテルで　朝ご飯を　食べます。
　→　A：ホテルで　朝ごはんを　食べませんか。
　　　B：ええ、　そう　しましょう。
② 部屋で　音楽を　聞きます。
　→　A：部屋で　音楽を　聞きませんか。
　　　B：ええ、　そう　しましょう。
③ ここで　写真を　撮ります。
　→　A：ここで　写真を　撮りませんか。
　　　B：ええ、　そう　しましょう。

「句型 3」練習 B

1. 例：日記を　書きます（鉛筆）→　鉛筆で　日記を　書きます。

　① ワインを　飲みます（ワイングラス）
　→　ワイングラスで　ワインを　飲みます。
　② 手紙を　書きました（英語）→　英語で　手紙を　書きました。
　③ 欲しい　物を　買いました（クレジットカード）
　→　クレジットカードで　欲しい　物を　買いました。

2. 例：タバコを　吸いますか。→　いいえ、　タバコは　吸いません。

　① 映画を　見ますか。→　いいえ、　映画は　見ません。
　② コーヒーを　飲みますか。→　いいえ、　コーヒーは　飲みません。
　③ 日本の　ドラマを　見ますか。→　いいえ、　日本の　ドラマは　見ません。

3. 例：現金で　買い物を　しますか。（カード）
　→　いいえ、　現金では　買いません。　カードで　買います。

　① 妹と　新宿へ　行きますか。（弟）
　→　いいえ、　妹とは　行きません。　弟と　行きます。
　② 電車で　新宿へ　行きますか。（バス）
　→　いいえ、　電車では　行きません。　バスで　行きます。
　③ ネットで　本を　買いますか。（店）
　→　いいえ、　ネットでは　買いません。　店で　買います。
　④ コンビニへ　行きますか。（スーパー）
　→　いいえ、　コンビニへは　行きません。　スーパーへ　行きます。
　⑤ 土曜日、　勉強しますか。（日曜日）
　→　いいえ、　土曜日は　勉強しません。　日曜日、　勉強します。

「句型４」練習Ｂ

1. 例：公園・高橋先生　→　公園で　高橋先生に　会いました。
　① 池袋・クラスメート　→　池袋で　クラスメートに　会いました。
　② 図書館・ルイさん　→　図書館で　ルイさんに　会いました。
　③ 香港・林さん　→　香港で　林さんに　会いました。

2. 例：ボールペン・彼女・手紙（書きます）
　→　ボールペンで　彼女に　手紙を　書きます。
　① 電話・友達・宿題の　答え（聞きました）
　→　電話で　友達に　宿題の　答えを　聞きました。
　② パソコン・アメリカの　家族・メール（書きました）
　→　パソコンで　アメリカの　家族に　メールを　書きました。
　③ ネット・皆・意見（見ます）
　→　ネットで　皆の　意見を　見ます。

随堂測驗

一、填空題：

1. コンビニ（　で　）　パン（　と　）　コーヒー（　を　）　買いました。
2. Ａ：昨日、　池袋で　何（　かを／か　）　買いましたか。
　Ｂ：はい、　買いました。
3. 承上題Ａ：何（　を　）　買いましたか。　Ｂ：かばんを　買いました。
4. この　かばん、　素敵ですね。　すみません、
　あの　大きい（　のを　）　ください。
5. Ａ：小説を　読みますか。　Ｂ：いいえ、　小説（　は　）　読みません。
6. Ａ：バスで　行きますか。　Ｂ：いいえ、　バス（　では　）　行きません。
7. 昨日、　図書館（　で　）　先生（　に　）　会いました。
8. 承上題そして、　あの　こと（　を　）　先生（　に　）　話しました。

二、選擇題：

1. A：何を　買いましたか。　B：何（　**4**　）　買いませんでした。
   1　か　　　　　　　2　を　　　　　　　3　で　　　　　　　4　も

2. 昨日、　学校で　佐藤さん（　**1**　）　会いました。
   1　に　　　　　　　2　を　　　　　　　3　で　　　　　　　4　は

3. 朝は、　パン（　）　おにぎり（　）　食べます。（**1**）
   1　か／を　　　　　2　を／か　　　　　3　と／か　　　　　4　を／を

4. 昨日、　母と　大阪へ　行きました。　父（　**3**　）　行きませんでした。
   1　では　　　　　　2　には　　　　　　3　とは　　　　　　4　へは

5. いつも　タブレットで　ドラマを　見ます。　テレビ（　**2**　）　見ません。
   1　とは　　　　　　2　では　　　　　　3　には　　　　　　4　をは

6. 土曜日（　）　いつも　家（　）　日本語（　）　勉強（　）　します。（**1**）
   1　は／で／の／を　　　　　　　　　　2　に／で／を／を
   3　は／の／を／と　　　　　　　　　　4　に／は／の／を

三、翻譯題：

1. すみません、　ナイフと　フォークを　ください。
   不好意思，請給我刀子跟叉子。
2. 昨日、　彼氏と　ホテルの　レストランで　美味しい　料理を　食べました。
   昨天和男朋友在飯店旅館的餐廳吃了好吃的料理。
3. 宿題の　答えは　誰に　聞きましたか。
   作業的答案你是向誰問的？
4. 我和哥哥在公園做運動。
   （私は）　兄と　公園で　運動を　します。

5. 我用原子筆寫信給老師。

　　（私は）ボールペンで　先生に　手紙を　書きます。

6. 下星期要在秋葉原買新的智慧型手機。

　　来週、　秋葉原で　新しい　スマホを　買います。

第 11 課

「句型 1」練習 B

1. 例：木・下（犬）　→　木の　下には　犬が　います。

　① テーブル・上（コーヒー）
　→　テーブルの　上には　コーヒーが　あります。
　② 冷蔵庫・中（ケーキ）　→　冷蔵庫の　中には　ケーキが　あります。
　③ ドア・前（子供）　→　ドアの　前には　子供が　います。
　④ 公園・中（駅）　→　公園の　中には　駅が　あります。

2. 例：事務室・誰（佐藤）　→　A：事務室には　誰が　いますか。
　　　　　　　　　　　　　　　　　B：佐藤さんが　います。

　① 窓の　右・何（本棚）　→　A：窓の　右には　何が　ありますか。
　　　　　　　　　　　　　　　　B：本棚が　あります。
　② 佐藤さんの　左・誰（小林さん）
　→　A：佐藤さんの　左には　誰が　いますか。
　　　B：小林さんが　います。
　③ かばんの　中・何（何も）→　A：かばんの　中には　何が　ありますか。
　　　　　　　　　　　　　　　　B：何も　ありません。
　④ 私の　後ろ・誰（誰も）→　A：私の　後ろには　誰が　いますか。
　　　　　　　　　　　　　　　　B：誰も　いません。

「句型 2」練習 B

1. 例：王さん・恋人（はい）　→　A：王さんは　恋人が　いますか。
　　　　　　　　　　　　　　　　B：はい、　います。

　① 陳さん・自転車（いいえ）　→　A：陳さんは　自転車が　ありますか。
　　　　　　　　　　　　　　　　　B：いいえ、　ありません。

255

② 高橋先生・家族（いいえ）　→　Ａ：高橋先生は　家族が　いますか。
　　　　　　　　　　　　　　　　　Ｂ：いいえ、　いません。
③ 渡辺社長・時間（はい）　→　Ａ：渡辺社長は　時間が　ありますか。
　　　　　　　　　　　　　　　　Ｂ：はい、　あります。
④ 鈴木さん・彼女（はい）　→　Ａ：鈴木さんは　彼女が　いますか。
　　　　　　　　　　　　　　　　Ｂ：はい、　います。

2. 例：コンビニの　お弁当を　食べます。（時間が　ありません）
　　→　時間が　ありませんから、　コンビニの　お弁当を　食べます。

① 会社を　休みました。（約束が　あります）
　→　約束が　ありますから、　会社を　休みました。
② 毎日　歩いて　学校へ　行きます。（お金が　ありません）
　→　お金が　ありませんから、　毎日　歩いて　学校へ　行きます。
③ 早く　寝ます。（明日　仕事が　あります）
　→　明日　仕事が　ありますから、　早く　寝ます。
④ 他の　女性とは　一緒に　食事を　しません。（妻が　います）
　→　（私は）　妻が　いますから、　他の　女性とは　一緒に　食事を
　　しません。

「句型3」練習Ｂ

1. 例：本屋（駅の　近く）　→　Ａ：本屋は　どこに　ありますか。
　　　　　　　　　　　　　　　　Ｂ：（本屋は）　駅の　近くに　あります。

① 駅（学校の　前）
　→　Ａ：駅は　どこに　ありますか。
　　　Ｂ：（駅は）　学校の　前に　あります。
② 私の　スマホ（先生の　机の　上）
　→　Ａ：私の　スマホは　どこに　ありますか。
　　　Ｂ：（あなたの　スマホは）　先生の　机の　上に　あります。

③ はさみ（引き出しの　中）
→　A：はさみは　どこに　ありますか。
　　B：（はさみは）　引き出しの　中に　あります。
④ 先生の　ボールペン（どこにも）
→　A：先生の　ボールペンは　どこに　ありますか。
　　B：（先生の　ボールペンは）　どこにも　ありません。

2. 例：朴さん（教室の　外）→　A：朴さんは　どこに　いますか。
　　　　　　　　　　　　　　　　 B：（朴さんは）　教室の　外に　います。

① 中村さん（会議室）
→　A：中村さんは　どこに　いますか。
　　B：（中村さんは）　会議室に　います。
② 社長（階段の　前）
→　A：社長は　どこに　いますか。
　　B：（社長は）　階段の　前に　います。
③ 田中先生の　息子さん（イギリス）
→　A：田中先生の　息子さんは　どこに　いますか。
　　B：（田中先生の　息子さんは）　イギリスに　います。
④ ルイさんの　猫（どこにも）
→　A：ルイさんの　猫は　どこに　いますか。
　　B：（ルイさんの　猫は）　どこにも　いません。

「句型 4」練習 B

1. 例：昨日、　食べました（肉や　魚を）
→　昨日、　肉や　魚を　食べました。

① パーティーで　会いました（先生や　クラスメートに）
→　パーティーで　先生や　クラスメートに　会いました。
② いつも　お弁当を　買います（スーパーや　コンビニで）

→　いつも　スーパーや　コンビニで　お弁当を　買います。

③ 昨日、　手紙を　書きました（友達や　両親に）

→　昨日、　友達や　両親に　手紙を　書きました。

④ いつも　病院へ　行きます（バスや　電車で）

→　いつも　バスや　電車で　病院へ　行きます。

⑤ 私は　果物が　好きです（りんごや　バナナなどの）

→　私は　りんごや　バナナなどの　果物が　好きです。

⑥ 私の　会社には　外国人が　います（韓国人や　中国人などの）

→　私の　会社には　韓国人や　中国人などの　外国人が　います。

随堂測驗

一、填空題：

1. 机の　上には　辞書（　が　）　あります。
2. 椅子の　下には　何（　も　）　ありません。
3. 私は　妻（　が　）　います。
4. A：箱の　中に　何（　か　）　ありますか。　B：はい、　あります。
5. 承上題 A：何（　が　）　ありますか。
 B：写真（　や　）　手紙などが　あります。
6. 今日、　約束が　あります（　から　）、　家へ　帰りません。
7. 私の　眼鏡（　は　）　どこに　ありますか。
8. 魚や　肉など（　の　）　食べ物は　冷蔵庫に　あります。

二、選擇題：

1. 駅の　（　２　）には　スーパーが　あります。
　1　近い　　　　　2　近く　　　　　3　近の　　　　　4　近

2. あなたの　部屋には　パソコン（　２　）　ありますか。
　1　を　　　　　2　は　　　　　3　に　　　　　4　の

3. 会議室には　誰（　**3**　）　いますか。
　　1　は　　　　　　　　2　も　　　　　　　　3　が　　　　　　　　4　を

4. あなたは　パソコンが　（　**1**　）か。
　　1　あります　　　　　　　　　　　　2　います
　　3　します　　　　　　　　　　　　　4　買います

5.A：先生は　教室に　いますか。　B：先生は　教室（　**3**　）　いません。
　　1　は　　　　　　　　2　が　　　　　　　　3　には　　　　　　　　4　も

6. パーティーで　ケーキ（　）　果物（　）　食べました。（1）
　　1　や／を　　　　　　　　　　　　2　を／や
　　3　と／と　　　　　　　　　　　　4　を／など

三、翻譯題：

1. ダニエルさんの　かばんの　中には　何が　ありますか。
　　丹尼爾先生的包包裡面有什麼東西呢？
2. 私は　息子が　いますが、　娘は　いません。
　　我有兒子，但沒有女兒。
3. 妻は　どこにも　いません。
　　我老婆哪兒也不在（我找不到我老婆）。
4. 佐藤先生的房間有個女人。
　　佐藤さんの　部屋には　女の　人が　います。
5. 我有智慧型手機和電腦。
　　私は　スマホと　パソコンが　あります。
6. 我的家人在台灣。
　　私の家族は　台湾に　います／台湾です。

「句型 1」練習 B

1. 例：この　町・美味しい　店（全然）
   →　この　町には、　美味しい　店が　全然　ありません。

   ① 本棚・英語の　本（あまり）
   →　本棚には、　英語の　本が　あまり　ありません。
   ② 教室・男の　子（大勢）
   →　教室には、　男の　子が　大勢　います。
   ③ 箱の　中・写真や　手紙など（たくさん）
   →　箱の　中には、　写真や　手紙などが　たくさん　あります。

2. 例：ジャックさん・アメリカドル（少し）
   →　ジャックさんは、　アメリカドルが　少し　あります。

   ① 高橋先生・日本語の　本（たくさん）
   →　高橋先生は、　日本語の　本が　たくさん　あります。
   ② 渡辺社長・愛人（たくさん）
   →　渡辺社長は、　愛人が　たくさん　います。
   ③ 彼女・欲しい　物（全然）
   →　彼女は、　欲しい　物が　全然　ありません。

「句型 3」練習 B

1. 例：私の　会社には　外国人が　います（10人ぐらい）
   →　私の　会社には　外国人が　10人ぐらい　います。

   ① 夏休みに　本を　読みます。（5冊ぐらい）
   →　夏休みに　本を　5冊ぐらい　読みます。

② 飛行機で　ワインを　飲みました。（５杯ぐらい）

→　飛行機で　ワインを　５杯ぐらい　飲みました。

③ スーパーで　りんごを　買いました。（１つだけ）

→　スーパーで　りんごを　１つだけ　買いました。

④ パーティーで　写真を　撮りました。（１枚だけ）

→　パーティーで　写真を　１枚だけ　撮りました。

⑤ 駐車場には　車が　あります。（１台しか）

→　駐車場には　車が　１台しか　ありません。

⑥ タバコを　吸いました。（３本しか）

→　タバコを　３本しか　吸いませんでした。

「句型４」練習Ｂ

1.例：１週間・日本語を　勉強します（２）

→　Ａ：１週間に　何回　日本語を　勉強しますか。

　　Ｂ：（１週間に）　２回　勉強します。

① １か月・スーパーへ　行きます（６）

→　Ａ：１か月に　何回　スーパーへ　行きますか。

　　Ｂ：（１か月に）　６回　行きます。

② １日・犬の　散歩を　します（３）

→　Ａ：１日に　何回　犬の　散歩を　しますか。

　　Ｂ：（１日に）　３回　します。

③ １年・国へ　帰ります（１）

→　Ａ：１年に　何回　国へ　帰りますか。

　　Ｂ：（１年に）　１回　帰ります。

④ １時間・トイレへ　行きます（２）

→　Ａ：１時間に　何回　トイレへ　行きますか。

　　Ｂ：（１時間に）　２回　行きます。

一、填空題：

1. 公園には　子供が　大勢　い（　**ます**　）。
2. この　町には、　面白い　ところが　全然　あり（　**ません**　）。
3. 机の上に　本が　1（　**冊**　）　あります。
4. 紙を　1（　**枚**　）　ください。
5. 缶コーヒーを　3（　**本**　）　飲みました。
6. 昨日、　りんごを　1つ（　**しか**　）　食べませんでした。
7. 週（　**に**　）　3回　運動を　します。
8. タバコを　ください。　あっ、　（　**それから**　）　ビールも　ください。

二、選擇題：

1. 私（　）　息子（　）　2人　います。（3）
   1　は／に　　　　　　　　　　　　2　に／で
   3　は／が　　　　　　　　　　　　4　では／を

2. 教室には　学生が　全然　（　4　）。
   1　あります　　　　　　　　　　　2　います
   3　ありません　　　　　　　　　　4　いません

3. すみませんが、　風邪薬（　）　どこ（　）　ありますか。（3）
   1　が／に　　　　2　に／が　　　　3　は／に　　　　4　に／は

4. 駅まで　タクシーで　800円（　2　）　です。
   1　しか　　　　　2　ぐらい　　　　3　も　　　　　　4　など

5. この　図書館には、　日本語の　本が　（　1　）　あります。
   1　たくさん　　　2　大勢　　　　　3　あまり　　　　4　100本

6. 私は、　年（　）　3回（　）　大阪へ　行きます。（1）
　　1　に／ぐらい　　　　2　で／しか　　　　　3　に／しか　　　　　4　に／で

三、翻譯題：

1. 駐車場には　車が　5台　あります。
　　停車場有五台車。
2. A：どのぐらい　日本に　いましたか。　B：1年ぐらい　いました。
　　A：你在（來）日本多久了？　B：待了一年左右／來一年了。
3. 週に　1回しか　会社へ　行きません。
　　我一星期只去公司一次。
4. 我昨天睡了12小時左右。
　　昨日、　12時間ぐらい　寝ました。
5. 我的房間有兩台電腦。
　　私の　部屋には　パソコンが　2台　あります。
6. 我一年去兩次日本。
　　（私は）年に　2回　日本へ　行きます。

本書綜合練習

一、填空題：

01. 会社は　午前　9時（　から　）　午後　5時（　まで　）　です。

02. 休みは　土曜日（　と　）　日曜日です。

03. A：今日は　何（　の　）日ですか。　B：子供の　日です。

04. 毎日、　朝　7時（　に　）　起きます。

05. 昨日は　午後　1時（　まで　）　寝ました。

06. 昨日、　勉強しました。　今日（　は　）　勉強しませんでした。

07. 会議は　何時（　に／から　）　始まりますか。

08. 先週、　自転車で　小石川後楽園（　へ　）　行きました。

09. ルイさんは　（　何　）で　学校へ　来ましたか。

10. A：昨日、　誰（　と　）　家へ　帰りましたか。

11. 承上題B：一人（　で　）　帰りました。

12. A：一緒（　に　）　食事を　しませんか。

13. 承上題B：すみません、　今日（　は　）　ちょっと …。

14. ダニエルさんは　どこ（　から　）　来ましたか。

15. 今日は　電車では　なくて、　歩い（　て　）　来ました。

16. スーパー（　で　）、　ケーキ（　と　）　果物（　を　）　買いました。

17. A：昨日、　どこ（　かへ／か　）　行きましたか。

　　B：はい、　中野へ　行きました。

18. A：昨日、　誰（　かと　）　食事を　しましたか。

　　B：いいえ、　一人で　食べました。

19. A：店で　何（　かを／か　）　買いましたか。

　　B：いいえ、　何も　買いませんでした。

20. A：教室に　誰（　か　）　いますか。　B：はい、　山田先生が　います。

21. A：コーヒーを　飲みますか。

　　B：いいえ、　コーヒー（　は　）　飲みません。

22. かばんの　中（　には／に　）　何が　ありますか。

23. 私の　辞書（　は　）　どこに　ありますか。

24.この 薬 (**は**)、 1日 (**に**) 3回 飲みます。

25.お金が ありません (**から**)、 休みの 日は どこへも 行きません。

26.私は 子供 (**が**) いません。

27.伊藤さんは 子供が 一人 (**しか**) いません。

28.94円の 切手 (**を**) 1枚 ください。

二、選択題：

01. この マンションの 家賃は (**2**) ですか。
　　1　どれ　　　　　2　いくら　　　　　3　いつ　　　　4　なん

02. 陳さんの 電話番号は (**2**) ですか
　　1　なんごう　　　　2　なんばん　　　3　いくら　　　　4　いくつ

03. 今日は 水曜日です。 明日は (**2**) 曜日です。
　　1　金　　　　　2　木　　　　　3　火　　　　4　月

04. A：昨日、 どこか 行きましたか。
　　B：いいえ、 どこ (**4**) 行きませんでした。
　　1　へ　　　　　2　に　　　　　3　まで　　　　4　も

05. A：昨日、 誰 ( ) 遊園地へ 行きましたか。
　　B：いいえ、 誰 ( ) 行きませんでした。 一人で 行きました。 （2）
　　1　か／も　　　　　　　　　2　かと／とも
　　3　と／と　　　　　　　　　4　かが／とは

06. A：何かを 買いましたか。 B：いいえ、 何 (**4**) 買いませんでした。
　　1　か　　　　　2　を　　　　　3　でも　　　　4　も

07. 来週、 家族 ( ) アメリカ ( ) 行きます。 （3）
　　1　へ／に　　　　2　と／は　　　3　と／へ　　　4　は／と

265

08. 朝は　パン（　）　おにぎり（　）　食べます。（3）
　　　1　を／を　　　　　　2　を／か　　　　　　3　か／を　　　　　　4　と／か

09. 昨日、　デパートで　クラスメート（　1　）　会いました。
　　　1　に　　　　　　　2　を　　　　　　　3　で　　　　　　　4　は

10. 先月、　彼女と　ドバイへ　行きました。
　　　家族（　1　）　行きませんでした。
　　　1　とは　　　　　　2　には　　　　　　3　へは　　　　　　4　では

11. 先月、　彼女と　ドバイへ　行きました。
　　　ニューヨーク（　3　）　行きませんでした。
　　　1　とは　　　　　　2　には　　　　　　3　へは　　　　　　4　では

12. デパートには　客が　全然　（　4　）。
　　　1　あります　　　2　います　　　　3　ありません　　　4　いません

13. 魚や　肉（　3　）　食べ物は　冷蔵庫に　あります。
　　　1　は　　　　　　　2　など　　　　　　3　などの　　　　　4　などは

14. 学校の　（　2　）には　美味しい　レストランが　あります。
　　　1　近い　　　　　　2　近く　　　　　　3　近の　　　　　　4　近で

15. 明日、　仕事が　ありますから、　今日は　（　2　）　寝ます。
　　　1　早い　　　　　　2　早く　　　　　　3　早の　　　　　　4　近で

16. コーヒーを　ください。　あっ、　（　2　）　ケーキも　ください。
　　　1　そして　　　　　2　それから　　　　3　ですから　　　　4　ですが

17. 缶ジュースを　1（　2　）　ください。
　　　1　杯　　　　　　　2　本　　　　　　　3　缶　　　　　　　4　個

穩紮穩打日本語 初級 3

解答

第 13 課

「句型 1」練習 B

---

1. 例：先輩・テストの　答え（ええ）
   → A：先輩、　テストの　答えが　わかりますか。　B：ええ、　わかります。

   ① 林さん・図書館の　電話番号（いいえ）
   → A：林さん、　図書館の　電話番号が　わかりますか。
   　　B：いいえ、　わかりません。
   ② 先生・ジャックさんの　住所（ええ）
   → A：先生、　ジャックさんの　住所が　わかりますか。
   　　B：ええ、　わかります。
   ③ 山田さん・この　漢字の　意味（いいえ）
   → A：山田さん、　この　漢字の　意味が　わかりますか。
   　　B：いいえ、　わかりません。

2. 例：鈴木さん・何語（日本語と　英語）
   → A：鈴木さんは　何語が　できますか。　B：日本語と　英語が　できます。

   ① ダニエルさん・どんな　スポーツ（テニスと　ゴルフ）
   → A：ダニエルさんは　どんな　スポーツが　できますか。
   　　B：テニスと　ゴルフが　できます。
   ② あなた・どんな　料理（カレーと　チャーハン）
   → A：あなたは　どんな　料理が　できますか。
   　　B：カレーと　チャーハンが　できます。

「句型 2」練習 B

---

1. 例：電車の　中・食事（いいえ）
   → A：電車の　中で　食事が　できますか。　B：いいえ、　できません。

① 会議室・喫煙（いいえ）
→　A：会議室で　喫煙が　できますか。
　　B：いいえ、　できません。

② スマホ・株の　売買（はい）
→　A：スマホで　株の　売買が　できますか。
　　B：はい、　できます。

③ この　公園・犬の　散歩（いいえ）
→　A：この公園で　犬の　散歩が　できますか。
　　B：いいえ、　できません。

④ アプリ・ホテルの　予約（はい）
→　A：アプリで　ホテルの　予約が　できますか。
　　B：はい、　できます。

⑤ クレジットカード・支払い（はい）
→　A：クレジットカードで　支払いが　できますか。
　　B：はい、　できます。

「句型 3」練習B

1. 例：留学
→　A：あなたは　何を　しに　日本へ　来ましたか。
　　B：留学に　来ました。

① 日本語の　勉強
→　A：あなたは　何を　しに　日本へ　来ましたか。
　　B：日本語の　勉強に　来ました。

② 家を　買います
→　A：あなたは　何を　しに　日本へ　来ましたか。
　　B：家を　買いに　来ました。

③ 寿司を　食べます
→　A：あなたは　何を　しに　日本へ　来ましたか。
　　B：寿司を　食べに　来ました。

④ 彼女と　結婚します
→　A：あなたは　何を　しに　日本へ　来ましたか。
　　B：彼女と　結婚しに　来ました。

2. 例：ハワイ・旅行
→　A：ハワイへは　何を　しに　行きますか。　B：旅行に　行きます。

① 公園・犬の　散歩
→　A：公園へは　何を　しに　行きますか。
　　B：犬の　散歩に　行きます。
② ドバイ・出張
→　A：ドバイへは　何を　しに　行きますか。
　　B：出張に　行きます。
③ 銀行・電気料金の　支払い
→　A：銀行へは　何を　しに　行きますか。
　　B：電気料金の　支払いに　行きます。
④ 香港・林さんに　会います
→　A：香港へは　何を　しに　行きますか。
　　B：林さんに　会いに　行きます。
⑤ 陳さんの　家・サッカーの　試合を　見ます
→　A：陳さんの　家へは　何を　しに　行きますか。
　　B：サッカーの　試合を　見に　行きます。
⑥ 彼女の　家・彼女の　料理を　食べます
→　A：彼女の　家へは　何を　しに　行きますか。
　　B：彼女の　料理を　食べに　行きます。

「句型４」練習Ｂ

1. 例：田村課長は　帰りました（はい）
→　A：田村課長は　もう　帰りましたか。
　　B：はい、　もう　帰りました。

① 林さんは　寝ました（いいえ）　→　Ａ：林さんは　もう　寝ましたか。
　　　　　　　　　　　　　　　　　　　Ｂ：いいえ、　まだです。
② 陳さん　起きました（はい）　→　Ａ：陳さんは　もう　起きましたか。
　　　　　　　　　　　　　　　　　　　Ｂ：はい、　もう　起きました。

2. 例：家を　買いました。　→　家は　もう　買いました。

① その　映画を　見ました。　→　その　映画は　もう　見ました。
② 晩ご飯を　食べました。　→　晩ご飯は　もう　食べました。
③ 電気料金を　支払いました。　→　電気料金は　もう　支払いました。
④ レストランの　予約を　しました。
　→　レストランの　予約は　もう　しました。

3. 例：彼女の　両親に　会いました。
　→　彼女の　両親には　もう　会いました。

① 小石川後楽園へ　行きました。
　→　小石川後楽園へは　もう　行きました。
② 買い物に　行きました。
　→　買い物には　もう　行きました。
③ 彼と　別れました。
　→　彼とは　もう　別れました。

随堂測驗

一、填空題：

1. 高橋先生は　フランス語（　が　）　できます。
2. ジャックさんは　漢字（　が　）　全然　わかりません。
3. 私は　日本語（　は　）　わかりますが、　韓国語（　は　）　わかりません。
4. ホテルの　ロビー（　で　）は　コピーが　できます。
5. 池袋へ　ラーメンを　食べ（　に　）　行きます。

6. あなたは　ここへ　何を（　し　）に　来ましたか。

7. 日本へ　留学（　に／しに　）　来ました。

8. 食事（　は　）　もう　しましたか。

二、選択題：

1. ダニエルさんは　フランス語が　（　4　）　わかりません。
   1　とても　　　　　　2　だいたい　　　　　3　大勢　　　　　　4　全然

2. この　公園（　2　）は　野球が　できません。
   1　に　　　　　　　2　で　　　　　　　　3　が　　　　　　　4　を

3. 新幹線では　食事（　）　できます（　）、　喫煙（　）　できません。（1）
   1　は／が／は　　　　　　　　　　2　が／は／が
   3　を／は／を　　　　　　　　　　4　を／が／を

4. イギリス（　）　英語（　）　勉強（　）　行きます。（3）
   1　に／を／に　　　　　　　　　　2　へ／を／に
   3　へ／の／に　　　　　　　　　　4　に／の／を

5. A：先週、　映画を　見ましたか。　B：いいえ、　（　2　）。
   1　見ません　　　　　　　　　　　2　見ませんでした
   3　もう　見ます　　　　　　　　　4　まだです

6. A：あの　映画は　もう　見ましたか。
   B：いいえ、　（　4　）。　これから　見ます。
   1　見ません　　　　　　　　　　　2　見ませんでした
   3　もう　見ます　　　　　　　　　4　まだです

三、翻譯題：

1. この　漢字の　意味が　よく　わかりません。
　　我不太懂這個漢字的意思。
2. 今晩、　一緒に　飲みに　行きませんか。
　　今晚要不要一起去喝（一杯）？
3. 昨日、　彼女の　家へ　遊びに　行きました。
　　昨天去了她（女朋友）家玩。
4. 我會英文和日文。
　　私は　英語と　日本語が　わかります。
5. 去紐約工作。
　　ニューヨークへ　仕事に／仕事しに／働きに　行きます。
6. 在便利商店可以支付電費喔。
　　コンビニで　電気料金の　支払いが　できますよ。

「句型１」練習Ｂ

1. 例：椅子・座ります　→　この　椅子に　座りましょう。
　　例：ソファー・寝ます　→　この　ソファーで　寝ましょう。

　① 私の　隣・座ります　→　私の　隣に　座りましょう。
　② 私の　そば・寝ます　→　私の　そばで　寝ましょう。
　③ あの　ホテル・入ります　→　あの　ホテルに　入りましょう。
　④ あの　ホテル・休みます　→　あの　ホテルで　休みましょう。
　⑤ 次の　電車・乗ります　→　次の　電車に　乗りましょう。
　⑥ 次の　電車・行きます　→　次の　電車で　行きましょう。

「句型２」練習Ｂ

1. 例：この　部屋・入ります　→　この部屋に　入ります。
　　例：この　部屋・出ます　→　この部屋を　出ます。

　① 飛行機・乗ります　→　飛行機に　乗ります。
　② 階段・下ります　→　階段を　下ります。
　③ 電車・降ります　→　電車を　降ります。
　④ 木・登ります　→　木に　登ります。

「句型３」練習Ｂ

1. 例：本・あげました（林さん）
　→　Ａ：誰に　花を　あげましたか。
　　　Ｂ：林さんに　あげました。

① お金・貸しました（昔の　恋人）

→　A：誰に　お金を　貸しましたか。

　　B：昔の　恋人に　貸しました。

② 英語・教えます（留学生）

→　A：誰に　英語を　教えましたか。

　　B：留学生に　教えました。

③ 手紙・書きました（国の　家族）

→　A：誰に　手紙を　書きましたか。

　　B：国の　家族に　書きました。

2. 例：彼女に　何を　あげましたか。（エルメスの　かばん）

　→　エルメスの　かばんを　あげました。

① 友達に　いくら　貸しましたか。（100万円ぐらい）

→　100万円ぐらい　貸しました。

② どこで　外国人に　日本語を　教えますか。（ヒフミ日本語学校）

→　ヒフミ日本語学校で　教えます。

③ いつ　恋人に　電話を　かけますか。（これから）

→　これから　かけます。

「句型４」練習B

1. 例：誕生日に　何を　もらいましたか。（新しい　スマホ）

　→　新しい　スマホを　もらいました。

① 今日の　授業で　何を　習いましたか。（漢字の　書き方と　読み方）

→　漢字の　書き方と　読み方を　習いました。

② 銀行から　いくら　借りましたか。（1,000万円）

→　1,000万円　借りました。

③ どこで　日本語を　習いましたか。（ヒフミ日本語学校）

→　ヒフミ日本語学校で　習いました。

2. 例：その　花・もらいました（彼氏）
　　→　A：その　花は　誰に　もらいましたか。
　　　　B：彼氏に　もらいました。

① その　辞書・借りました（田中先生）
→　A：その　辞書は　誰に　借りましたか。
　　B：田中先生に　借りました。
② フランス語・習いました（ルイさん）
→　A：フランス語は　誰に　習いましたか。
　　B：ルイさんに　習いました。
③ この　こと・聞きました（渡辺社長）
→　A：この　ことは　誰に　聞きましたか。
　　B：渡辺社長に　聞きました。

隨堂測驗

一、填空題：

1. 公園へ　散歩（　に　）　行きます。
2. 一緒に　公園（　を／で　）　散歩しましょう。
3. 電車（　で　）　新宿へ　行きました。
4. 私は　東京まで　飛行機（　に　）　乗りました。
5. みんな（　で　）　映画を　見に　行きませんか。
6. 王さんは　彼女（　に　）　花（　を　）　あげました。
7. 社長は　銀行（　から　）　お金（　を　）　借りました。
8. 会社（　の／で　）　同僚（　に／から　）、
　　そのこと（　を　）　聞きました。

二、選擇題：

1. 恋人（　）　手紙（　）　書きました。（2）
　　1　と／に　　　　　2　に／を　　　　　3　へ／に　　　　　4　の／に

2.A：その　かばん、　どこで　買いましたか。
　B：これは　彼氏に　（　）。（3）
　1　買いました　　　　　　　　　　　　2　貸しました
　3　もらいました　　　　　　　　　　4　あげました

3. 昨日、　学校（　）　先生（　）　その　話（　）　聞きました。（3）
　1　に／で／を　　　　　　　　　　2　から／に／を
　3　で／から／を　　　　　　　　　4　で／を／に

4. 明日、　友達と　公園（　）　花（　）　見（　）　行きます。（3）
　1　で／に／を　　　　　　　　　　2　を／へ／に
　3　へ／を／に　　　　　　　　　　4　を／を／に

5. 私は　毎日、　8時ごろに　家（　）　出ます。（1）
　1　を　　　　　　　2　で　　　　　　3　が　　　　　　4　に

6.(承上題) そして、　夜　6時に　家（　）　帰ります。（4）
　1　を　　　　　　　2　で　　　　　　3　が　　　　　　4　に

三、翻譯題：

1. 彼女に　お金を　借りました。
　我向她（女朋友）借了錢。
2. あの　喫茶店に　入りましょう。
　我們進去那間咖啡店吧。
3. 国を　出ました。　それから、　日本に　来ました。
　離開了祖國（出了國）。然後來到了日本。
4. 我每天打電話給女朋友。
　（私は）　毎日、　彼女に　電話します／電話を　します／電話を　かけます。
5. 飛機飛越天空。
　飛行機は　空を　飛びます。
6. 我從鈴木那裡得到一本書。
　（私は）　鈴木さんに／から　本を　もらいました。

「句型 1」練習 B

1.例：何を　食べますか。（日本料理）→　A：何を　食べたいですか。

B：日本料理を　食べたいです。

① 誰と　デートしますか。（小林さん）

→　A：誰と　デートしたいですか。

B：小林さんと　デートしたいです。

② 日本では　何を　学びますか。（経済）

→　A：日本では　何を　学びたいですか。

B：経済を　学びたいです。

③ ハワイへは　どう　行きますか。（クルーズ船）

→　A：ハワイへは　どう　行きたいですか。

B：クルーズ船で　行きたいです。

④ どんな　タブレットを　買いますか。（画面が　大きくて、　薄い　タブレット）

→　A：どんな　タブレットを　買いたいですか。

B：画面が　大きくて、　薄い　タブレットを　買いたいです。

⑤ 何か　食べますか。（いいえ、　何も）

→　A：何か　食べたいですか。

B：いいえ、　何も　食べたく　ないです。

⑥ 明日、　どこかへ　行きますか。（いいえ、　どこへも）

→　A：明日、　どこかへ　行きたいですか。

B：いいえ、　どこへも　行きたく　ないです。

「句型 2」練習 B

1.例：スマホを　見ます・運転します

→　スマホを　見ながら、　運転します。

① アイスクリームを　食べます・歩きます
→　アイスクリームを　食べながら、　歩きます。
② お茶を　飲みます・新聞を　読みます
→　お茶を　飲みながら、　新聞を　読みます。
③ 話します・仕事を　します
→　話しながら、　仕事を　します。

2. 例：お酒を　飲みます・友達と　おしゃべりを　します。
→　お酒を　飲みながら、　友達と　おしゃべりを　したいです。

① 音楽を　聞きます・勉強します
→　音楽を　聞きながら、　勉強したいです。
② 働きます・大学に　通います
→　働きながら、　大学に　通いたいです。
③ 新聞を　読みながら・朝ごはんを　食べます
→　新聞を　読みながら、　朝ごはんを　食べたいです。

「句型 3」練習 B

1. 例：私は　仕事が　あります。
　　　ですから、　今日、　友達と　新宿へ　行きませんでした。
→　私は　仕事が　ありますから、　今日は　友達と　新宿へ
　　行きませんでした。

① ジャックさんは　日本語が　よく　わかりません。
　　ですから、　英語で　話しました。
→　ジャックさんは　日本語が　よく　わかりませんから、
　　英語で　話しました。
② 札幌の　ラーメンが　食べたいです。
　　ですから、　飛行機で　食べに　行きます。
→　札幌の　ラーメンが　食べたいですから、　飛行機で　食べに　行きます。

③ 今日は　息子の　誕生日です。

　　ですから、　早く　うちへ　帰りたいです。

→　今日は　息子の　誕生日ですから、　早く　うちへ　帰りたいです。

④ 私は　お金が　たくさん　あります。

　　ですから、　好きな　仕事しか　しません。

→　私は　お金が　たくさん　ありますから、　好きな　仕事しか　しません。

「句型４」練習Ｂ

1. 例：この　ケーキは　美味しいです。　でも、　高いです。

　　→　この　ケーキは　美味しいですが、　高いです。

① 日本語を　１年　勉強しました。　でも、　漢字が　ぜんぜん
　　わかりません。

→　日本語を　１年　勉強しましたが、　漢字が　ぜんぜん　わかりません。

② 友達の　家へ　行きました。しかし、　誰も　いませんでした。

→　友達の　家へ　行きましたが、　誰も　いませんでした。

③ 新しい　スマホが　欲しいです。　でも、　お金が　ありません。

→　新しい　スマホが　欲しいですが、　お金が　ありません。

2. 例：a. タクシーで　行きたいです。

　　　　b. お金が　ありません。

　　　　c. 歩いて　行きました。

　　　　　a+b+c ＝タクシーで　行きたいですが、

　　　　お金が　ありませんから、　歩いて　行きました。

① a. ここの　果物は　美味しいです。

　　b. 値段が　高いです。

　　c. 少ししか　買いませんでした。

→　ここの　果物は　美味しいですが、

　　値段が　高いですから、　少ししか　買いませんでした。

② a. 自分で　ご飯を　作りました。

    b. 美味しく　なかったです。

    c. 食べませんでした。

→　自分で　ご飯を　作りましたが、

    美味しく　なかったですから、　食べませんでした。

隨堂測驗

一、填空題：

1. あの　店の　お寿司（　が／を　）　食べたいです。
2. 家族（　に　）　会いたいです。
3. 寂しいです（　から　）、　恋人（　が　）　欲しいです。
4. 台北は　便利です（　が　）、　物価が　高いです。
5. 資料を　見（　ながら　）、　社長の　話を　聞きます。
6. 隣の　公園（　で　）　お祭りが　ありますよ。
7. 隣の　公園（　に　）　犬や　猫などの　動物が　います。
8. デパートへ　行きました。（　でも／しかし　）　何も　買いませんでした。

二、選擇題：

1. 父は　毎朝、　コーヒーを　飲み（　）、　新聞を　読みます。（3）
    1　ますが　 2　ますから
    3　ながら　 4　たいから

2. この　アパートは　広いです。　（　）、　駅に　近いです。（1）
    1　そして　 2　それから　 3　しかし　 4　でも

3. 遊びに　行きたいです（　）、　明日は　テストです（　）、　行きません。（4）
    1　から／が　 2　そして／でも
    3　しかし／が　 4　が／から

4. A：一緒に　ヨーロッパへ　遊びに　行きませんか。
　　B：行きたいです（　）、　お金が　ありません。（2）
　　1　でも　　　　　　　　2　が　　　　　　　　3　しかし　　　　　　　4　から

5. A：一緒に　ヨーロッパへ　遊びに　行きませんか。
　　B：（　）、　私は　お金が　ありません。（1）
　　1　でも　　　　　　　　　　　　　　2　が
　　3　ですから　　　　　　　　　　　　4　それでは

6. コーヒー（2）　たくさん　飲みたいです。
　　1　が　　　　　　　　2　を　　　　　　　　3　へ　　　　　　　4　に

三、翻譯題：

1. 彼女と　2人で　ハワイへ　行きたいです。
　　我想和她（女朋友）兩個人一起去夏威夷。
2. ハワイの　ホテルで　海を　見ながら、　美味しい　料理を　食べたいです。
　　想要在夏威夷的飯店，一邊看著海，一邊吃好吃的料理。
3. お金が　ありませんが、　彼女と　ハワイで　結婚したいです。
　　雖然沒有錢，但我想和她在夏威夷結婚。
4. 我每天都一邊聽音樂一邊寫作業。
　　（私は）　毎日、　音楽を　聞きながら、　宿題を　します。
5. 我想回台灣見父母（雙親）
　　台湾へ　両親に　会いに　帰りたいです。
6. 因為我累了，所以我要在房間睡覺。
　　疲れましたから、　部屋で　寝ます。

「句型 1」練習 B

請於動詞括弧後方填入動詞的分類

例：　　来ます（3）　　行きます（1）　　あげます（2）

01. 渡ります（1）	歩きます（1）	下ります（2）
02. コピーします（3）	結婚します（3）	入ります（1）
03. 乗ります（1）	予約します（3）	疲れます（2）
04. 飲みます（1）	見ます（2）	話します（1）
05. もらいます（1）	読みます（1）	書きます（1）
06. 遊びます（1）	支払います（1）	留学します（3）
07. 勉強します（3）	寝ます（2）	できます（2）
08. 別れます（2）	働きます（1）	休みます（1）
09. 起きます（2）	始まります（1）	運転します（3）
10. 終わります（1）	帰ります（1）	食べます（2）
11. 貸します（1）	借ります（2）	喫煙します（3）
12. 教えます（2）	聞きます（1）	旅行します（3）
13. 買います（1）	習います（1）	飛びます（1）
14. 登ります（1）	座ります（1）	着きます（1）
15. 泳ぎます（1）	出ます（2）	降ります（2）
16. 会います（1）	あります（1）	撮ります（1）
17. います（2）	吸います（1）	わかります（1）
18. やります（1）	浴びます（1）	頑張ります（1）
19. デートします（3）	歌います（1）	調べます（2）
20. 答えます（2）	掃除します（3）	通います（1）

「句型 2」練習 B

請依照「句型 1」所做的分類，將其改為動詞原型

例：　　　来ます（来る）　　　　行きます（行く）　　　　あげます（あげる）

01. 渡ります（渡る）　　　　歩きます（歩く）　　　下ります（下りる）
02. コピーします（コピーする）結婚します（結婚する）入ります（入る）
03. 乗ります（乗る）　　　　予約します（予約する）疲れます（疲れる）
04. 飲みます（飲む）　　　　見ます（見る）　　　話します（話す）
05. もらいます（もらう）　　読みます（読む）　　書きます（書く）
06. 遊びます（遊ぶ）　　　　支払います（支払う）留学します（留学する）
07. 勉強します（勉強する）　寝ます（寝る）　　　できます（できる）
08. 別れます（別れる）　　　働きます（働く）　　休みます（休む）
09. 起きます（起きる）　　　始まります（始まる）運転します（運転する）
10. 終わります（終わる）　　帰ります（帰る）　　食べます（食べる）
11. 貸します（貸す）　　　　借ります（借りる）　喫煙します（喫煙する）
12. 教えます（教える）　　　聞きます（聞く）　　旅行します（旅行する）
13. 買います（買う）　　　　習います（習う）　　飛びます（飛ぶ）
14. 登ります（登る）　　　　座ります（座る）　　着きます（着く）
15. 泳ぎます（泳ぐ）　　　　出ます（出る）　　　降ります（降りる）
16. 会います（会う）　　　　あります（ある）　　撮ります（撮る）
17. います（いる）　　　　　吸います（吸う）　　わかります（わかる）
18. やります（やる）　　　　浴びます（浴びる）頑張ります（頑張る）
19. デートします（デートする）歌います（歌う）　調べます（調べる）
20. 答えます（答える）　　　掃除します（掃除する）通います（通う）

「句型 3」練習 B

1. 例：薬を　飲みます（ご飯を　食べます）
   →　A：薬は　いつ　飲みますか。
   　　B：ご飯を　食べる　前に　飲みます。

① 運転免許証を　取りました（今の　会社に　入ります）
→　Ａ：運転免許証は　いつ　取りましたか。
　　Ｂ：今の会社に　入る　前に　取りました。
② 東京へ　来ました（2週間）
→　Ａ：東京へは　いつ　来ましたか。
　　Ｂ：2週間前に　来ました。
③ この　マンションを　買いました（コロナ）
→　Ａ：このマンションは　いつ　買いましたか。
　　Ｂ：コロナの　前に　買いました。
④ 実家へ　帰ります（父の　誕生日）
→　Ａ：実家へは　いつ　帰りますか。
　　Ｂ：父の　誕生日の　前に　帰ります。
⑤ 彼と　別れました（日本に　留学に　行きます）
→　Ａ：彼とは　いつ　別れましたか。
　　Ｂ：日本に　留学に　行く　前に　別れました。
⑥ 彼女の　ご両親に　会います（結婚します）
→　Ａ：彼女の　ご両親には　いつ　会いますか。
　　Ｂ：結婚する　前に　会います。

2. 例：ここに　来ます・昼ごはんを　食べました・今は　お腹が　いっぱいです。
　　→　ここに　来る　前に　昼ごはんを　食べましたから、
　　　　今は　お腹が　いっぱいです。

① 寝ます・お酒を　たくさん　飲みました・今は　頭が　痛いです。
→　寝る　前に　お酒を　たくさん　飲みましたから、
　　今は　頭が　痛いです。
② 別れます・彼に　100万　貸しました・今は　お金が　ありません。
→　別れる　前に　彼に　100万　貸しましたから、
　　今は　お金が　ありません。

1. 例：旅行

　→　Ａ：趣味は　何ですか。　Ｂ：旅行です。

　例：音楽を　聞きます。

　→　Ａ：趣味は　何ですか。　Ｂ：音楽を　聞く　ことです。

　① 歌を　歌います。

　→　Ａ：趣味は　何ですか。　Ｂ：歌を　歌う　ことです。

　② 買い物

　→　Ａ：趣味は　何ですか。　Ｂ：買い物です。

　③ 犬と　遊びます。

　→　Ａ：趣味は　何ですか。　Ｂ：犬と　遊ぶ　ことです。

　④ スポーツ

　→　Ａ：趣味は　何ですか。　Ｂ：スポーツです。

2. 例：タブレットで　どんな　ことが　できますか。（本を　読みます）

　→　本を　読む　ことが　できます。

　例：スマホで　どんな　ことが　できますか。（株の　売買）

　→　株の　売買が　できます。

　① 学校の　体育館で　どんな　ことが　できますか。（泳ぎます）

　→　泳ぐ　ことが　できます。

　② この　アプリで　どんな　ことが　できますか。（切符の　予約）

　→　切符の　予約が　できます。

　③ ＡＩは　どんな　ことが　できますか。（仕事を　手伝います）

　→　仕事を　手伝う　ことが　できます。

　④ 掃除ロボットは　どんな　ことが　できますか。（掃除）

　→　掃除が　できます。

一、填空題：

1. 家へ　帰る　前（ に ）、　コンビニへ　行きます。
2. お盆（ の ）　前（ に ）、　実家へ　帰ります。
3. 1時間（ × ）　前（ に ）、　晩ご飯を　食べました。
4. 王さんは　英語（ を ）　話す　こと（ が ）　できます。
5. 王さんは　英語（ が ）　できます。
6. スマホで　新幹線（ の ）　予約（ が ）　できます。
7. スマホで　新幹線（ を ）　予約する　こと（ が ）　できます。
8. 中国語を　話すこと（ は ）　できますが、
　　書くこと（ は ）　できません。

二、選擇題：

1. シャワーを　（ ）前に、　顔を　洗います。（3）
　　1　浴びます　　　　2　浴ぶ　　　　　　3　浴びる　　　　4　浴ぶる

1. 父さん、　（ ）前に、　財産を　全部　ください。（3）
　　1　死ぬる　　　　　　　　　　　2　死にる
　　3　死ぬ　　　　　　　　　　　　4　死なない

3. 次の　仕事を　（ ）前に、　10分ぐらい　（ ）たいです。（4）
　　1　始める／休む　　　　　　　　2　始め／休み
　　3　始め／休む　　　　　　　　　4　始める／休み

4. 父（ ）　仕事から　帰る　前に、　部屋を　片付けます。（1）
　　1　が　　　　　　　2　に　　　　　　3　は　　　　　　4　を

5. スマホで　（ ）　ことが　できますか。（2）
　　1　支払います　　　2　支払う　　　3　支払い　　　4　支払

6. 彼の　趣味は　映画を　（　）。（2）
　　1　見る　ことが　できます　　　　2　見る　ことです
　　3　見ます　　　　　　　　　　　　4　見に　行きます

三、翻譯題：

1. 彼の　趣味は　車を　運転する　ことです。
　他的興趣是開車。
2. 一人で　着物を　着る　ことが　できますか。
　你會獨自穿和服嗎？
3. 寝る　前に、　静かな　音楽を　聞きながら　本を　読みます。
　睡覺前一邊聽著安靜的音樂一邊讀書。
4. 吃飯前先吃藥。
　ご飯を　食べる／食事する　前に、　薬を　飲みます。
5. 用這個 APP 可以看到最新的電視劇（ドラマ）。
　この　アプリで、　一番　新しい　ドラマを　見る　ことが　できます。
6. 我的興趣就是照小狗與小貓之類動物的照片（犬や猫などの動物）。
　私の　趣味は、　犬や　猫などの　動物の　写真を　撮る　ことです。

「句型 1」練習 B

請依照第 16 課「句型 1」所做的分類，將其改為動詞ない型

例： 来ます（来ない）　　　行きます（行かない）　　　あげます（あげない）

01. 渡ります（渡らない）　　　歩きます（歩かない）　　　下ります（下りない）
02. コピーします（コピーしない）結婚します（結婚しない）入ります（入らない）
03. 乗ります（乗らない）　　　予約します（予約しない）疲れます（疲れない）
04. 飲みます（飲まない）　　　見ます（見ない）　　　　話します（話さない）
05. もらいます（もらわない）読みます（読まない）　　書きます（書かない）
06. 遊びます（遊ばない）　　　支払います（支払わない）留学します（留学しない）
07. 勉強します（勉強しない）寝ます（寝ない）　　　　できます（できない）
08. 別れます（別れない）　　　働きます（働かない）　　休みます（休まない）
09. 起きます（起きない）　　　始まります（始まらない）運転します（運転しない）
10. 終わります（終わらない）帰ります（帰らない）　　食べます（食べない）
11. 貸します（貸さない）　　　借ります（借りない）　　喫煙します（喫煙しない）
12. 教えます（教えない）　　　聞きます（聞かない）　　旅行します（旅行しない）
13. 買います（買わない）　　　習います（習わない）　　飛びます（飛ばない）
14. 登ります（登らない）　　　座ります（座らない）　　着きます（着かない）
15. 泳ぎます（泳がない）　　　出ます（出ない）　　　　降ります（降りない）
16. 会います（会わない）　　　あります（ない）　　　　撮ります（撮らない）
17. います（いない）　　　　　吸います（吸わない）　　わかります（わからない）
18. やります（やらない）　　　浴びます（浴びない）　　頑張ります（頑張らない）
19. デートします（デートしない）歌います（歌わない）　調べます（調べない）
20. 答えます（答えない）　　　掃除します（掃除しない）通います（通わない）

「句型2」練習B

1. 例：私の 部屋・入りません → 私の 部屋に 入らないで ください。
   例：店の前・車・止めません → 店の 前に 車を 止めないで ください。

   ① 社長の 椅子・座りません → 社長の 椅子に 座らないで ください。
   ② 私・笑いません → 私を 笑わないで ください。
   ③ ここ・タバコ・吸いません → ここで タバコを 吸わないで ください。
   ④ クラスメート・テストの 答え・教えません
   → クラスメートに テストの 答えを 教えないで ください。

2. 例：疲れました・家に 来ません
   → 疲れましたから、 家に 来ないで ください。

   ① わかりました・もう 言いません
   → わかりましたから、 もう 言わないで ください。
   ② もう 寝ます・私に 電話しません
   → もう 寝ますから、 私に 電話しないで ください。
   ③ あなたが 好きです・他の 人と 結婚しません
   → あなたが 好きですから、 他の 人と 結婚しないで ください。
   ④ 恥ずかしいです・私の 写真を インスタに 載せません
   → 恥ずかしいですから、 私の 写真を インスタに 載せないで
   ください。

「句型3」練習B

1. 例：ゴミ置き場に ゴミを 出します。
   → ゴミは、 ゴミ置き場に 出さなければ なりません。

   ① 図書館に この 本を 返します。
   → この 本は、 図書館に 返さなければ なりません

② 入国審査官に　在留カードを　見せます。
→　在留カードは、　入国審査官に　見せなければ　なりません。
③ 今日中に　会社に　この　書類を　送ります。
→　この　書類は、　今日中に　会社に　送らなければ　なりません。

2. この　薬は　1日に　何回　飲みますか。（3回）
→　A：この　薬は　1日に　何回　飲まなければ　なりませんか。
　　B：1日に　3回　飲まなければ　なりません。

① 病院へは　週に　何回　行きますか。（1回）
→　A：病院へは　週に　何回　行かなければ　なりませんか。
　　B：週に　1回　行かなければ　なりません。
② ドイツでは　1日に　何回　犬を　散歩に　連れて　行きますか。
（2回以上）
→　A：ドイツでは　1日に　何回　犬を　散歩に　連れて　行かなければ
　　　　なりませんか。
　　B：1日に　2回以上　連れて　行かなければ　なりません。

3. 仕事を　します・大声を　出しません
→　仕事を　しなければ　なりませんから、　大声を　出さないで　ください。

① 今日、　部屋を　片付けます・遅くまで　外で　遊びません
→　今日、　部屋を　片付けなければ　なりませんから、
　　遅くまで　外で　遊ばないで　ください。
② この　本は　先生に　返します・無くしません
→　この　本は　先生に　返さなければ　なりませんから、
　　無くさないで　ください。

「句型4」練習B

1. 例：これは　返さなければ　なりませんか。
   →　いいえ、　返さなくても　いいです。

   ① 明日は　早く　起きなければ　なりませんか。
   →　いいえ、　早く　起きなくても　いいです。
   ② マスクを　外さなければ　なりませんか。
   →　いいえ、　外さなくても　いいです。
   ③ アパートの　管理人に　在留カードを　見せなければ　なりませんか。
   →　いいえ、　見せなくても　いいです。

2. 例：結婚します・家事を　手伝いません
   →　結婚する　前に、　家事を　手伝わなくても　いいです。

   ① 会議が　始まります・資料を　読みません
   →　会議が　始まる　前に、　資料を　読まなくても　いいです。
   ② 旅行に　行きます・ホテルを　予約しません
   →　旅行に　行く　前に、　ホテルを　予約しなくて　もいいです。
   ③ 小学校に　入ります・平仮名を　覚えません
   →　小学校に　入る　前に、　平仮名を　覚えなくても　いいです。

3. 例：アプリで　予約が　できます・駅へ　行きません
   →　アプリで　予約が　できますから、　わざわざ　駅へ　行かなくても
   　　いいです。

   ① ネットで　買い物が　できます・店へ　行きません
   →　ネットで　買い物が　できますから、
   　　わざわざ　店へ　行かなくても　いいです。
   ② Facebook で　友達の　近況が　わかります・会いません
   →　Facebook で　友達の　近況が　わかりますから、
   　　わざわざ　会わなくても　いいです。

③ YouTube で　その　歌手の　曲を　聞きます・CD を　買いません
→　YouTube で　その　歌手の　曲を　聞きます／聞くことが
　　できますから、わざわざ　CD を　買わなくても　いいです。

随堂測驗

一、填空題：

例：笑います：　　　　（　笑う　）　→　　　（　笑わない　）
1. 見せます：　　　　（見せる　　　）　　（見せない　　　　）
2. 死にます：　　　　（死ぬ　　　　）　　（死なない　　　　）
3. 外します：　　　　（外す　　　　）　　（外さない　　　　）
4. 忘れます：　　　　（忘れる　　　）　　（忘れない　　　　）
5. 手伝います：　　　（手伝う　　　）　　（手伝わない　　　）
6. 無くします：　　　（無くす　　　）　　（無くさない　　　）
7. 更新します：　　　（更新する　　）　　（更新しない　　　）
8. 連れて　行きます：（連れて　行く）　　（連れて　行かない）

二、選擇題：

1. 私の　物を　（　4　）ないで　ください。
　1　使う　　　　　　2　使い　　　　　　3　使あ　　　　　　4　使わ

2. 歩きながら　スマホを　（　3　）　ください。
　1　見に　　　　　　2　見　　　　　　　3　見ないで　　　　4　見る

3. 料理は　私が　（　）ますから、　台所には　（　）ないで　ください。（2）
　1　作る／入る　　　　　　　　　　2　作り／入ら
　3　作る／入り　　　　　　　　　　4　作り／入り

4. 今日は　日曜日ですから、　会社へ　（　1　）。

1　行かなくても　いいです　　　　　　2　行く　ことです

3　行かなければ　なりません　　　　　4　行く　ことが　できます

5.父から　遺産を　一億円ぐらい　（　4　）、　働かなくても　いいです。

1　もらう　前に　　　　　　　　　　2　もらいながら

3　もらいませんが　　　　　　　　　4　もらいましたから

6.今週の　金曜日（　2　）　レポートを　出さなければ　なりません。

1　まで　　　　　　2　までに　　　　　3　前に　　　　　　4　前は

三、翻譯題：

1.危ないですから、　歩きながら　スマホを　見ないで　ください。

　因為很危險，所以請不要一邊走路一邊看智慧型手機。

2.暇ですから、　この　仕事は　私が　やります。

　因為很閒，所以這個工作我來做。

3.LINE で　家族に　連絡する　ことが　できますから、　わざわざ　手紙を
　書かなくても　いいです。

　因為用 LINE 可以跟家人聯絡，因此可以不用特地寫信。

4.請不要把答案給同學看。

　答えを／は　クラスメートに　見せないで　ください。

5.旅行可以不用取得簽證。

　旅行は　ビザを　取らなくても　いいです。

6.搭電車之前必須買票。

　電車に　乗る　前に、　切符を　買わなければ　なりません。

「句型 1」練習 B

請依照第 16 課「句型 1」所做的分類，將其改為動詞て型

例：　　来ます（来て）　　　行きます　（行って）　　　あげます　（あげて）

01. 渡ります（渡って）　　　　歩きます（歩いて）　　下ります（下りて）
02. コピーします（コピーして）結婚します（結婚して）入ります（入って）
03. 乗ります（乗って）　　　　予約します（予約して）疲れます（疲れて）
04. 飲みます（飲んで）　　　　見ます（見て）　　　話します（話して）
05. もらいます（もらって）　　読みます（読んで）　　書きます（書いて）
06. 遊びます（遊んで）　　　　支払います（支払って）留学します（留学して）
07. 勉強します（勉強して）　　寝ます（寝て）　　　できます（できて）
08. 別れます（別れて）　　　　働きます（働いて）　　休みます（休んで）
09. 起きます（起きて）　　　　始まります（始まって）運転します（運転して）
10. 終わります（終わって）　　帰ります（帰って）　　食べます（食べて）
11. 貸します（貸して）　　　　借ります（借りて）　　喫煙します（喫煙して）
12. 教えます（教えて）　　　　聞きます（聞いて）　　旅行します（旅行して）
13. 買います（買って）　　　　習います（習って）　　飛びます（飛んで）
14. 登ります（登って）　　　　座ります（座って）　　着きます（着いて）
15. 泳ぎます（泳いで）　　　　出ます（出て）　　　降ります（降りて）
16. 会います（会って）　　　　あります（あって）　　撮ります（撮って　）
17. います（いて）　　　　　　吸います（吸って）　　わかります（わかって）
18. やります（やって）　　　　浴びます（浴びて）　　頑張ります（頑張って）
19. デートします（デートして）歌います（歌って）　　調べます（調べて）
20. 答えます（答えて）　　　　掃除します（掃除して）通います（通って）

「句型 2」練習 B

1. 例：家に　入ります・靴を　脱ぎます
　　→　家に　入る　前に、　靴を　脱いで　ください。

　　①　来ます・連絡します
　　→　来る　前に、　連絡して　ください。
　　②　ご飯を　食べます・手を　洗います
　　→　ご飯を　食べる　前に、　手を　洗って　ください。
　　③　寝ます・薬を　飲みます
　　→　寝る　前に、　薬を　飲んで　ください。

2. 例：名前は　どこに　書きますか。（ここ）
　　→　ここに　書いて　ください。

　　①　資料は　何枚　コピーしますか。（10枚）
　　→　10枚　コピーして　ください。
　　②　保険証は　誰に　見せますか。（受付の　人）
　　→　受付の　人に　見せて　ください。
　　③　図書室の　鍵は　どこで　借りますか。（職員室）
　　→　職員室で　借りて　ください。

3. 例：今　調べます・ちょっと　待ちます
　　→　今　調べますから、　ちょっと　待って　ください。

　　①　もう　寝ます・静かに　します
　　→　もう　寝ますから、　静かに　して　ください。
　　②　お腹が　空きました・食事を　用意します
　　→　お腹が　空きましたから、　食事を　用意して　ください。
　　③　邪魔です・どこかへ　行きます
　　→　邪魔ですから、　どこかへ　行って　ください。

「句型3」練習B

1. 例：電車の　中で　寝ます（ドバイ）
　　→　ドバイでは、　電車の　中で　寝ては　いけません。

　① 子供を　一人に　します（アメリカ）
　　→　アメリカでは、　子供を　一人に　しては　いけません。
　② 政治家の　悪口を　言います（中国）
　　→　中国では、　政治家の　悪口を　言っては　いけません。
　③ 女性は　夫以外の　男性に　顔を　見せます（イスラム教の　国）
　　→　イスラム教の　国では、　女性は　夫以外の　男性に　顔を
　　　　見せては　いけません。

2. 例：さっき　お酒を　飲みました・車を　運転しません
　　→　さっき　お酒を　飲みましたから、　車を　運転しては　いけません。

　① まだ　高校生です・パチンコを　やりません
　　→　まだ　高校生ですから、　パチンコを　やっては　いけません。
　② ここは　軍事施設です・写真を　撮りません
　　→　ここは　軍事施設ですから、　写真を　撮っては　いけません。
　③ あなたは　もう　結婚しました・他の　女性と　デートしません
　　→　あなたは　もう　結婚しましたから、　他の　女性と　デートしては
　　　　いけません。

「句型 4」練習 B

---

1. 例：ここで　タバコを　吸います（OK）
　　→　A：ここで　タバコを　吸っても　いいですか。
　　　　B：ええ、　いいですよ。
　例：あなたの　パソコンを　使います（NG）
　　→　A：あなたの　パソコンを　使っても　いいですか。
　　　　B：いえ、　それは　ちょっと …。

① エアコンを　つけます（OK）

→　A：エアコンを　つけても　いいですか。

　　B：ええ、　いいですよ。

② 明日、　犬を　連れて　来ます（NG）

→　A：明日、　犬を　連れて　来ても　いいですか。

　　B：いえ、　それは　ちょっと...。

③ また　会いに　来ます（OK）

→　A：また　会いに　来ても　いいですか。

　　B：ええ、　いいですよ。

④ キスします（NG）

→　A：キスしても　いいですか。

　　B：いえ、　それは　ちょっと...。

2. 例：電車の　中では（水を　飲みます・お弁当を　食べません）

→　電車の　中では　水は　飲んでも　いいですが、
お弁当は　食べないで　ください。

① 室内では（話を　します・マスクを　外しません）

→　室内では　話は　しても　いいですが、　マスクは　外さないで
ください。

② 食事中には（テレビを　見ます・新聞を　読みません）

→　食事中には　テレビは　見ても　いいですが、
新聞は　読まないで　ください。

随堂測驗

一、填空題：

例：笑います：　　　（　笑う　）　→　（　笑わない　）　→　（　笑って　）

1. 待ちます：（待つ　　　）（待たない　　　）（待って　　　）

2. 呼びます：（呼ぶ　　　）（呼ばない　　　）（呼んで　　　）

3. 消します：（消す　　　）（消さない　　　）（消して　　　）

4. つけます：（つける　　　）（つけない　　　）（つけて　　　）
5. 覚えます：（覚える　　　）（覚えない　　　）（覚えて　　　）
6. 脱ぎます：（脱ぐ　　　　）（脱がない　　　）（脱いで　　　）
7. 静かに　します：（静かに　する）（静かに　しない）（静かに　して）
8. 連れて　来ます：（連れて　来る）（連れて　来ない）（連れて　来て）

二、選択題：

1. 車を　運転しますから、　お酒は　（　4　）。
　　1　飲みましょう　　　　　　　　　2　飲んで　ください
　　3　飲みませんか　　　　　　　　　4　飲まないで　ください

2. 暑いですから、　エアコンを　（　2　）　ください。
　　1　開けて　　　　　　　　　　　　2　つけて
　　3　開けって　　　　　　　　　　　4　つけって

3. 掃除したいですから、　部屋に　（　4　）　いいですか。
　　1　入っては　　　　　　　　　　　2　入らなくては
　　3　入らないでも　　　　　　　　　4　入っても

4. 図書館で　（　4　）　いけません。
　　1　騒ぐ　　　　　　　　　　　　　2　騒がなければ
　　3　騒いでも　　　　　　　　　　　4　騒いでは

5. 台湾（　3　）、　MRTの　中で　飲食を　しては　いけません。
　　1　で　　　　　　2　に　　　　　3　では　　　　　4　には

6. 財布を　忘れましたから、　1,000円　（　1　）　ください。
　　1　貸して　　　　　　　　　　　　2　借りて
　　3　貸しって　　　　　　　　　　　4　借りって

三、翻譯題：

1. 音楽を　聞きながら　宿題を　しても　いいですか。
   我可以一邊聽音樂一邊做作業嗎？
2. この　薬は、　1日に　2つ以上　飲んでは　いけません。
   這個藥，一天不能吃兩個以上。
3. うるさいから、　帰って　ください。
   因為你很吵／煩，所以請回去。
4. 會議開始之前，請影印這個資料。
   会議が　始まる　前に、　この　資料を　コピーして　ください。
5. 今天晚上你可以睡我家喔。
   今晩（は）　うちで　寝ても　いいですよ。
6. 不可以在這裡玩。快回去！
   ここで　遊んでは　いけません。　早く　帰ってください。

本書綜合練習

一、填空題：

01. 黄さんは　日本語（　が　）　わかります。
02. 黄さんは　日本語（　を　）　話す　こと（　が　）　できます。
03. この　アプリで　レストラン（　の　）　予約（　が　）　できます。
04. この　アプリで　レストラン（　を　）　予約する　こと（　が　）　できます。
05. ダニエルさんは　英語（　は　）　わかりますが、　フランス語（　は　）わかりません。
06. ジャックさんは　フランス語が　全然　わかり（　ません　）。
07. 昨日、　新宿（　へ／に　）　買い物（　に　）　行きました。
08. アメリカへ　経済を　勉強（　し　）に　行きます。
09. Ａ：食事は　もう　しましたか。　Ｂ：いいえ、　（　まだ　）です。
10. 新しい　先生（　には／に　）　もう　会いましたか。
11. 授業が　始まりますよ。　教室（　に　）　入りましょう。
12. 教室（　を　）　出る　前に、　電気を　消して　ください。
13. 昨日は　一人（　で　）　新宿へ　行きました。
14. 明日は　みんな（　で　）　花見に　行きます。
15. 鳥（　は　）　空（　を　）　飛びます。魚（　は　）　海（　を　）泳ぎます。
16. あっ、　猿（　が　）　木（　に　）　登りました。
17. 私（　は　）　彼女（　に　）　お金（　を　）　貸しました。
18. 辞書を　忘れましたから、　あなたの　辞書（　を　）　貸して　ください。
19. 中村さん（　に／から　）　お金を　借りないで　ください。
20. 銀行（　から　）　お金を　借りて　ください。
21. コーヒー（　を／が　）　飲みたいです。
22. 旅行に　行きたいです（　が　）、　時間が　ありません。
23. 今日、　学校（　で　）　運動会が　あります。
24. 私の　学校（　に／には　）　外国人の　学生が　います。

25. この資料、 もらって （ も ） いいですか。

26. ここで 写真を 撮って （ は ） いけません。

27. 廊下 （ を ） 走らないで ください。

28. 私の 大学 （ では ） 教室 （ で ） パソコンを 使うことが
できます。

二、選擇題：

01. 教室では 食事 （ ） できます （ ） 、 喫煙 （ ） できません。 （1）
   1　は／が／は　　　　　　　　　　　　2　が／は／が
   3　を／は／を　　　　　　　　　　　　4　を／が／を

02. A：昨日、 ご飯を 食べましたか。　B：いいえ、　（ 2 ）。
   1　食べません　　　　　　　　　　　　2　食べませんでした
   3　もう　食べます　　　　　　　　　　4　まだです

03. A：昼ごはんは　もう　食べましたか。
   B：いいえ、　（ 4 ）。　これから　食べます。
   1　食べません　　　　　　　　　　　　2　食べませんでした
   3　もう　食べます　　　　　　　　　　4　まだです

04. 私は　毎日　8時の　電車 （ 4 ）　乗ります。
   1　を　　　　　　2　で　　　　　　3　が　　　　　　4　に

05. (承上題) そして、　新宿駅で　電車 （ ）　降ります。 （1）
   1　を　　　　　　2　で　　　　　　3　が　　　　　　4　に

06. 恋人 （ ）　手紙 （ ）　書きました。 （2）
   1　と／に　　　　　2　に／を　　　　　3　へ／に　　　　　4　の／に

07. 音楽を 聞き （ **3** ）、 宿題を します。
   1 ますが   2 ますから
   3 ながら   4 たいから

08. 旅行に 行きたいです （ ）、 お金が ありません （ ）、
   行く ことが できません。（**4**）
   1 から／が   2 そして／でも
   3 しかし／が   4 が／から

09. 彼は お金持ちです （ **2** ）、 働かなくても いいです。
   1 が   2 から   3 しかし   4 でも

10. この薬は （ **3** ）前に 飲みます。
   1 寝ます   2 寝
   3 寝る   4 寝ります

11. 私の 趣味は 絵を （ **2** ）。
   1 描く ことが できます   2 描く ことです
   3 描きます   4 描きに 行きます

12. 彼女 （ **1** ） 来る 前に、 部屋を 片付けます。
   1 が   2 に   3 は   4 を

13. 食べながら （ **3** ） ください。
   1 話に   2 話   3 話さないで   4 話す

14. 料理 （ ） 私 （ ） 作りますから、 台所には 入らないで ください。
   （**2**）
   1 が／は   2 は／が   3 を／に   4 に／が

15. 月末（　**2**　）　在留カードを　更新して　ください。
　　1　まで　　　　　　　　2　までに　　　　　　3　前に　　　　　　　4　前は

16. 今　調べますから、　ここで　ちょっと　（　**2**　）　ください。
　　1　待て　　　　　　　　　　　　　　　　2　待って
　　3　待たないで　　　　　　　　　　　　　4　待ちないで

17　この辞書、　（　**2**　）　いいですか。
　　1　借りては　　　　　　　　　　　　　2　借りても
　　3　借りないでは　　　　　　　　　　　4　借りないでも

18. ここで　タバコを　（　**2**　）は　いけません。
　　1　吸いて　　　　　　　2　吸って　　　　　　3　吸んで　　　　　　4　吸して

穩紮穩打日本語 初級 4

解答

第 19 課

「句型 1」練習 B

1. 例：中村さん（資料を　調べます）
   →　A：中村さんは　何を　して　いますか。
   　　B：資料を　調べて　います。

   ① 陳さん（寝ます）
   →　A：陳さんは　何を　して　いますか。
   　　B：寝て　います。

   ② 林さん（テレビを　見ます）
   →　A：林さんは　何を　して　いますか。
   　　B：テレビを　見て　います。

   ③ ジャックさん（日本語を　勉強します）
   →　A：ジャックさんは　何を　して　いますか。
   　　B：日本語を　勉強して　います。

   ④ ルイさん（インスタの　写真を　撮ります）
   →　A：ルイさんは　何を　して　いますか。
   　　B：インスタの　写真を　撮って　います。

2. 例：宿題を　しましたか　→　A：宿題は　もう　しましたか。
   　　　　　　　　　　　　　　　　B：いいえ、　まだ　して　いません。

   ① 晩ご飯を　買いましたか
   →　A：晩ご飯は　もう　買いましたか。
   　　B：いいえ、　まだ　買って　いません。

   ② その　映画を　見ましたか
   →　A：その　映画は　もう　見ましたか。
   　　B：いいえ、　まだ　見て　いません。

③ 朴先輩が　来ましたか
　→　A：朴先輩は　もう　来ましたか。
　　　B：いいえ、　まだ　来て　いません。
④ 雨が　止みましたか
　→　A：雨は　もう　止みましたか。
　　　B：いいえ、　まだ　止んで　いません。

「句型2」練習B

1. 例：ルイさん（赤い　帽子・被ります）
　→　ルイさんは　赤い　帽子を　被って　います。

　① 陳さん（黒い　革靴・履きます）
　→　陳さんは　黒い　革靴を　履いて　います。
　② 林さん（ダイヤの　指輪・着けます）
　→　林さんは　ダイヤの　指輪を　着けて　います。
　③ 王さん（丸い　眼鏡・掛けます）
　→　王さんは　丸い　眼鏡を　掛けて　います。
　④ 中村さん（花柄の　シャツ・着ます）
　→　中村さんは　花柄の　シャツを　着て　います。
　⑤ 田村さん（青い　ネクタイ・します）
　→　田村さんは　青い　ネクタイを　して　います。

2. 例：小林さん・結婚します（いいえ）
　→　A：小林さんは　結婚して　いますか。
　　　B：いいえ、　結婚して　いません。

　① 伊藤部長・車を　持ちます（はい）
　→　A：伊藤部長は　車を　持って　いますか。　B：はい、　持って　います。
　② 陳さん・起きます（いいえ、まだ）
　→　A：陳さんは　起きて　いますか。
　　　B：いいえ、　まだ　起きて　いません。

③ 山田さん・来ます（はい、もう）
　→ 　A：山田さんは 来て いますか。 　B：はい、 もう 来て います。
④ あなた・私の 電話番号を 知ります（いいえ）
　→ 　A：あなたは 私の 電話番号を 知って いますか。
　　　 B：いいえ、 知りません。

「句型 3」練習 B

1. 例：いつも どこで 野菜を 買って いますか。（スーパー）
　→ 　スーパーで 買って います。

① 毎朝 何を 飲んで いますか。（サプリ）
　→ 　サプリを 飲んで います。
② あれは どこで 売って いますか。（デパート）
　→ 　デパートで 売って います。
③ 誰に 日本語を 習って いますか。（田中先生）
　→ 　田中先生に 習って います。
④ 今、 どの 大学に 通って いますか。（イロハ大学）
　→ 　イロハ大学に 通って います。
⑤ あの 会社は 何を 作って いますか。（スマホ）
　→ 　スマホを 作って います。

「句型 4」練習 B

1. 例：彼女に 会います・大事な 話を しました
　→ 　彼女に 会って、 大事な 話を しました。

① 病院へ 行きます・薬を もらいました
　→ 　病院へ 行って、 薬を もらいました。
② Suica に チャージします・改札口で タッチします
　→ 　Suica に チャージして、 改札口で タッチします。

③ 昼は　30分　寝ます・午後　3時まで　勉強します
　→　昼は　30分　寝て、　午後　3時まで　勉強します。

2. 例：受付で　資料を　もらいます・右側の　会場に　入ります
　→　受付で　資料を　もらって、　右側の　会場に　入って　ください。

① レポートを　書きます・上司に　出します
　→　レポートを　書いて、　上司に　出して　ください。
② アプリを　ダウンロードします・会員登録します
　→　アプリを　ダウンロードして、　会員登録して　ください。
③ ファイルを　保存します・パソコンの　電源を　切ります
　→　ファイルを　保存して、　パソコンの　電源を　切って　ください。

随堂測驗

一、填空題：

1. あっ、　鳥（　が　）　空を　飛んで　いますよ。
2. 鳥（　は　）空を　飛びます。　魚（　は　）　海を　泳ぎます。
3. A：子供たちは　どこですか。
　 B：子供たち（　は　）　公園で　遊んで　います。
4. あっ、　子供たち（　が　）　公園で　遊んで　いますね。　賑やかですね。
5. A：陳さん、　来ましたか。　B：陳さん（　は　）　もう　来て　いますよ。
6. お客さん（　が　）　来て　いますよ。
7. A：その　ことを　知って　いますか。　B：いいえ、　（　知りません　）。
8. A：昼ごはんは　もう　食べましたか。
　 B：いいえ、　まだ　（　食べて　いません　）。

二、選擇題：

1. A：昨日、　宿題を　しましたか。　B：いいえ、　（　3　）。
　 1　しません　　　　　　　　　　　　　　2　まだ　して　いません

309

3　しませんでした　　　　　　　4　まだ　しませんでした

2. A：もう　宿題を　しましたか。
　　B：いいえ、　（　2　）。　これから　します。
　　1　しません　　　　　　　　　　2　まだ　して　いません
　　3　しませんでした　　　　　　　4　まだ　しませんでした

3. これから　買い物に　（　1　）。
　　1　行きます　　　　　　　　　　2　行きました
　　3　行って　います　　　　　　　4　行って　いません

4. A：林さんは　どこですか。　　B：買い物に　（　3　）よ。
　　1　行きます　　　　　　　　　　2　行きません
　　3　行って　います　　　　　　　4　行って　いません

5. 陳さんは　黒い　ネクタイを　（　1　）　います。
　　1　して　　　　　2　着て　　　　　　3　掛けて　　　　　4　被って

6. 昨日の　晩、　宿題を　（　3　）　寝ました。
　　1　しながら　　　　2　するから　　　　　3　して　　　　　4　するが

三、翻譯題：

1. 朝　起きて、　犬の　散歩を　して、　それから　出掛けます。
　　早上起床後，帶狗散步，然後出門。
2. タブレットは　どこで　売って　いますか。
　　平板電腦哪裡有在賣？
3. 下落合駅から　西武新宿線に　乗って、高田馬場駅で　東西線に
　　乗り換えます。
　　從下落合站搭西武新宿線，在高田馬場站轉乘東西線。
4. 小陳住在目白。

陳さんは　目白に　住んで　います。

5. 林小姐在日本語學校學日文。

林さんは　日本語学校で　日本語を　学んで　います。

6. 沖個澡，看個 YouTube 影片，然後就睡了。

シャワーを　浴びて、　YouTube の　動画を　見て、　それから　寝ました。

「句型 1」練習 B

1. 例：結婚します・留学しました
   → A：結婚する　前に　留学しましたか。
   　　B：いいえ、　結婚してから　留学しました。

   ① 日本に　行きます・留学ビザを　取りました
   → A：日本に　行く　前に　留学ビザを　取りましたか。
   　　B：いいえ、　日本に　行ってから　取りました。
   ② 家に　帰ります・晩ご飯を　食べます
   → A：家に　帰る　前に　晩ご飯を　食べますか。
   　　B：いいえ、　（家に）　帰ってから　（晩ご飯を）　食べます。
   ③ お金を　入れます・自動販売機の　ボタンを　押します
   → A：お金を　入れる　前に　自動販売機の　ボタンを　押しますか。
   　　B：いいえ、　（お金を）　入れてから　（ボタンを）　押します。

2. 例：ビールを　飲みますか。（仕事が　終わります）
   → ビールは　仕事が　終わってから　飲みます。

   ① 家を　買いますか。（永住権を　取ります）
   → 家は　永住権を　取ってから　買います。
   ② あの　映画を　見ますか。（DVD が　出ます）
   → あの　映画は　DVD が　出てから　見ます。
   ③ 彼女に　プロポーズを　しますか。（次の　仕事が　決まります）
   → プロポーズは　次の　仕事が　決まってから　します。

「句型 2」練習 B

1. 例：これ・食べます（OK）
   → Ａ：これを　食べて　みても　いいですか。　Ｂ：ええ、　どうぞ。
   例：この　布・触ります（NG）
   → Ａ：この　布を　触って　みても　いいですか。
     Ｂ：すみません、　ちょっと。

   ① この　箱・開けます（OK）
   → Ａ：この　箱を　開けて　みても　いいですか。　Ｂ：ええ、　どうぞ。
   ② あなたの　スマホ・使います（NG）
   → Ａ：あなたの　スマホを　使って　みても　いいですか。
     Ｂ：すみません、　ちょっと。
   ③ この　靴・履きます（OK）
   → Ａ：この　靴を　履いて　みても　いいですか。　Ｂ：ええ、　どうぞ。

2. 例：パソコン・使います
   → パソコンは、　買う　前に　使って　みて　ください。

   ① スーツ・着ます
   → スーツは、　買う　前に　着て　みて　ください。
   ② ソファ・座ります
   → ソファは、　買う　前に　座って　みて　ください。
   ③ ベッド・寝ます
   → ベッドは、　買う　前に　寝て　みて　ください。

「句型 3」練習 B

1. 例：鍵を　忘れました・部屋に　戻って　取ります
   → 鍵を　忘れましたから、　部屋に　戻って　取って　きます。

   ① 用事が　あります・出掛けます
   → 用事が　ありますから、　出掛けて　きます。
   ② 現金が　足りません・お金を　下ろします

→ 現金が　足りませんから、　お金を　下ろして　きます。

③ 友達が　台湾に　来ました・空港へ　迎えに　行きます

→ 友達が　台湾に　来ましたから、　空港へ　迎えに　行って　きます。

2. 例：大事な　テストです・勉強します

→ 大事な　テストですから、　勉強して　きて　ください。

① 今夜、　家で　映画を　見ます・ポップコーンを　買います

→ 今夜、　家で　映画を　見ますから、　ポップコーンを　買って
きて　ください。

② 会場では　お弁当を　売って　いません・家で　ご飯を　食べます

→ 会場では　お弁当を　売って　いませんから、　家で　ご飯を
食べて　きて　ください。

③ パスポートを　見せなければ　なりません・持ちます

→ パスポートを　見せなければ　なりませんから、　持って　きて
ください。

「句型４」練習Ｂ

1. 例：明日は　入社式です・スーツを　着ます

→ 明日は　入社式ですから、　スーツを　着て　いきます。

① 大事な　お客様に　会います・ネクタイを　します

→ 大事な　お客様に　会いますから、　ネクタイを　して　いきます。

② 日差しが　強いです・帽子を　被ります

→ 日差しが　強いですから、　帽子を　被って　いきます。

③ 山道を　歩きます・登山靴を　履きます

→ 山道を　歩きますから、　登山靴を　履いて　いきます。

④ 山の　中には　虫が　います・長ズボンを　穿きます

→ 山の　中には　虫が　いますから、　長ズボンを　穿いて　いきます。

⑤ 物が　多いです・リュックを　背負います

→ 物が　多いですから、　リュックを　背負って　いきます。

一、填空題：

1. お父さん （ が ） 帰って きてから、 晩ご飯を 食べましょう。
2. 国へ 帰るまで （ に ）、 富士山に 登って みたいです。
3. あっ、 鳥 （ が ） 飛んで きました。
4. A：陳さん （ は ） どこですか。
　　B：陳さん （ は ） 帰って いきましたよ。
5. もう 入って （ き ）ても いいですよ。
6. うるさい！ 出て （ いっ ）て ください。
7. これ、 美味しいですよ。 食べて （ み ）て ください。
8. すぐ 戻って きますから、 ここで 待って （ い ）て ください。

二、選擇題：

1. ご飯を （ 2 ） スーパーへ 行きます。
　 1　食べながら　　　　　　　　　　2　食べてから
　 3　食べて　前に　　　　　　　　　4　食べたが

2. 昨日、 風邪を （ 3 ）、 会社を 休みました。
　 1　引いてから　　　　　　　　　　2　引いた　前に
　 3　引いて　　　　　　　　　　　　4　引く　前に

3. この 単語の 意味が わかりませんから、 辞書で （ 2 ） みます。
　 1　調べる　　　　　　　　　　　　2　調べて
　 3　調べ　　　　　　　　　　　　　4　調べって

4. 誰か 来ましたね。 ちょっと （ 2 ）。
　 1　見て　いきます　　　　　　　　2　見て　きます
　 3　来て　みます　　　　　　　　　4　行って　みます

5.毎日、　家から　会社まで　（　3　）。
　　1　行って　あるきます　　　　　　2　歩きに　いきます
　　3　歩いて　いきます　　　　　　　4　歩いて　みます

6.新しい　シャツを　買って　（　）ました。　着て　（　）て　ください。（2）
　　1　み／い　　　　　　　　　　　　2　き／み
　　3　い／き　　　　　　　　　　　　4　いき／み

三、翻譯題：

1.ケーキは　みんなが　来てから　食べましょう。
　蛋糕等大家都來了再吃吧。
2.家を　買う　前に、　いろんな　情報を　調べて　みます。
　買房子之前，查詢看看各種情報。
3.猫を　飼っては　いけません。　捨てて　きて　ください。
　不可以養貓。（抓）去丟掉
4.我去買個果汁就回來，請在這裡稍等一下。
　ジュースを　買って　きますから、　ここで　待って　いて　ください。
5.正在下雨。你拿我的雨傘去。
　雨が　降って　います。　私の　傘を　持って　いって　ください。
6.我想去杜拜看看。
　ドバイへ　行って　みたいです。

「句型 1」練習B

01. 渡ります （渡った）	歩きます（歩いた）	下ります（下りた）
02. コピーします（コピーした）	結婚します（結婚した）	入ります（入った）
03. 乗ります （乗った）	予約します（予約した）	疲れます（疲れた）
04. 飲みます （飲んだ）	見ます（見た）	話します（話した）
05. もらいます （もらった）	読みます（読んだ）	書きます（書いた）
06. 遊びます （遊んだ）	支払います（支払った）	留学します（留学した）
07. 勉強します （勉強した）	寝ます（寝た）	できます（できた）
08. 別れます （別れた）	働きます（働いた）	休みます（休んだ）
09. 起きます （起きた）	始まります（始まった）	運転します（運転した）
10. 終わります （終わった）	帰ります（帰った）	食べます（食べた）
11. 貸します （貸した）	借ります（借りた）	喫煙します（喫煙した）
12. 教えます （教えた）	聞きます（聞いた）	旅行します（旅行した）
13. 買います （買った）	習います（習った）	飛びます（飛んだ）
14. 登ります （登った）	座ります（座った）	着きます（着いた）
15. 泳ぎます （泳いだ）	出ます（出た）	降ります（降りた）
16. 会います （会った）	あります（あった）	撮ります（撮った）
17. います （いた）	吸います（吸った）	わかります（わかった）
18. やります （やった）	浴びます（浴びた）	頑張ります（頑張った）
19. デートします（デートした）	歌います（歌った）	調べます（調べた）
20. 答えます （答えた）	掃除します（掃除した）	通います（通った）

「句型 2」練習B

1. 例：運動しました・シャワーを　浴びたいです

　→　運動した　後で、　シャワーを　浴びたいです。

① ご飯を　食べました・激しい　運動は　しないで　ください

→　ご飯を　食べた　後で、　激しい　運動は　しないで　ください。

② 宿題が　終わりました・テレビを　見ても　いいですか

→　宿題が　終わった　後で、　テレビを　見ても　いいですか。

③ 会議・レポートを　書かなければ　なりません

→　会議の　後で、　レポートを　書かなければ　なりません。

④ 仕事・同僚と　お酒を　飲みながら　話を　しました

→　仕事の　後で、　同僚と　お酒を　飲みながら　話を　しました。

2. 例：いつ　散歩に　行きますか。（晩ご飯を　食べました）

→　晩ご飯を　食べた　後で　行きます。

① いつ　宿題を　しますか。（テレビを　見ました）

→　テレビを　見た　後で　します。

③ いつ　出掛けますか。（母が　帰って　きました）

→　母が　帰って　きた　後で　出掛けます。

② 家に　帰る　前に、　晩ご飯を　食べますか。

　（いいえ、　家に　帰りました）

→　いいえ、　家に　帰った　後で　食べます。

④ 会社を　出る　前に、　奥さんに　電話を　しますか。

　（いいえ、　居酒屋に　着きました）

→　いいえ、　居酒屋に　着いた　後で　電話します。

「句型 3」練習 B

1. 例：寝る　前に、　しないで　ください。

　　（スマホを　見ます・パソコンを　使います）

→　寝る　前に　スマホを　見たり、　パソコンを　使ったり　しないで

　　ください。

　① 大学に　入った　後で、　しても　いいです。

　　（アルバイトします・女の子と　デートします）

→ 大学に　入った　後で、　アルバイトしたり、　女の子と　デートしたり
　　しても　いいです。

② 死ぬまでに、　したいです。
　　（世界旅行を　します・美味しい　物を　食べます）
→ 死ぬまでに、　世界旅行を　したり、　美味しい　物を　食べたり
　　したいです。

③ 出張の　前に、　しなければ　なりません。
　　（ホテルを　予約します・出張先の　都合を　確認します）
→ 出張の　前に、　ホテルを　予約したり、　出張先の　都合を
　　確認したりしなければ　なりません。

④ 結婚する　前に、　しなくても　いいです。
　　（彼氏の　部屋を　掃除します・洗濯物を　洗濯します・）
→ 結婚する　前に、　彼氏の　部屋を　掃除したり、
　　洗濯物を　洗濯したりしなくても　いいです。

「句型４」練習Ｂ

---

1. 例：外国語を　習います（はい）
　→ Ａ：外国語を　習った　ことが　ありますか。　Ｂ：はい、　あります。
　例：大統領に　会います（いいえ）
　→ Ａ：大統領に　会った　ことが　ありますか。　Ｂ：いいえ、　ありません。

① ネットの　人工知能を　使います（はい）
→ Ａ：ネットの　人工知能を　使った　ことが　ありますか。
　　Ｂ：はい、　あります。

② 友達と　喧嘩します（いいえ）
→ Ａ：友達と　喧嘩した　ことが　ありますか。
　　Ｂ：いいえ、　ありません。

③ 病気で　学校を　休みます（はい）
→ Ａ：病気で　学校を　休んだ　ことが　ありますか。
　　Ｂ：はい、　あります。

④ 怪我で　入院します（いいえ）
→　A：怪我で　入院した　ことが　ありますか。
　　B：いいえ、　ありません。

2.例：アメリカへ　行きます（一度も　ありません）
→　アメリカは　一度も　行った　ことが　ありません。

① ドリアンを　食べます（一度　あります）
→　ドリアンは　一度　食べた　ことが　あります。
② 仕事に　遅刻します（一度も　ありません）
→　仕事（に）は　一度も　遅刻した　ことが　ありません。

随堂測驗

一、填空題：

例：笑います　　　　（　笑って　　　）　→　（　笑った　　　　）
1.売ります　：　（　売って　　　）　　　（　売った　　　　）
2.穿きます　：　（　穿いて　　　）　　　（　穿いた　　　　）
3.止みます　：　（　止んで　　　）　　　（　止んだ　　　　）
4.調べます　：　（　調べて　　　）　　　（　調べた　　　　）
5.入れます　：　（　入れて　　　）　　　（　入れた　　　　）
6.着ます　　：　（　着て　　　　）　　　（　着た　　　　　）
7.喧嘩します：　（　喧嘩して　　）　　　（　喧嘩した　　　）
8.大人に　なります：　（大人に　なって）　　　（大人に　なった）

二、選擇題：

1.仕事が　（　4　）、　飲みに　行きましょう。
　1　終わる　前に　　　　　　　2　終わる　後で
　3　終わった　前に　　　　　　4　終わった　後で

2. 毎晩、 テレビを 見たり、 音楽を （ **2** ）。
 1　聞きます　　　　　　　　　　　　　　 2　聞いたり　します
 3　聞きました　　　　　　　　　　　　　 4　聞いたり　しました

3. 私は 風邪を （ **4** ） ことが 一度も ありません。
 1　引く　　　　　2　引かない　　　　 3　引いて　　　　　4　引いた

4. この 薬は、 ご飯を 食べる （ **1** ） 飲みます。
 1　前に　　　　　2　後で　　　　　 3　前で　　　　　4　後に

5. （ ）たり　（ ）たり　しないで　ください。 **（1）**
 1　いっ／き　　　　　　　　　　　　　　 2　いき／きっ
 3　いき／き　　　　　　　　　　　　　　 4　いっ／きっ

6. 車の 事故（ ） 入院した ことが あります。 **（3）**
 1　に　　　　　　2　は　　　　　　 3　で　　　　　　 4　が

三、翻譯題：

1. 話が ありますから、 食事の 後で 電話を ください。
 我有事要告訴你（我有話要說），請你飯後給我電話。
2. 私は 外国で 外国人に 中国語を 教えた ことが あります。
 我曾經在國外教外國人中文過。
3. 隣の 人と 話したり、 スマホを 見たり しないで ください。
 請不要跟旁邊的人講話，或看智慧型手機之類的。
4. 昨天我在家裡讀讀書，聽聽音樂。
 昨日、 家で 本を 読んだり、 音楽を 聞いたり しました。
5. 你有學過英文嗎？
 英語を 習った ことが ありますか。
6. 跑步之後，淋浴。
 走った 後（ジョギングの 後）、 シャワーを 浴びます。

「句型 1」練習 B

1. 例：これは　かばんです。（イタリアで　買いました。）
   →　これは　イタリアで　買った　かばんです。

   ① これは　ケーキです。（私が　作りました。）
   →　これは　私が　作った　ケーキです。
   ② これは　タブレットです。（陳さんに　借りました。）
   →　これは　陳さんに　借りた　タブレットです。
   ③ これは　お菓子です。（子供が　食べます。）
   →　これは　子供が　食べる　お菓子です。
   ④ これは　辞書です。（外国人が　使います。）
   →　これは　外国人が　使う　辞書です。

2. 例：パンは　美味しいです。（あの　店で　売って　います。）
   →　あの　店で　売って　いる　パンは　美味しいです。

   ① 番組は　つまらないです。（子供が　見ます。）
   →　子供が　見る　番組は　つまらないです。
   ② 部屋は　広いです。（王さんが　住んで　います。）
   →　王さんが　住んで　いる　部屋は　広いです。
   ③ 場所は　寒かったです。（先週　彼女と　行きました。）
   →　先週　彼女と　行った　場所は　寒かったです。
   ④ 映画は　面白かったです。（昨日　見ました。）
   →　昨日　見た　映画は　面白かったです。

「句型 2」練習 B

1. 例：教室には　学生が　います。（寝て　います）
　　→　教室には　寝て　いる　学生が　います。

　① 人は　前に　来て　ください。（宿題を　しませんでした）
　→　宿題を　しなかった　人は　前に　来て　ください。
　② 私は　弟に　手紙を　書きました。（アメリカに　留学して　います）
　→　私は　アメリカに　留学して　いる　弟に　手紙を　書きました。
　③ マンションを　買いました。（駅前に　あります）
　→　駅前に　ある　マンションを　買いました。
　④ 私は　男性が　好きです。（仕事が　できます）
　→　私は　仕事が　できる　男性が　好きです。
　⑤ 物は　捨てて　きて　ください。（要りません）
　→　要らない　物は　捨てて　きて　ください。
　⑥ 魚は　私が　食べます。（腐りました）
　→　腐った　魚は　私が　食べます。

2. 例：明日、　予定が　あります（病院に　行きます）
　　→　明日、　病院に　行く　予定が　あります。

　① 時間が　ありません（彼女に　会います）
　→　彼女に　会う　時間が　ありません。
　② 約束を　しました（友達と　遊ぶ）
　→　友達と　遊ぶ　約束を　しました。
　③ 昨日　予定でした。（市役所に　行く）
　→　昨日、　市役所に　行く　予定でした。

「句型３」練習Ｂ

---

1. 例：赤い　帽子を　被って　います
　　→　あの　赤い　帽子を　被って　いる　人は　誰ですか。

　① 花柄の　シャツを　着て　います

→　あの　花柄の　シャツを　着て　いる　人は　誰ですか。

②青い　ネクタイを　して　います

　　→　あの　青い　ネクタイを　して　いる　人は　誰ですか。

③丸い　眼鏡を　掛けて　います

　　→　あの　丸い　眼鏡を　掛けて　いる　人は　誰ですか。

2. 例：男性と　結婚しないで　ください。（お金が　ありません）

　　→　お金が　ない　男性と　結婚しないで　ください。

①写真を　インスタに　載せないで　ください。（部屋で　撮りました）

　　→　部屋で　撮った　写真を　インスタに　載せないで　ください。

②本は　返さなければ　なりません。（図書館で　借りました）

　　→　図書館で　借りた　本は　返さなければ　なりません。

③資料を　用意して　ください。（入管に　提出します）

　　→　入管に　提出する　資料を　用意して　ください。

「句型 4」練習 B

1. 例：去年、　パリへ　行きました・エッフェル塔を　見ました

　　→　去年　パリへ　行った　時、　エッフェル塔を　見ました。

①去年、　パリへ　行きます・パスポートを　作りました。

　　→　去年、　パリへ　行く　時、　パスポートを　作りました。

随堂測驗

一、填空題：

例：眼鏡を　掛けて　います　　　→　眼鏡を　掛けて　いる　人

1. お酒を　飲みました　　　　　　→　お酒を　飲んだ　人
2. お金を　持って　います　　　　→　お金を　持って　いる　人

3. 彼女と　結婚しました　　　　　→　彼女と　結婚した　人
4. コーヒーを　買って　きます　→　コーヒーを　買って　くる　人
5. お金が　ありません　　　　　　→　お金が　ない　人
6. 時間が　ありませんでした　　　→　時間が　なかった　人
7. 旅行に　行きませんでした　　　→　旅行に　行かなかった　人
8. この　ゲームを　やって　みます→　この　ゲームを　やって　みる　人

二、選択題：

1. これは　母（　2　）　作った　料理です。
　　1　は　　　　　　　　2　が　　　　　　　　3　を　　　　　　　4　×

2. あの　赤い服（　4　）　着て　いる　人は　王さんです。
　　1　は　　　　　　　　2　が　　　　　　　　3　で　　　　　　　4　を

3. 昨日、　パーティーで　（　1　）　人は　ワタナベ商事の　社長です。
　　1　会った　　　　　　　　　　　　2　会う
　　3　会って　　　　　　　　　　　　4　会います

4. 去年、　旅行に　（　2　）　予定でしたが、　行きませんでした。
　　1　行った　　　　　　　　　　　　2　行く
　　3　行って　　　　　　　　　　　　4　行きます

5. 家へ　（　3　）　時、　靴下を　脱ぎました。
　　1　帰る　　　　　　2　帰らない　　　　　3　帰った　　　　4　帰って

6. テレビを　（　1　）　時、　眼鏡を　掛けます。
　　1　見る　　　　　　2　見ない　　　　　3　見た　　　　4　見て

三、翻譯題：

1. 要らない　物は　もらっても　いいですか。
   不要的東西我可以拿嗎？
2. 若い　時、　たくさんの　女性と　デート　しました。
   年輕的時候，我跟很多女性約了會。
3. 林さんが　作った　ケーキは、　みんなが　来てから　食べましょう。
   林小姐做的蛋糕，等大家都來了之後再吃吧。
4. 已經結婚（目前為婚姻狀態）的人，請舉手。
   結婚して　いる　人、　手を　挙げて　ください。
5. 單字的意思不懂時，會用字典查詢。
   単語／言葉の　意味が　わからない　時、　辞書で　調べます。
6. 去年去巴黎的時候，買了 LV 包包（包包在巴黎買的）。
   去年、　パリへ　行った　時、　ルイ・ヴィトンの　かばんを　買いました。

「句型 1」練習 B

1. 例：彼女と　います・楽しいです
　　→　彼女と　いるのは　楽しいです。

　① お酒を　飲みます・体に　よくないです
　→　お酒を　飲むのは　体に　よくないです。
　② 子供が　一人で　外国へ　行きます・危ないです
　→　子供が　一人で　外国へ　行くのは　危ないです。
　③ 外国人に　日本語を　教えます・難しいです
　→　外国人に　日本語を　教えるのは　難しいです。
　④ お風呂に　入ります・気持ちが　いいです
　→　お風呂に　入るのは　気持ちが　いいです。

2. 例：事業（始めます・続きます）
　　→　事業は　始めるのは　簡単ですが、　続けるのは　難しいです。

　① 大学（入ります・卒業します）
　→　大学は　入るのは　簡単ですが、　卒業するのは　難しいです。
　② 子供（生みます・育てます）
　→　子供は　産むのは　簡単ですが、　育てるのは　難しいです。
　③ 物（買います・売ります）
　→　物は　買うのは　簡単ですが、　売るのは　難しいです。

「句型 2」練習 B

1. 例：私は　嫌いです（部屋を　片付けます）
　　→　私は　部屋を　片付ける　のが　嫌いです。

① 王さんは　速いです（走ります）
→　王さんは　走るのが　速いです。
② 林さんは　遅いです（食べます）
→　林さんは　食べるのが　遅いです。
③ 息子は　得意です（友達を　作る）
→　息子は　友達を　作るのが　得意です。
④ 私は　苦手です（他人に　笑顔を　見せます）
→　私は　他人に　笑顔を　見せるのが　苦手です。
⑤ 彼女は　上手です（人を　操ります）
→　彼女は　人を　操るのが　上手です。
⑥ 彼氏は　下手です（嘘を　つきます）
→　彼氏は　嘘を　つくのが　下手です。

「句型 3」練習 B

1. 例：さっき　陳さんは　教室を　出て　いきました・わたしは　見ました
→　私は　さっき、　陳さんが　教室を　出て　いったのを　見ました。

① 部屋の　電気を　消します・私は　忘れました
→　私は、　部屋の　電気を　消すのを　忘れました。
② 彼女は　部屋で　泣いて　います・私は　聞きました。
→　私は、　彼女が　部屋で　泣いて　いるのを　聞きました。
③ おばあちゃんは　階段を　降ります・私は　手伝いました。
→　私は、　おばあちゃんが　階段を　降りるのを　手伝いました。
④ おじいちゃんが　来ます・待って　ください。
→　おじいちゃんが　来るのを　待って　ください。

2. 例：商店街へ　行きました・財布を　持って　いきませんでした
→　商店街へ　行きましたが、　財布を　持って　いくのを　忘れました。

① お弁当を　買いました・お箸を　もらいませんでした
→　お弁当を　買いましたが、　お箸を　もらうのを　忘れました。

328

② レストランの　予約を　キャンセルしました・彼女に　言いませんでし
→　レストランの　予約を　キャンセルしましたが、
　　彼女に　言うのを　忘れました。
③ 写真を　インスタに　投稿しました・非公開に　しませんでした
→　写真を　インスタに　投稿しましたが、
　　非公開に　するのを　忘れました。

「句型 4」練習 B

1. 例：日本で　生活します・要ります（月 30 万円）
　→　Ａ：日本で　生活するのに　いくら　要りますか。
　　　Ｂ：月 30 万円は　要ります。

① 木造の　家を　建てます・必要です（坪 100 万円）
→　Ａ：木造の　家を　立てるのに　いくら　必要ですか。
　　　Ｂ：坪 100 万円は　必要です。
② アメリカに　留学します・かかります（年に　5 万ドル）
→　Ａ：アメリカに　留学するのに　いくら　かかりますか。
　　　Ｂ：年に　5 万ドルは　かかります。
③ ここの　漫画を　全部　買います・要ります（50 万円）
→　Ａ：ここの　漫画を　全部　買うのに　いくら　要りますか。
　　　Ｂ：50 万円は　要ります。

2. 例：車を　1 台　作ります・何時間　かかりますか（だいたい　10 時間）
　→　Ａ：車を　1 台　作るのに　何時間　かかりますか。
　　　Ｂ：だいたい　10 時間　かかります。

① 本を　1 冊　書きます・どのくらい　かかりますか。
　　（1 ヶ月から　1 年くらい）
→　Ａ：本を　1 冊　書くのに　どのくらい　かかりますか。
　　　Ｂ：1 ヶ月から　1 年くらい　かかります。

② この　機械を　運びます・何人　必要ですか。（男の　人　3人）
　→　A：この　機械を　運ぶのに　何人　必要ですか。
　　　B：男の　人　3人　必要です。
③ 飛行機で　世界一周を　します・何時間　必要ですか。（60時間以上）
　→　A：飛行機で　世界一周を　するのに　何時間　必要ですか。
　　　B：60時間以上　必要です。

随堂測驗

一、填空題：

1. 一人で　子供を　育てるの　（　は　）　大変です。
2. あの　先生は　教えるの　（　が　）　下手です。
3. 薬を　飲むの　（　を　）　忘れないで　ください。
4. 留学ビザを　取るの　（　に　）　1ヶ月　かかりました。
5. 毎日　お酒を　飲むのは　体　（　に　）　悪いです。
6. 運動するのは　気持ち　（　が　）　いいです。
7. この　マンションを　買うのに、　2億円　（　×／も　）　かかりました。
8. YouTube の　動画を　非公開　（　に　）　しました。

二、選擇題：

1. 働きながら、　大学に　通う（　2　）　大変です。
　　1　のを　　　　　　　2　のは　　　　　　　3　のに　　　　　　4　のと

2. 彼は　子供と　遊ぶ（　1　）　大好きです。
　　1　のが　　　　　　　2　のを　　　　　　　3　のに　　　　　　4　ので

3. さっき　薬を　（　3　）　のを　忘れました。
　　1　飲みます　　　　　2　飲みました　　　　3　飲んだ　　　　　4　飲んで

330

4. 会社を　始めるのに　50万円（　2　）　必要です。
　　1　を　　　　　　　　　2　は　　　　　　　　3　に　　　　　　　　　4　か

5. 恋人（　）　来るの（　）　待って　います。（4）
　　1　は／が　　　　　　　2　が／は　　　　　　　3　は／に　　　　　　　4　が／を

6. 子供を　育てるのに、（　4　）。
　　1　大変ですが　楽しいです　　　　　　　2　時間が　経つのが　速いです
　　3　邪魔しないで　ください　　　　　　　4　年に　100万は　必要です

三、翻譯題：

1. YouTubeの　動画を　見るのは　楽しいですが、　撮るのは　大変です。
　看YouTube的影片很有趣（開心），但要拍很辛苦。
2. 東京で　アパートを　借りるのに　いくらぐらい　かかりますか。
　在東京租（木造）公寓要花多少錢呢？
3. 楽して　稼ぐ　方法を　教えて　ください。
　請告訴我輕鬆賺錢的方法。
4. 我討厭打掃房間。
　（私は）　部屋を　掃除するのが　嫌いです。
5. 一個人去旅行很危險。
　一人で　旅行に　行くのは　危険です／危ないです。
6. 你知道鈴木先生正在跟山田小姐交往嗎？
　鈴木さんが　山田さんと　付き合って　いるのを　知って　いますか。

「句型 1」練習 B

1. 例：これから　勉強します。　→　これから　勉強する。

① 私は　もう　帰ります。　→　私は　もう　帰る。
② 社長は　もう　会社を　出ました。　→　社長は　もう　会社を　出た。
③ 昨日、　何も　食べませんでした。　→　昨日、　何も　食べなかった。
④ 妻は　料理が　できません。　→　妻は　料理が　できない。
⑤ ちょっと　座りませんか。　→　ちょっと　座らない？
⑥ 私は　お金が　ありません。　→　私は　お金が　ない。
⑦ 頑張りましたが、　失敗しました。　→　頑張ったが、　失敗した。
⑧ 私の　名前を　知って　いますか。
　→　僕／俺／私の　名前を　知って　（い）る？

2. 例：コーヒーを　飲みますか。（うん）　→　A：コーヒー　飲む？
　　　　　　　　　　　　　　　　　　　　　　　　B：うん、　飲む。

① お弁当を　もう　買いましたか。（うん、もう）
　→　A：お弁当（を）　もう　買った？
　　　B：うん、　もう　買った。
② 昼ごはんを　食べましたか。（ううん、まだ）
　→　A：昼ごはん（を）　食べた？
　　　B：ううん、　まだ　食べて　（い）ない。
③ 昨日、　誰に　会いましたか。（誰にも）
　→　A：昨日、　誰に　会った？
　　　B：誰にも　会わなかった。

「句型 2」練習 B

1. 例：日本は　物価が　安いです。　→　日本は　物価が　安い。

　① 今日は　あまり　寒く　ないです。　→　今日は　あまり　寒く　ない。
　② 昨日の　試験は　とても　難しかったです。
　→　昨日の　試験は　とても　難しかった。
　③ 去年の　忘年会は　楽しく　なかったです。
　→　去年の　忘年会は　楽しく　なかった。
　④ 私は　何も　欲しく　ないです。　→　私は　何も　欲しく　ない。
　⑤ お寿司が　食べたいです。　→　お寿司が　食べたい。

2. 例：バナナと　りんごと　どちらが　美味しいですか。（どちらも）
　→　Ａ：バナナと　りんごと　どっちが　美味しい？
　　　Ｂ：どっちも　美味しい（よ）。

　① 日本で　どこが　一番　人が　多いですか。（東京）
　→　Ａ：日本で　どこが　一番　人が　多い？
　　　Ｂ：東京が　一番　人が　多い（よ）。
　② 旅行は　楽しかったですか。（ううん）
　→　Ａ：旅行は　楽しかった？
　　　Ｂ：ううん、　楽しく　なかった。
　③ マンションと　戸建と　どちらが　いいですか。（マンション）
　→　Ａ：マンションと　戸建と　どっちが　いい？
　　　Ｂ：マンションの　ほうが　いい。
　④ 誰と　ハワイへ　行きたいですか。（恋人）
　→　Ａ：誰と　ハワイへ　行きたい？
　　　Ｂ：恋人と　行きたい。
　⑤ 誕生日プレゼントに　何が　欲しいですか。（現金）
　→　Ａ：誕生日プレゼントに　何が　欲しい？
　　　Ｂ：現金が　欲しい。

「句型 3」練習 B

1. 例：明菜ちゃんは　綺麗です。　→　明菜ちゃんは　綺麗（だ）。

① 陳さんは　中国人では　ありません。　→　陳さんは　中国人じゃ　ない。
② 聖子ちゃんは、　昔　とても　有名でした。
→　聖子ちゃんは、　昔　とても　有名だった。
③ 昨日は　晴れでは　ありませんでした。
→　昨日は　晴れじゃ　なかった。
④ 最近は　どうですか。　→　最近は　どう？
⑤ エレベーターは　こちらです。　→　エレベーターは　こっち（だ）。

2. 例：山田さんは　学生ですか、　会社員ですか。（学生です）
→　Ａ：山田さんは　学生？　会社員？
　　Ｂ：山田さんは　学生（だよ）。

① おばあちゃんは　元気ですか。（うん）
→　Ａ：おばあちゃんは　元気？
　　Ｂ：うん、　元気（だよ）。
② ルイさんは　男の　人が　好きですか。（うん）
→　Ａ：ルイさんは　男の　人が　好き？
　　Ｂ：うん、　男の　人が　好き（だよ）。
③ 昨日の　試験は　簡単でしたか。（ううん）
→　Ａ：昨日の　試験は　簡単だった？
　　Ｂ：ううん、　簡単じゃ　なかった（よ）。
④ お誕生日は　いつですか。（11 月 8 日）
→　Ａ：お誕生日は　いつ？
　　Ｂ：（私の　誕生日は）　11 月 8 日（だよ）。
⑤ 中村さんと　田村さんと、　どちらが　歌が　上手ですか。（田村さん）
→　Ａ：中村さんと　田村さんと　どっちが　歌が　上手？
　　Ｂ：田村さんの　ほうが　上手（だよ）。

「句型4」練習B

1. 例：ここに　入っては　いけません。　→　ここに　入っては　いけない。

① 今日は　会社へ　行かなければ　なりません。
→　今日は　会社へ　行かなければ　ならない。
② 日本酒を　一度も　飲んだ　ことが　ありません。
→　日本酒を　一度も　飲んだ　ことが　ない。
③ この　服を　着て　みても　いいですか。
→　この　服を　着て　みても　いい？

随堂測驗

一、填空題：

例：山田さんは　今　どこに　~~いますか~~。　いる？

1. 昨日、　晩ご飯を　~~食べましたか~~。　食べた？
2. (承上題) いいえ、　~~食べませんでした~~。　食べなかった。
3. テレビを　見ながら、　ご飯を　~~食べます~~。　食べる。
4. 日本語を　1年　勉強~~しましたが~~　したが、　漢字が　全然　~~わかりません~~。
わからない。
5. 高い~~です~~から、　この店で　~~買わないで　ください~~。　買わないで。
6. 食事した　後で、　コーヒーを　~~飲みませんか~~。　飲まない？
7. 日曜日は、　いつも　部屋の　掃除を　したり、
買い物を　したり　~~します~~。　する。
8. 本を　借りる　時、　学生証を　受付の　人に　~~見せました~~。　見せた。

二、選択題：

1. あの　人は　この　会社の　（ 3 ）？
1　社長だ　　　　　　　　　　　　　　2　社長だか

3 社長　　　　　　　　　　　　4 社長じゃ

2. A：この　言葉の　意味　わかる？　B：ううん、　（　4　）。
　　1　わかりない　　　　　　　　　2　わかる
　　3　わかない　　　　　　　　　　4　わかんない

3. 明日　お祭りが　あるから、　一緒に　（　1　）？
　　1　行かない　　　　　　　　　　2　行かないだ
　　3　行った　　　　　　　　　　　4　行かなかったか

4. 私の　手を　（　2　）。
　　1　触りないで　　　　　　　　　2　触らないで
　　3　触りなくて　　　　　　　　　4　触ってないで

5. パーティーへ　行きたい（　3　）、　時間が　ない。
　　1　ですから　　　　2　だから　　　　3　けど　　　　4　だけと

6. 荷物を　運ぶのを　（　1　）。
　　1　手伝って　　　　　　　　　　2　手伝て
　　3　手伝わなくて　　　　　　　　4　手伝いないで

三、問答題：

例：小林さんが　結婚したの（を）　知ってる？
　　（いいえ、　知りません）　→　ううん、　知らない。

1. 入ってもいい？
　　（駄目です。　入らないで　ください）　→　駄目（だ）。　入らないで。
2. 趣味は　何？
　　（漫画を　読む　ことです。）　→　漫画を　読む　こと（だ）。
3. ドリアン　食べた　こと　ある？
　　（いいえ、　ありません）　→　ううん、　（食べた　こと）　ない。

4. 明日も　会社へ　行かなければ　ならない？

　　（いいえ、　行かなくても　いいです）　→　ううん、　行かなくても　いい。

5. 休みの　日は　いつも　何　してる？

　　（音楽を　聞いたり、　本を　読んだり　して　います）

　　→　音楽を　聞いたり、　本を　読んだり　して　（い）る。

6. 鈴木さんは　もう　結婚した？

　　（いいえ、　まだ　独身ですよ）　→　ううん、　まだ　独身（だ）よ。

本書綜合練習

一、填空題：

1. あっ、 子供 （ が ） 犬と 遊んで います。

2. A：宿題は もう しましたか。

　　B：いいえ、 まだ して （ いません ）。

3. 見て、 あの 犬は 服を 着て （ います ）よ。

4. 東京駅から 新幹線 （ に ） 乗って、 大阪駅 （ で ） 降ります。

5. 小林さん、 お土産 （ を ） ありがとう ございます。

6. 郵便局は、 あの 信号を 曲がって すぐ （ の ） ところに あります。

7. お姉さん （ が ） 帰って きてから、

　　もらった ケーキを 食べましょう。

8. 死ぬ （ までに ） 行って みたい 所は ありますか。

9. 車を 止めて きますから、 ここで 待って （ い ）て ください。

10. ルイさんは、 さっき 教室を 出て （ いき ） ましたよ。

11. 仕事 （ が ） 終わった 後 （ で／× ）、 飲みに 行きませんか。

12. 休みの 日は 買い物した （ り ）、 本を 読んだ （ り ） します。

13. ドバイへ 行った こと （ が ） ありますか。

14. 彼は 遅刻した ことが 一度 （ も ） ありません。

15. これは 私 （ が ） 書いた 本です。

16. これは イタリア （ で ） 買った かばんです。

17. 毎日 忙しくて、 勉強する 時間 （ が ） ありません。

18. 私の 写真 （ を ） SNS （ に ） 載せないで ください。

19. 去年、 東京へ 行 （ く ） 時、 パスポートを 作りました。

20. 去年、 東京へ 行 （ った ） 時、 浅草で 着物を 着て みました。

21. 毎日 お酒を 飲むの （ は ）、 体 （ に ） 悪いです。

22. 彼女は 料理を 作るの （ が ） 苦手です。

23. 私は 彼女 （ が ） 来るの （ を ） 待って います。

24. 家を 建てるの （ に ）、 2000万円 （ は／× ） 必要です。

25. SNSの 投稿 （ を ） 非公開 （ に ） しました。

二、選択題：

1. 田村さんは　花柄の　シャツを　（　2　）　います。
   1　して　　　　　　　　2　着て　　　　　　　　3　掛けて　　　　　　4　被って

2. 昨日の　晩、　お酒を　（　3　）　寝ました。
   1　飲みながら　　　　　　　　　　　　2　飲むから
   3　飲んで　　　　　　　　　　　　　　4　飲まなくて

3. 彼女が　先月　結婚したのを　知って　いますか。　いいえ、　（　3　）。
   1　知りません　　　　　　　　　　　　2　知って　います
   3　知りませんでした　　　　　　　　　4　知ってい　ました

4. 仕事が　（　2　）、　家を　買います。
   1　決まった　　　　　　　　　　　　　2　決まってから
   3　決まる　前に　　　　　　　　　　　4　決まったが

5. 髪を　触って　（　4　）も　いいですか。
   1　いって　　　　　　　2　きて　　　　　　　3　して　　　　　　　4　みて

6. お金を　（　1　）　きますから、　ここで　待って　いて　ください。
   1　下ろして　　　　　　2　下りて　　　　　　3　忘れて　　　　　　4　覚えて

7. 病気（　3　）　入院した　ことが　あります。
   1　に　　　　　　　　2　は　　　　　　　　3　で　　　　　　　　4　が

8. 休みの　日は、　いつも　家で　テレビを　（　3　）　します
   1　見に　　　　　　　　　　　　　　　2　見て
   3　見たり　　　　　　　　　　　　　　4　見るのに

9. この　薬は　ご飯を　食べた　（　2　）　飲みます。

339

	1　前に	2　後で	3　前で	4　後に

10. 昨日、　うちの　会社に　（　1　）　人は　ワタナベ商事の　社長です。
　　　1　来た　　　　　　2　来る　　　　　　3　来て　　　　　　4　来ない

11. 昨日、　会議に　（　2　）　予定でしたが、　風邪で　会社を　休みました。
　　　1　出た　　　　　　　　　　　　　　　　2　出る
　　　3　出て　　　　　　　　　　　　　　　　4　出なかった

12. 入国　（　1　）　時、　入国審査官に　パスポートを
　　　見せなければ　なりません。
　　　1　する　　　　　　2　して　　　　　　3　した　　　　　　4　します

13. 手紙を　（　2　）　のを　忘れないで　ください。
　　　1　出します　　　　2　出す　　　　　　3　出した　　　　　4　出して

14. ご飯を　食べながら、　YouTube の　動画を　見る（　2　）　好きです。
　　　1　のを　　　　　　2　のが　　　　　　3　のに　　　　　　4　のと

15. 日本の　永住権を　取るのに、　10 年（　4　）　かかります。
　　　1　が　　　　　　　2　で　　　　　　　3　に　　　　　　　4　は

三、請將下列句子轉為常體句：

1. あっ、　鳥が　飛んで　きました。
　　あっ、　鳥が　飛んで　きた。
2. どうぞ、　こちらに　入って　きて　ください。
　　どうぞ、　こっちに　入って　きて。
3. 一人で　子供を　育てるのは　大変です。
　　一人で　子供を　育てるのは　大変（だ）。

4. この　パソコンを　買うのに、　50万円も　かかりました。
　　この　パソコン（を）　買うのに、　50万円も　かかった。
5. 一緒に　新しい　デパートへ　行って　みませんか。
　　一緒に　新しい　デパート（へ）　行って　みない？
6. 私は　風邪を　引いた　ことが　一度も　ありません。
　　僕／俺／私（は）　風邪（を）　引いた　こと（が）　一度も　ない。
7. A：林さんは　どこですか。
　　　林くん／林さん／林は　どこ？
　　B：買い物に　行って　いますよ。
　　　買い物に　行って　（い）るよ。
8. A：もう　宿題を　しましたか。
　　　もう　宿題（を）　した？
　　B：いいえ、　まだ　して　いません。　これから　します。
　　　ううん、　まだ　して　（い）ない。　これから　する。

日本語 - 05

穩紮穩打日本語 初級篇～教師手冊與解答

編　　　著　目白 JFL 教育研究会
代　　　表　TiN
排 版 設 計　想閱文化有限公司
總　編　輯　田嶋 惠里花
發 行 人　陳郁屏
插　　　圖　想閱文化有限公司
出 版 發 行　想閱文化有限公司
　　　　　　屏東市 900 復興路 1 號 3 樓
　　　　　　電話：(08)732 9090
　　　　　　Email：cravingread@gmail.com
總 經 銷　大和書報圖書股份有限公司
　　　　　　新北市 242 新莊區五工五路 2 號
　　　　　　電話：(02)8990 2588
　　　　　　傳真：(02)2299 7900
初　　　版　2023 年 07 月
定　　　價　520 元
I　S　B　N　978-626-96566-9-1

國家圖書館出版品預行編目 (CIP) 資料

穩紮穩打日本語 . 初級篇，教師手冊與解答 / 目白 JFL 教育研究
会編著 . -- 初版 . -- 屏東縣屏東市：想閱文化有限公司，2023.07
　面；　公分 . -- (日本語教；1)
ISBN 978-626-96566-9-1(平裝)

1.CST: 日語 2.CST: 讀本

803.18　　　　　　　　　　　12010663